我想把這個世界讀給你聽

高收入的能力，學校沒教》、
你只是看起來很努力》百萬暢銷書作家

李尚龍◎著

AI正在改變一切，
但無可替代的是——
文學經典帶給人的震撼與啟發。
27部足以改變人生觀的經典，一次讀完。

CONTENTS

第2部　智慧無法分享，而要親身體驗

第3部 思考，讓人長出獨一無二的信念

推薦序

經典中，尋找生命的解答

作家、丹鳳高中圖書館主任／宋怡慧

在充滿不確定性的時代，短影音和社群媒體已成為我們日常讀寫的主流，經典作品是否仍有其存在的價值？我想，當你翻閱這本書之後，你會發現，經典的價值不僅沒有隨時光流逝而失去它的光芒，反而更彰顯其無可取代的重要性。

我曾思考，該如何讓更多人重新愛上經典作品？而李尚龍的《我想把這個世界讀給你聽》，正為讀者開啟一扇通往重新認識經典、理解內在聲音的閱讀之門：**經典之所以歷久彌新，正因它回應了人類無法輕易解答的善與惡、是與非等深刻人性問題**。同時，經典也為我們**提供一個安頓身心的思索空間**，讓我們在這個喧囂的時代能暫歇片刻，重新審視自我。

現代人總是在追趕，追趕著社群平臺上每一個讚數，追趕著全球流行的時尚潮流，追趕著社會對我們的無盡期待。李尚龍則像是一位知心朋友，為我們精心挑選二十七本經典，提供我們眼睛看不到，卻觸動心靈的深刻議題。他提供的不僅是文字表層的解讀，更是深刻洞察人性的核心本質。

本書獨特之處，在於**作者並非僅僅概述經典作品的情節梗概，而是以自身的閱讀經驗為基石，深入探討每部作品對現代讀者的生命啟示**。本書所選的二十七部作品，涵蓋了東西方文化的精髓，例如《流浪者之歌》（*Siddhartha*）的東方禪思、《大亨小傳》（*The Great Gatsby*）中對美國夢的詮釋、《飄》（*Gone With the Wind*）的女性覺醒與探索，以及我們該如何閱讀像《人間失格》這種消極式文學等。

李尚龍巧妙的將經典中的情節與人生探索，與我們當代的日常經驗緊密相連。書中多元角度的視角詮釋，恰好能引領對未來感到迷茫、正在尋找方向的讀者，翻開這本書，猶如遇見一位睿智的嚮導。例如談到《老人與海》（*The Old Man and the Sea*）時，他不僅勾勒人定勝天的啟示，更洞察到我們在困境極力求生的堅毅力量；又例如談論《湖濱散記》（*Walden*）時，則引領我們反思，在快節奏的現代生活中，如何找回自己的生活步調。

經典作品不該束之高閣，因其中承載著世代不變的亙古智慧，與我們的日常息息相關。在全球化浪潮、多元文化碰撞的當代社會，我們每天都充斥在不同文化與思想的交會中，該如何尋找屬於內心的價值平衡？閱讀經典，可以幫助我們安頓心靈、找到生命的答案，同時也給予我們更多的思考途徑，在人生關鍵時刻做出明智判斷，並擁有真正的勇氣，做出正確行動。

作者對這二十七部經典作品的深度分析，每一個主題都像是一個邀請，促使我們探索且思考經典的價值。我認為，閱讀能讓我們放慢腳步，重新審視那些關於人生、夢想、愛情和價值的永恆課題。本書觸及人性最根本的價值，幫助我們更清晰的理解這個複雜世界，引導我們更深入認識自己與他人，在喧囂中找到內心真正的平靜與力量。

繁體版序
怕時光太快，讓你錯過這些經典

還記得是二〇一七年前後，我第一次踏上臺灣，參加一年一度的書展。彼時，世界的腳步還沒有變得如此匆匆，我們也還可以安靜的讀一本書、寫一段感受。那時，我帶著的是一本《老人與海》，這本書陪伴了我整場書展的旅程，老人的絕望和努力，讓我們閱讀的每個人都為之動容。

而如今，一晃眼到了現在，我帶著這本《我想把這個世界讀給你聽》來到大家面前。

這本書的使命很簡單——幫助大家理解那些你常聽到的經典名著。**我並不是想取代原著，也無法取代真正的閱讀過程，但我希望這本書能成為一座橋梁，拉近你和這些經典之間的距離，幫你找到閱讀時那種心跳和思考並存的瞬間**。希望透過這本書，我能做一個擺渡人，把你帶到海的那一邊，因為那一邊有文學帶來的美好。

我們正處在一個被人工智慧（Artificial Intelligence，縮寫為ＡＩ）和技術飛速改變的時代，許多事物不斷更新、反覆運算，甚至連思維模式也在快速革新。但我始終相信，有一樣東西永遠無法被取代，那就是經典作品帶來的深刻體驗。

本書談及二十七本名著，都是我所讀過、為我帶來許多啟發的好書，我怕時光太快，你讀不完或者錯過了它，所以我寫這本書的目的，只是想降低你的閱讀難度。當你翻開一本好書，你會穿越時間和空間，來到作者為你勾勒出的世界，親身感受那些或悲或喜的故事和情感。

本書的每一章，都從一部名著中提煉一個核心議題，探討人生、社會、人性等我們活在這個世界上會煩惱的問題。例如，在《紅與黑》（*Le Rouge et le Noir*）中探討階層流動與欲望、在《烏合之眾》（*Psychologie des Foules*）中警惕群體效應、在《老人與海》中學會面對挫折等。每一章我都會簡述故事梗概，以及我對其中人物、情節的個人解讀，力求讓你在短時間內獲得啟發。

ＡＩ時代正在改變一切，它改變了我們的學習方式、生活習慣，甚至人際交往模式。但**有一樣東西是無法被替代的——經典作品帶給人的心靈震撼**。當今我們常談論ＡＩ、談論效率、談論知識獲取的捷徑，但閱讀經典，是無法走捷徑的。因為它需要的是感受、思考、沉澱，甚至是與書中人物「對話」。

希望這本書能成為臺灣讀者的好朋友，當你翻閱它時，也許你會發現，那些經典，似乎從未遠離我們。

李尚龍

二〇二五年

第1部

有些事，你不能從眾

第1章

階層上升，這個世界有沒有解？

——《紅與黑》

法國作家　斯湯達爾（Stendhal）
出版年：一八三〇年

在西方經典文學裡，如果要選一個特別讓人著迷的故事主角，我覺得一定是《紅與黑》的朱利安．索黑爾（Julien Sorel）。因為他會讓我持續問自己一個問題：**我想變得有錢有權，有錯嗎？**

《紅與黑》是法國作家斯湯達爾（筆名，本名為馬利－亨利．貝爾〔Marie-Henri Beyle〕，一七八三－一八四二年）在十九世紀創作的一部小說。一九八〇至一九九〇年代，這部小說曾在中國流行，我父母那一輩的文藝青年幾乎都看過。**德國哲學家尼采**（Friedrich Wilhelm Nietzsche）**曾說，斯湯達爾是他「此生最美麗的邂逅之一」，說斯湯達爾是「法國最後一位偉大的心理學家」**。

我之所以喜歡朱利安，是因為他絕對是亦正亦邪的代表，這個人被刻畫得太好了。他是個反派嗎？不是。是個正派嗎？也不是。你或許想問，這個人為什麼讓人又愛又恨？因為，他就是我們常常在網路上看到的那種故事主角：一個社會底層青年，不甘於重複父輩的生命輪迴，想憑藉自己的努力打破社會壁壘，為自己謀得階級上升之路。但你說他做得對嗎？當然不對。

斯湯達爾說，朱利安就是他自己，就跟古斯塔夫．福樓拜（Gustave Flaubert）說包法利（Bovary）就是他一樣（按：關於福樓拜與其著作，請見本書第十八章）。

紅與黑，兩種階級上升之路

斯湯達爾生於一七八三年，六年後法國大革命爆發。他早年喪母，父親是個有錢的律師，他在家庭中受到束縛，感到壓抑，加上法國大革命的激進思想，讓他從小就憎惡他父親。

憎恨父親是從階級問題開始的，他開始思考一個社會底層的人若爬到高層，會不會受歡迎。當然，我想他的回答是：不會。

斯湯達爾在外祖父的影響下，從小便閱讀思想家伏爾泰（Voltaire）、孟德斯鳩（Montesquieu）和盧梭（Jean-Jacques Rousseau）等人的作品，而他在法國大革命前，竟然真的見到了伏爾泰。榜樣的力量無窮，於是，他便立志成為作家。

一八〇〇年五月，斯湯達爾投奔拿破崙軍隊，因為他太喜歡拿破崙了，覺得這樣的人才是自己的偶像。在拿破崙帝國垮臺之後，斯湯達爾曾一度逃到義大利米蘭，窮了好一段時間，一八二八年才回到巴黎。

我曾讀過一篇文章，講述巴爾札克（Honoré de Balzac，法國現實主義文學作家）和斯湯達爾的文學差異，看完很有感觸：巴爾札克的作品中有對物質的追求，但斯湯達爾沒有，他的小說主角和他本人一樣是在追求幸福。

朱利安想要活下來基本上沒問題，但他就是有那麼大的野心，他所追求的幸福標準遠高於一般人，怎麼辦？

回過頭來講這本書，為什麼《紅與黑》要叫《紅與黑》？

每個人都有自己的理解：紅色可能代表左翼的自由派，黑色代表教會支持的保皇黨；黑色可以是黑暗，紅色可以是革命。但我認為，**兩種顏色代表了兩種階級上升之路：紅為參軍，黑為教會。這是當時人們想向上爬的兩條途徑。**

《紅與黑》的故事發生在韋里耶爾（Verrières），是一個虛構的小村莊。主角朱利安是木匠的兒子，從小就很努力，而且極具天賦。厲害到什麼程度？他可以用拉丁文背誦《聖經》。他希望透過努力爬到上層社會，可是他做不到。因為他誰也不認識。

故事從韋里耶爾市長這邊開始。市長是個典型的貴族，看不起暴發戶法勒諾（Valenod），可是法勒諾竟買來兩匹好馬，城裡所有人都爭先恐後來看他。市長心想，我一定要蓋過暴發戶的鋒頭，於是他靈機一動，將能背誦整本拉丁文《聖經》而轟動全城的朱利安，請來當兒子的家庭教師。這個舉動確實幫市長賺足了面子，當時，在家裡養個家庭教師才是貴族風範。

人總是因為意外而獲得機會，朱利安就因為這樣的意外，才有了接觸市長的機會——準確來說，是上升的機會。在等級森嚴、階層固化的法國社會中，不是每個人都有這樣的好運。市長很早就規畫三個兒子的前途：大兒子當軍人，二兒子當法官，三兒子當教士。看起來平凡無奇，但若仔細想一想就會發現，這個規畫等於打通了軍隊、司法和宗教各路系統。這就是當時社會教育規畫的寫照，權貴得把自己的錢傳承給兒子，所有資源必須留到子孫後代。

市長夫人年輕、漂亮，在修道院長大的她不喜歡自己的丈夫，但也沒有辦法選擇，於是她把心思全放在教育三個孩子之上。

最初，她以為朱利安是一個滿面汙垢的鄉下人，沒想到見了面，發現這個年輕人白皙帥氣，眼睛溫柔動人。她很快對朱利安產生了好感。

聰明的作者沒有讓他們立刻產生感情，而是在中間夾了一個人——夫人的女僕愛麗莎（Eliza）。她也愛上朱利安，但朱利安拒絕了愛麗莎。因為朱利安志不在此，他想透過曖昧的關係爬到更高的位置。夫人得知此事，心裡異常高興。

在某個夏天，市長一家搬到鄉下花園別墅居住，晚上乘涼的時候，全家聚在一株菩提樹下，朱利安無意間碰到了夫人的手，夫人把手縮回去。朱利安以為夫人看不起他，便決心必須握住她的手。第二天晚上他果然這麼做了，夫人的手被朱利安偷偷的緊握著，滿足了他的自尊心。

市長夫人被愛情與道德責任折磨得死去活來，不知道自己該如何是好。她決定跟朱利安劃清界線，可是當朱利安不在家時，她又忍不住思念他。

而朱利安也變得更大膽，他在心裡暗想：我應該再進一步，務必要在這個女人身上達到目的。如果我以後發了財，有人恥笑我當家庭教師身分低賤，我就要讓大家了解，是愛情使我接受這個位置的。

我們將焦點轉回市長夫人。其實她的心態很容易理解，雖然她早就成為母親，但心態上一直是個少女。沒談過戀愛、早早就結婚，當她看到朱利安，便瞬間融化了。

而朱利安不斷逼迫自己完成一些小小的壯舉，例如晚上一定要碰到市長夫人的手臂，他將其稱為「職責」。一個為了愛情，一個為了權力。乾柴遇烈火，在這一瞬間，燃燒了起來。在社會學中，促成階層流動的條件有很多，例如軍功、家世、學習、婚姻等，可是，朱利安為什麼只能走向這條路呢？這是整個故事最值得思考的地方。

後來國王到訪韋里耶爾，在市長夫人的安排之下，朱利安果然拿到了好資源：他被聘用為儀隊隊員。朱利安出盡了風頭，光宗耀祖。市長夫人幫他擠掉其他的富家子弟，就為了一睹情人穿軍裝的英姿。

木工的兒子竟然和出身高貴的富裕人家平起平坐，讓上層階級的人憤恨不已。但對朱利安而言，這算什麼？他看到主持朝聖儀式的年輕主教，只比他大了六歲。

於是，他暗下決心：寧願受宗教的制裁，也要達到令美人羨慕的境界。

這回他的理想又更大了——雖然，我不確定這究竟是理想，還是欲望。我沒有在上層社會待過，但我想，假如我處在朱利安所在的環境，有機會握主教的手、身邊都是達官顯貴，我或許也會有更高遠的理想。

但這個世界不會被朱利安的理想或欲望左右。儀隊事件觸犯眾怒，市長收到匿名信，告發他的妻子和家庭教師私通。他擔心，如果把妻子趕出家門，不只將失去一大筆財產，自己的名譽也會掃地，於是決定冷處理，一邊想辦法，一邊當作不知道。

幸運的是，有人向闞朗神父（l'abbé Chélan）懺悔時，談到朱利安與夫人的祕密關係。神父跟朱利安關係要好，趕緊要他離開小城，前往貝尚松修道院進修。這個舉動幫助朱利安逃過一劫。

經過引薦，朱利安成為巴黎德拉莫侯爵（Marquess de la Mole）的祕書，他找到了另一條路。侯爵和他的關係看起來亦師亦友，但並不能代表兩人是平等的，因為無論朱利安再怎麼厲害，都無法改變他的出身。侯爵欣賞他的才華，逢人就介紹他是某個貴族的私生子，而非木匠的兒子。在當時等級森嚴的法國，上層的人多半不相信來自底層的年輕人，竟可以如此優秀。

即將到手的榮華富貴，眼看就要溜走

直到朱利安遇到了侯爵府的大小姐瑪蒂爾德（Mathilde）。起初，**朱利安並不愛瑪蒂爾德，她清高傲慢，但一想到她能帶給丈夫好地位，便開始熱烈追求她**。

瑪蒂爾德也知道朱利安出身低微，但她渴望浪漫的感覺，心想：我竟能和一個階層比我低那麼多的人戀愛，實在是太難得了。因此，她在花園裡主動挽著朱利安的手臂，還寫信給他傾訴情意。瑪蒂爾德看不起平庸的貴族子弟，他們擁有的一切都是先天繼承的。在她看來，朱利安完全不同，他此時此刻能出現在侯爵府，全憑個人奮鬥而來。

朱利安也逐漸明白，女人是不同的，對待市長夫人的那套體貼溫柔，在瑪蒂爾德身上完全沒用，她就是個渴望浪漫到瘋了的女人。對她好沒有用，必須要整她——用現代的話來形容，就是得ＰＵＡ她（指在戀愛關係中，朱利安透過使用言語打壓、行為否定、精神打壓等方式，對瑪蒂爾德進行情感操控和精神控制）。

於是，朱利安故意寡言少語，耍酷賣帥，霸氣十足，而瑪蒂爾德還真吃這一套。她請求朱利安做她的「主人」，自己將永遠做他的奴隸，表示要永遠服從他。

不久，瑪蒂爾德發現自己懷孕了，她寫信告訴父親，請他成全他們的婚事。侯爵在愛女的堅持下，一再讓步，先是給了他們一份田產，準備讓他們結婚後搬去住；隨後，又給朱利安一張驃騎兵中尉的委任狀，授予他貴族稱號。

此時，朱利安已經有了自己的算計，他幻想著三十歲就能做到司令。但誰也沒想到，侯爵收到市長夫人的來信，她在信中坦露曾和朱利安私通的過往。這一封舉報信讓朱利安聲名狼藉，眼看即將到手的榮華富貴，就要從手中溜走。

朱利安一時衝動，匆匆返回韋里耶爾，購得手槍後直奔教堂。市長夫人正好在教堂裡禱告，他便魯莽開火，兩槍打傷了夫人。朱利安在教堂內行凶，隨後被囚。他在獄中冷靜下來，悔恨自己的草率行為，感到羞恥不已。

好在夫人只是受傷，出於寬容，她請獄吏對朱利安手下留情。同時，瑪蒂爾德也從巴黎趕來，為解救朱利安四處奔走。但朱利安一點也沒感動，只是覺得憤怒，於是有了法庭上最後高潮的一幕。

待在自己的階級上，否則就得死

朱利安說：「我不是受與我相同社會階級人士的審判，所以懲罰將會更加嚴厲。我在陪審團的席位上看不到任何富農，只有憤慨的資產者而已。」

也就是因為這段話，我們突然明白，**他這一路雖然是自己走來的，也當然有罪，但他好像沒有什麼其他選擇**。法國社會必須嚴懲他，因為他傷害了高貴善良的市長夫人，更因為他膽敢混入上流社會。他必須死，**法國上流階層要藉著懲罰他殺一儆百，告誡那些想要擾亂階級秩序的青年：待在自己的位置上，否則，就會像他一樣**。

但我們知道，朱利安其實就是拿破崙、丹東（Georges Jacques Danton，法國大革命初期領導人物）、羅伯斯比爾（Robespierre，法國大革命時期政治人物）……。正是當時法國社會中這些「不穩定」的人，不願意遵循制度，才有機會奪走上層社會的財富、地位和權力，變成他們、代替他們。

最後，朱利安拒絕了赦免。在他眼裡，這是貴族的施捨。朱利安用近乎自殺的行為，為自己的生命畫上了句號。在一個晴朗的日子裡，朱利安走上了斷頭臺。我讀到這裡時，有一絲遺憾和難過，他想提高自己的階層並沒有錯，可惜用錯了方法。

回望朱利安短短的一生，木匠的兒子發憤讀書，成為市長兒子的家庭教師，因為教會的關係當上侯爵的祕書，又憑藉個人魅力擄獲侯爵女兒的芳心，進入了心心念念的軍隊。轉眼間，又一無所有，還丟了性命。

人生一個個瞬間，都如過眼雲煙。這些起起伏伏，原來也都是眨眼間。

這個故事為什麼經久不衰？是因為就算到了現代，我們也還是能看到這樣的人。網路上常有類似的故事：一個女人透過戀愛、婚姻，晉升為上流階級；一個男人娶了富太太之後，突然就有錢了。

在十九世紀，就已經有《紅與黑》這樣的作品，主角還是一個男人。網路上大家在譴責女人「嫁入豪門」時，忘了《紅與黑》裡也有一個男人在苦苦追求著「幸福」。入獄前的朱利安，執迷於世俗的成功，寧可死一千次也要飛黃騰達；入獄後的朱利安猶如遭當頭棒喝，終於認識何謂幸福，收穫了心靈的寧靜。他之所以能坦然赴死，是因為此生已無牽掛。

斯湯達爾對「幸福」兩字情有獨鍾，他十分喜歡引用一句獻詞：**獻給少數幸福的人**。是啊，幸福的確是少數人的。朱利安幸福嗎？再問得深一點，他錯了嗎？

朱利安的個性中，最迷人之處是他的反抗意識。他知道自己很有才華，也明白法國上流社會的平庸。於是他覺得「彼可取而代之」。他冒著劉邦曾冒的風險逆襲，如果成功就是「一將功成萬骨枯」，若是失敗了則掉腦袋。

斯湯達爾曾經說過：「到一八八〇年，將有人讀我的作品。」、「到一九三五年，人們將會理解我。」

我想，他沒有想到，到了二十一世紀，人們還是不能理解，朱利安是對還是錯。

應當說，朱利安的經歷與「奮鬥」，切合一句俗話：人往高處走，水往低處流。但朱利安的「奮鬥」手段不可取，尤其是後來的買槍傷人，觸犯了刑律被處死，此乃罪有應得。

第2章

是什麼滋生人性的惡？

——《蒼蠅王》

英國作家　威廉・高汀（William Golding）

出版年：一九五四年

西方人和東方人，對人性的看法有著本質上的不同：西方人普遍認為人天生有罪，而東方人則普遍認為「人之初，性本善」。到底誰才是正確的？我沒有答案，但我認為這跟環境息息相關。

帶著這樣的思考，我翻開了英國作家威廉・高汀（一九一一－一九九三年）的小說《蒼蠅王》（*Lord of the Flies*）。

高汀曾參與第二次世界大戰，感受到戰爭的恐怖。很多作家在遭遇戰爭後，寫的都是現實主義題材，但高汀不一樣，他寫了一個「童話」，用「童話」探討什麼情況下人性會變惡。

故事發生在未來第三次世界大戰後，世界爆發了核戰爭。一群六歲至十二歲的兒童因飛機失事，被困在一座荒島上，沒有成年人的陪伴。

這種島嶼故事的結構現在很常見，例如黃渤導演的《一齣好戲》、美劇《LOST檔案》（*Lost*）等，都是這麼開始的。在故事裡，島嶼有兩個好處：第一，樣本沒有被汙染；第二，規則要從零建立。**沒有規則時，人的本性就會顯露，吃飽肚子最重要，拳頭硬的自然就是老大**。

最先出場的是一個胖胖、戴著眼鏡的孩子，叫作小豬（Piggy），作者用他的視角，帶出故事主角拉爾夫（Ralph）。拉爾夫長得很結實，書裡說他有著拳擊手的身材。他撿到了一個漂亮的海螺，將海螺像號角一樣吹響之後，孩子們就從四面八方聚集過來。

其中，有一群穿著合唱團制服的孩子，他們和別人不一樣，在隊長傑克（Jack）的帶領下，他們不慌不亂，秩序井然。

一群孩子被困在島上，他們的第一反應不是害怕，而是興奮，心想：天呀！爸媽終於管不到我們了，想做什麼就做什麼！

可是，再怎麼樣還是要吃飯，得先立一套秩序。沒有大人的管束，就該自己管自己了。怎麼管？從登記姓名、選舉首領開始。大家希望有個領袖，顯而易見，最適合的人是傑克，他帶著自己的嫡系部隊。然而，拉爾夫泰然自若的坐著，沉著冷靜的態度十分引人注目，還有他那高大的身軀、迷人的外表，最讓人難忘的就是他吹過的螺號。

「選那個有海螺的。」

「拉爾夫！拉爾夫！」

「讓那個拿著像擴音器的東西的人當頭。」

拉爾夫贏得選舉可謂順理成章，但傑克很不高興。兩人矛盾的種子，也就在這時候埋下了。

為什麼有權力的人不能是我？

島上有淡水、椰子、香蕉，雖然不至於餓死，但沒有肉，絕不能說吃得多好。作為領導者，拉爾夫下達了一個重要指令：點起火堆，這樣一來，過往船隻如果能看見，大家就能被救走了。這是他們的求生本能，於是，他們借用小豬的眼鏡生了火。

接著，拉爾夫帶著大家開始分工合作：有些人負責二十四小時守火堆，有人蒐集淡水，有些人採集野果。拉爾夫為了拉攏傑克，便讓他繼續當合唱團的領頭人，只不過將他們改為狩獵隊。

有了分工，就有了權力；有了權力，就有了一個問題：**為什麼那個有權力的人不能是我？**

書裡有段話是這麼寫的：他們服從螺號的召喚，部分是因為那是拉爾夫吹的，他有成年人的身材，足以與成人世界的權威相聯繫；部分是因為他們喜歡集會，把集會看成一種樂趣。

在很長一段時間裡，孩子們過著完全不同的生活：拉爾夫被管理工作折磨得心力交瘁，而傑克在狩獵野豬的過程中，對殺戮產生了莫名的迷戀。

為了隱蔽自己，傑克把臉塗成野人的樣子，習慣性的手舞足蹈，笑聲變成嗜血的狂叫。而傑克和他的狩獵隊也越來越能征善戰了，他們用自製的標槍圍捕野豬，為大家提供了最誘人的肉食。有了肉就意味著有了最稀缺的資源，**有了稀缺資源，就意味著權力要分化了**。

這時，許多人都聽到奇怪的聲音，嚇得要命，懷疑島上有怪獸。拉爾夫和小豬站出來，告訴大家不要害怕。小豬還給了科學的解釋，他說，這個島的生態系統太簡單了，最多只能供養野豬，要是有怪獸，早就被餓死了。此時傑克也站出來了，給了一套完全不同的解決方案：怪獸不可怕，殺了它就好。

說著，傑克就把木棍削尖了當武器，要帶著大夥到森林裡和野獸戰鬥。在他的煽動下，許多小孩覺得傑克更是個男人，便跟著傑克走了。這樣一來，孩子們分裂了，拉爾夫的團隊和傑克的團隊開始爭奪領導權。

拉爾夫團隊只負責生火，無聊；而傑克帶領的那群孩子，不停談論著狩獵的經過。說著說著，就會有人模仿起野豬臨死時的樣子，其他人便會自發性的圍攏過來。

沒人見過怪獸，但總是會害怕，這種害怕在傑克帶領狩獵隊再次獵殺了一頭野豬之後，慢慢開始發酵。他命人把一根木棍的兩頭削尖，一頭插進石縫，然後把豬頭插在木棍的尖端上，棍子從柔軟的喉頭一直穿到豬嘴。他向後退，站在那裡看，豬頭就這樣掛著，鮮血順著木棍流下。

傑克大聲說道：「這個豬頭是獻給怪獸的。是供品。」

寂靜接受了這個供品。孩子們害怕得不敢吭聲。豬頭沒有消失，張著混濁無光的眼睛，微微咧著嘴，牙縫中滿是汙黑的血。孩子們拔腿就跑，使盡全力快速穿過森林，逃向開闊的海灘。

這個舉動讓傑克聲名大振，大家開始瘋狂了。很多人覺得傑克說得對。

不僅如此，傑克把野豬烤了，分肉給大家吃。這些孩子吃了一個多月的香蕉，吃到頭都快變黃了。烤肉的香味一飄過來，眾人頓時折服了——果然，沒有什麼是一頓燒烤解決不了的。後來，大部分孩子選擇跟隨傑克，只剩下少數幾個人跟著拉爾夫。

藏在人性裡，抹不掉的萬惡之源

人一旦開始瘋狂，理性就會蕩然無存。這個時候，有個人還是有理性的，這個人就是拉爾夫。拉爾夫最關心的是篝火，因為只要篝火不滅，路過的船隻就很容易發現他們，這是全體獲救的唯一方案。

但是，要保持篝火不滅並不容易，它需要專責的人手，而人力資源同時也是狩獵隊所急需的。所以，這些孩子面前有一個重要選擇：**長遠利益和眼前利益哪個重要？**

不吃肉的日子實在太痛苦，就算篝火被保護得再好，什麼時候才會有船經過？更何況，為什麼是自己要去顧？真的有船來了，還不是大家一起走？

就這樣，局面變得越來越不可收拾。先是傑克一夥人偷襲了拉爾夫的營地，偷走小豬的眼鏡——那是島上唯一可以用來生火的工具。接著，火徹底滅了。

拉爾夫和小豬找傑克理論，他們罵傑克有多野蠻，罵大家有多糊塗，並拚命追究火堆熄滅的責任。沒想到傑克竟推了拉爾夫一把，拉爾夫沒還手，傑克手下看到拉爾夫這麼懦弱，醞釀著發動攻擊。這時，懸崖高處石頭破碎，一塊巨石砸到小豬，他沒站穩便翻落懸崖摔死了，海螺也摔碎了。

其實，他們完全沒有殺掉小豬的必要，但還是下手了。殺戮的快感使他們的野心膨脹。短暫的安靜後，孩子們發現有人死了，不僅沒有害怕，反而更興奮了：之前手上沾的是豬血，現在沾的是人血，殺戒可以大開了。

傑克大喊一聲：「殺野獸喲！割喉嚨喲！放牠血喲！」所有人都衝出來了，但追殺的不是野獸，而是拉爾夫。拉爾夫躲到樹林裡，傑克便下令放火燒森林，整座小島燒成了一片火海。

拉爾夫花了很長時間才讓自己相信，傑克一夥人是真的要置自己於死地。獵手們找到了拉爾夫，準備殺死他，他摔倒在海灘上，不停的打滾，接著趴下來，舉起手臂護住要害，準備求饒。但是，當拉爾夫搖搖晃晃站起來，準備捨棄生命的時候，卻看到了一名海軍軍官，和他身後的一艘快艇。

原來是森林大火引起一艘英國軍艦的注意，救援者竟在最意想不到的時刻出現了。軍官看著狼狽的拉爾夫，又看了看不遠處的獵手們，以為他們在玩什麼遊戲，誤以為意圖燒死拉爾夫的大火是孩子們發出的求救信號。過了好一會兒，他才發現島上的局面並不像自己一開始想像的那樣單純。

軍官讓孩子們都上船，拉爾夫才第一次放聲痛哭。他泣不成聲，渾身抽動。

書裡寫道：「天上黑煙翻滾，拉爾夫在被燒毀的島嶼前嚎啕大哭；其他男孩被他的情緒感染，也顫抖著抽泣起來。拉爾夫站在孩子之中，披頭散髮，全身骯髒不堪，連鼻涕也沒擦；他失聲痛哭，為童心的泯滅和人性的黑暗而悲泣，為忠實而有頭腦的朋友小豬墜落慘死而悲泣。」

小說寫到最後，我想，大家也看懂了。

這座小島會鬧到這種地步，就是因為蒼蠅王（按：《聖經》中魔王的名字為Beelzebub，其意為「蒼蠅王」），而蒼蠅王其實就是希伯來語裡「萬惡之源」的意思。所謂**萬惡之源，就是藏在我們每個人的人性裡，洗不淨、抹不掉的人性惡**。

滋生惡的溫床

關於人性善惡，歷史上有太多的話題。如果大家感興趣，可以看一部電影和一本書，電影是《惡魔教室》（*Die Welle*），書則叫作《浪潮》。

我總結出三點，只要這三點存在，惡的溫床就滋生了：

第一，**共同的敵人**，不管是真實的還是虛擬的。

第二，**必需的需求**，無論是物質的還是精神的。

第三，**非理性的領導**，忽視現實和事實。

在世界上許多歷史時期裡，我們都能看到這三點而導致的類似悲劇。對應著這三點，我們再回頭重看《蒼蠅王》這個故事：

第一，共同的敵人。

大家想像出來的那個怪獸，就是共同的敵人。一個團體在什麼時候會最團結？就是在面對共同外部敵人之時，這時每個人都有天然的安全感需求，都有緊密團結在一個強人身邊的需求。這種團結有個天然的副作用，就是會讓這個團體對外變得很有進攻性。

這一點從美國就能看出來。美國一直都有假想敵，因為它本來就是由一些不團結的州所組成，它的假想敵從一開始的德國，後來變成俄羅斯，接著是中國。只有假想敵，它才能團結，才能叫 United。

第二，必需的需求。

在《蒼蠅王》故事裡，就是對溫飽的需求，孩子想吃肉的需求。因為餓，就必須追求，怎麼追求？誰那裡有肉我就跟誰走。傑克有肉，所以我跟隨他，不管對錯。

第三，非理性的領導。

所謂非理性，就是不尊重事實。傑克向孩子們傳達了一個錯誤觀念：我們之所以沒肉，是因為有怪獸。他又進一步提出，為了消除怪獸的威脅，應該除掉那些阻礙團隊和諧的成員，例如拉爾夫。

人是社會動物，只要我們和主流同步，就會覺得自己沒有錯。但只要一落單，我們的第一反應就是開始懷疑自己的判斷，感到不安和不確定。

這種現象在集體心理學中，被稱為集體無意識（collective unconscious），它揭示了人們在群體中容易受到非理性思維的影響。在非理性的氛圍中，領導者可能會不顧事實做出判斷，而個體則可能會在群體壓力下，做出違背自己道德標準的惡行。

說回最開始的話題，人性到底是善還是惡？我覺得，**人性並不存在善惡，合理的制度是引導人們向善的關鍵**。就好比健全的法律是制約校園暴力強而有力的保障，良好的中小企業創業環境會帶動更多人創業。

不完善的、甚至是壞的制度，就會滋生壞人；而好的制度，是滋生善良人性的必要條件。

第3章

獨裁統治還有可能發生嗎？

——《烏合之眾》

法國作家　古斯塔夫・勒龐（Gustave Le Bon）
出版年：一八九五年

二〇〇八年，德國上映了一部根據真實故事改編的電影《惡魔教室》。故事講述高中教師賴納・凡格爾（Rainer Wenger）藉由課堂實驗的形式，帶領學生體驗法西斯獨裁制度。在這個故事裡，導演提出了一個問題：**製造一個納粹集團，需要幾天？**

在德國小鎮的中學校園裡，一位歷史老師在講解獨裁統治的課堂上，提出一個問題：獨裁統治在當代社會還有沒有可能發生？

學生們都笑了，心想：二戰都過了多久，總理都道歉了，還有什麼好探討的？

接下來，這位老師和班上的學生們做了一個模擬獨裁政治的實驗，他為這個班級組織取名為「浪潮」。接著，他開始引導學生設立統一的口號、用一致的打招呼方式和見面禮儀，穿同款的服裝及配戴統一的標誌。最可怕的是，不允許不同的聲音。

短短三天之後，這個班級的學生失控了，他們突然都對這個組織確立了高度認同，他們團結、亢奮而激進，所有持反對意見的同學被視為異類，甚至不讓他們進教室。

經過一次次的升級，班上同學分成了兩派：「浪潮組織」和「非浪潮組織」。

後來，在和其他班級的一次群體鬥毆中，歷史老師意識到了事態的嚴重性，於是把全班學生召集起來宣布實驗結束，組織解散。但是，誰也沒想到，其中一位學生竟然因為「信仰」幻滅，開槍打傷一名同學後自殺了。

我看完這部電影後久久不能平靜，因為這樣的實驗，其實發生在我們身邊的每一個角落。這樣的思想也很早就有了，法國社會心理學家古斯塔夫·勒龐（一八四一—一九三一年）因為受這種思潮困擾，寫下了不朽的名著《烏合之眾》，於一八九五年首次出版，也因此開創一個全新的研究領域：群體心理學。

有人批評勒龐，說他書裡的研究不夠嚴謹，例如懷疑他把個人猜想當作結論，缺乏嚴密的學術論證等。但有趣的是，他提出的觀點，在二戰的德國、日本都得到了印證。

勒龐很早就開始研究群眾心理學。一九二〇年代，他的思想達到了顛峰，許多國家領袖和主席都是他的粉絲，美國前總統狄奧多·羅斯福（Theodore Roosevelt Jr.，俗稱老羅斯福）就堅持要會見勒龐，他曾經認真閱讀勒龐的作品。但**其中最循規蹈矩跟隨勒龐，並堅定視他為偶像的，是希特勒**（Adolf Hitler）。

烏合之眾，有哪些特點？

什麼是烏合之眾呢？

烏合之眾，指的是一種群體，但並不是說一群人聚在一起就是群體。它描述的是一

群人在某些特定情境下形成的臨時心理群體，這些群體成員在集體心理的影響下，**表現出和他們作為個體時完全不同的行為特徵**。

例如，一款產品或服務上市之後大熱銷，商家都在賣，消費者都在買，有時也根本搞不清楚這個產品有什麼用，就開始跟著買。這些「跟風」購買的消費者，就是前述所謂的「群體」。

此外，這種行為也常表現在社群媒體上，某些轟動的話題或資訊，會迅速獲得大量關注和傳播，即使這些資訊可能是未經驗證或錯誤的謠言。你我可能都聽過，某些關於名人的假新聞在短時間內被大量轉發，即使後來被證實是錯誤訊息，但已經造成了廣泛的影響。

而這些烏合之眾有哪些特點？

第一個特點是群體智力的下降。人在集體裡，就不容易有獨立思考的能力，傾向人云亦云，誰聲音大就跟著誰走。

有個很有趣的問題：當許許多多的個體彙集成一個群體後，這個群體的智力，會是所有人的智力總和嗎？會變得更聰明嗎？換句話說，真的是「人多力量大」嗎？在思想方面不是。

龐勒認為，群體的智力是低於個體平均智力水準的。他還提出了一個大膽的結論：**群體只樂於接受簡單明瞭的號召和主張，不關心證據和論述，不進行分析和判斷**。越是迎合人群基本需求的簡單主張，越容易得到群體的擁護支持。

因為整體的智力下降，所以群體特別易於被暗示所誤導，相信並傳播荒誕不經的謠言，接受稀奇古怪的理念。

第二個特點是自信心非常高，敢想也敢做，橫衝直撞，做事不經過大腦思考，只要一件事能挑動荷爾蒙，人們就能勇往直前，不計後果。

作為個體，很多人對「膽大妄為」的事情大多只是想想而已，有時可能連想都不敢想。例如，我自己一個人肯定不敢進鬼屋，不過若有一群人跟我一起走，我就敢了，而且敢肆無忌憚，奮勇直前。

群體具有這樣的心理特徵，基於兩個原因：一**是群體行為上「人多力量大」**，**個體力量實現不了的目標，集結眾多個體的力量就可以輕易實現；二是個體匯入群體後，減弱或消除了被懲罰的恐懼**。中國有個成語「法不責眾」（按：當某項行為具有一定的群體性或普遍性時，即使該行為含有某種不合法或不合理因素，法律也難予懲戒），其實也是如此，別人賦予你的力量是很大的。

我曾經寫過的小說《刺》，其中講到校園暴力的故事。我之所以這麼寫，是因為大多數校園暴力其實都是群體行為，如果動手的那個人旁邊，沒有其他圍觀的人，他也許不會下手那麼狠。

所以，對待校園暴力有個方法——把他們拆出來。當他說「我們」的時候，你就看著他的眼睛，說：「別說我們，你就說你，對，就是你。你為什麼要動手打我？」

當然，還有更好的「拆人」方法。當一群人跟著你時，你抓著一個人打，並大喊：「跟你們其他人無關，我今天就要收拾他……。」一邊打、一邊跑。

同理，當你想請別人幫忙你時，別跟一群人說：「快來幫幫我。」而是要喚醒人作為個體的意識，例如你可以這樣點名：「那個穿藍衣服的，麻煩你幫我一下。」這樣一來，被幫助的機率就會大很多。

群體的第三個特點是情緒化、敏感化，且急於採取行動。群體的產生和發展是靠情緒傳染而實現，群體總是被情緒驅使，越激烈的情緒就越可能成為主導力量。

我相信你也曾感覺到，有些人一**旦形成群體，就會不顧事實，只想傳播情緒**。例如某些明星的粉絲，你跟他們說這位明星的某部戲演得不夠好，他們就會成群結隊的反駁你，說「你知道他有多努力嗎？」

動員群眾，只需要三項要訣

也就是說，**領導者對群體的動員方式，只要三招就夠了：斷言、重複和情緒傳染**。作為領導者，一定要對自己的群體提出一個主張，而這個**主張必須以斷言的形式提出來，簡單乾脆，生動明瞭，迎合群體的願望**。

第二項要訣就是重複，必須不斷重複，面對各種情況都要重複、再重複——重要的話一定要至少說三遍。勒龐認為，**把斷言不厭其煩的重複，可以讓斷言進入人們的潛意識中，不知不覺讓人對此深信不疑**。

此外，還需要第三項要訣：情緒傳染。領導者要以強烈的情緒，感染身邊的追隨者，再讓這些追隨者把這樣的情緒傳播出去，感染更多的人。

透過情緒傳染，喚起具有相同情緒的人，領導者的主張就會在情緒的作用下被人們接受。也許有些人並不十分認同領導者的斷言，但只要被這樣的情緒所感染，最終也會成為他的追隨者。

我們經常聽別人說「煽動情緒」，其實就是這個道理，**當群體情緒失控時，真相就不重要了**。

接著，我們順著這本書來思考一件事：

當我們進入集體，我們的狀態和判斷真的會瞬間改變嗎？這種理性和瘋狂的二分法是不是過於絕對？烏合之眾會不會在良好的領導下，成為普通或良好的公眾呢？

我認為，每個人可能會有不同的答案，這也是我推薦這本書的原因。你可能會擔心這本書已是一百多年前的作品，有些理論基礎可能過時，但能讓我們思考的作品，就是好作品。

我讀完這本書後，有四個想法想與你分享：

第一，**進入群體，更要保持獨立思考**。

某次我跑步的時候，看到一群人一邊跑、一邊喊口號，而我也準備跟著喊口號，但及時停住了，因為我想起我讀過這本書。這樣的訓練其實很重要，不從眾、不跟風、不人云亦云，做真正對自己有幫助的事情，做自己認為真正重要的事。

第二，**永遠不要讓你的情緒被別人帶著走**。

例如，當你看到一群人唾罵別人時，不要加入。當你看到大家都在誇別人的時候，不要盲目。想罵人、支持某人、甚至為之付出全部的時候，先問問自己：是我的情緒在說話，還是我的理性在操控？

第三，**無論你對某個群體有多麼喜愛，都要記住，你是可以實現無限可能的個人**。

你可以喜歡別人，你更可以成為別人或不一樣的自己。你可以順著集體走，但永遠不要磨滅你的個性。但凡一個群體開始喊口號，開始限制你對外的探索時，都請你格外警覺。

第四，**可以喜歡偶像，但要有自己的信仰，別把兩者搞混**。

將某人視為偶像，本質上是因為你希望成為更好的自己，主要關乎情感；但信仰主要關乎原則，關乎理智——兩者不要搞混。我愛這世界，但我更愛獨立思考的自己。

第4章

什麼是真正的善良？

——《梅岡城故事》

美國作家　哈波・李（Harper Lee）
出版年：一九六〇年

這是一本我越讀越後悔的書，後悔自己小時候沒有讀到，但好在成年時讀完了，好在成年讀完也不晚。因為這本書從基本邏輯上告訴我們，什麼才是真正的善良。

別著急，我慢慢講給你聽。

這本書叫《梅岡城故事》（*To Kill a Mockingbird*，直譯為「殺死一隻反舌鳥」）。**美國前總統巴拉克·歐巴馬（Barack Obama）曾送給自己女兒兩本書，第一本是我們非常熟悉的《追風箏的孩子》（*The Kite Runner*），第二本就是《梅岡城故事》。**為什麼這本書在美國經久不衰？因為這本書帶來的價值觀太重要了。

在美國，種族歧視現象非常嚴重，原因很簡單，美國是個民族大融合的國家。原本這個地方只有印第安人、因紐特人（居住於北極圈周圍）等，後來，越來越多來自其他洲的人口聚集到這裡，難免有一些口角和矛盾，這些口角和矛盾最後變成了美國某一時期的文化：白人至上。

如果你曾在童年讀過這本書，你很幸運；如果你在成為父母之前讀到這本書，你的孩子很幸運。因為**這本書能教會你或你的孩子什麼是良知、什麼是正確，以及什麼是虛榮心、表現欲、優越感、羞恥心等，最重要的是——什麼是善良。**

為什麼作者只有這本書特別知名？

《梅岡城故事》的作者哈波．李，出生於一九二六年，出版《梅岡城故事》時她才三十四歲，正值盛年。她在二〇一六年以九十歲高齡離開了這個世界。

很有意思的是，如果你在網路上查哈波．李，會發現她的其他作品好像都沒什麼分量，只有這本書非常紅，為什麼呢？

哈波．李出生於美國東南部的阿拉巴馬州（Alabama），這是一個閉塞而保守、經濟貧困且教育水準較低的地區。

在她的童年時光中，除了閱讀報紙，她常去法院旁聽審判，這不僅豐富了她的生活，也為她後來的文學創作提供了豐富的靈感。她被審判過程中宛如戲劇的場面所吸引，這種體驗深刻影響了她的寫作，尤其體現在《梅岡城故事》中對法庭場景的生動描繪。

大學畢業後，哈波．李毅然前往紐約，在一家航空公司擔任售票人員，同時利用業餘時間撰寫短篇小說。雖然小說創作的收入微薄，但她仍堅持不懈的寫作。到了一九五六年，命運之神為她安排了一次重要的相遇——她遇見文學經紀人莫里斯．克蘭（Maurice Crain），這場相遇無疑改變了她的文學生涯。

克蘭看了哈波．李的幾篇短篇小說之後，覺得還不錯，就鼓勵她把五篇短篇小說整合起來，變成一部長篇小說。

一九五六年聖誕節，一個改變哈波．李命運的時刻在克蘭家中上演。在閃爍的聖誕樹下，哈波．李收到了克蘭贈送的特別禮物——一個信封，內含一張數額可觀的支票。隨信還有一張字條，上面寫著：「我給妳一年時間，妳可以寫任何想寫的東西。」回過頭來看，這實在是美國文學史上極為珍貴的一件禮物。

得到這筆資金的支持，哈波．李放棄了她在航空公司的工作，全身心投入到寫作之中。她開始將之前的短篇小說構思、擴展為一部長篇小說。這段孜孜不倦的創作，最終孕育出了《梅岡城故事》，這部作品不僅獲得了巨大的文學成就，也深刻影響了無數讀者的心靈。

整部小說只寫了兩個月就完成，之後發表在美國的各大雜誌上。

《梅岡城故事》大獲成功，原因如下：第一，當時美國各大媒體經常報導黑人和白人之間的衝突，而黑人總是被欺負的那一方；第二，這個故事是有真實原型的。

一九三一年，作者五歲的時候，九個年輕的黑人被指控在阿拉巴馬州附近，強暴了兩個白人女性，經過一系列漫長的大肆宣傳和令人痛苦的審訊之後，這九個犯人之中，有四個被判處長期監禁，後來，很多美國的律師和市民都認為這個判決有誤。哈波・李對新聞的掌控和對文學的挖掘，真的會給人很大的啟發。

一九六〇年，這本書在英國出版，立刻成為暢銷書，而美國也一再重印。一九六一年，這本書被改編成電影，電影又對這本書的影響力產生巨大的推動作用，最後這本書成為美國的高中生必讀書目，作者更加聲名顯赫。

《梅岡城故事》這麼成功，為什麼哈波・李之後的創作就沒有這麼出名了呢？很簡單，因為《梅岡城故事》剛出版那幾年，每年都能賣到一百萬冊，此外還有電影版稅、翻譯版稅、海外版稅等，每年可以為哈波・李帶來七十萬美元的稅後收入，基本上什麼都不用做，靠這本書就能過活。

不過，《梅岡城故事》越熱銷，哈波・李的心理壓力越大，對她的文學創作打擊也更大。我想，**當作家滿懷著巨大的心理壓力，一直懷疑自己是不是能夠創作出更好的作品時，就很難再寫出好東西了**。

《梅岡城故事》一出版，迅速引起各界關注，帶給哈波・李意想不到的名聲。**出版一年後，哈波・李最常做的事情，竟是回覆讀者的信件。名聲雖盛，但她卻鮮有時間再投入新的寫作**。畢竟，人的精力是有限的。

她的生活被各種要求填滿，包括她的同學、老師、鄰居以及房東等，都希望被她寫進作品裡。哈波・李的餘生，幾乎是在應對這些無休止的請求中度過。她每天都要和這些自稱為她的知己或讀者的陌生人打交道，同時還要應付媒體的頻繁採訪。

在《梅岡城故事》出版一週年時，儘管文學經紀人克蘭鼓勵她著手創作第二本小說，但是哈波・李發現自己難以再現初次創作時的那種孤獨與專注。第二部作品的創作變得異常艱難，因為她幾乎沒有安靜的時間，生活中的干擾也比以往任何時候更多。這種情況嚴重影響了她的寫作進度和心態，使得繼續創作成為一種挑戰。

她寫給一位朋友的信裡，有這麼一段話，我覺得很有意思：「我預感自己會成為另一個沙林傑（Jerome David Salinger），整個下半輩子都花在和別人用餐、聊天、參加雞尾酒會之上。參加一些圖書派對，在那裡書籍只是裝飾品，酒精才是用來傳閱的。」

沙林傑是著名小說《麥田捕手》（*The Catcher in the Rye*）的作者，他也是出道即顛峰，寫完這本書之後，就開始天天忙於各種瑣事，於是顛峰後就再也沒有了聲音（按：關於沙林傑與《麥田捕手》，請見本書第十章）。

二〇一六年，哈波・李謝世了。雖然說她後來沒有寫出特別好的東西，但至少她這一生寫出了這本《梅岡城故事》。哈波・李的人生故事帶給我一個非常大的啟發，就是人要不停的進步，不能躺在自己生命長河的最高點上睡覺。

沒有傷害任何人，卻不能避免被壓迫的命運

為什麼這本書叫 *To Kill a Mockingbird* 呢？因為這個故事的主角琴．露易絲（Jean Louise Finch，暱稱絲考特〔Scout〕）和傑姆（Jem Finch）兩兄妹，纏著他們的爸爸阿提克斯（Atticus Finch），想要支空氣槍當作禮物。

爸爸同意了，但他對傑姆說：「我寧可你在後院射馬口鐵罐，但我知道你會去射鳥。你要是射得中藍樫鳥，愛怎麼射都行，不過你要記住，射殺反舌鳥是一種罪過。」

絲考特詢問另一位大人原因，那人告訴她：「反舌鳥只做一件事，就是製造音樂供人欣賞。牠們不會把園子裡的花果蔬菜吃個精光，不會在玉米穀倉裡築巢，只為全心全意為我們唱歌。所以才說殺死反舌鳥是一種罪過。」

這段話被認為是文學史上非常經典的描述。結合小說情節，它也在告訴我們：這個世界上有很多人沒有犯錯，只是因為他出生是黑皮膚，只是因為他在這個時代裡做了一件看起來違反所謂「道德」的事，他這一輩子只能躲在屋子裡，你為什麼要射殺他呢？

這本書和改編電影我都看過，我對電影沒什麼印象，但對小說印象太深刻了，我覺得它是美國最偉大的小說之一。

我們先講背景。故事主軸是絲考特六歲到九歲在美國阿拉巴馬州的經歷。一九三〇年代初期是美國經濟大蕭條的時期，美國深南部（按：Deep South，一般指美國東南部阿拉巴馬州、喬治亞州、路易斯安那州、密西西比州和南卡羅來納州這一範圍）是種族壓迫最嚴重的地方，雖然奴隸制一八六五年就廢除了，但是黑人社會與白人社會完全隔離，在公車上黑人還得讓座給白人。最可怕的是，白人可以對黑人動用私刑。

因為這個故事是以八歲小孩的視角來描述，所以小說文字很直白，容易讀懂。整部小說有兩條主線，第一條是一個有精神問題的神祕鄰居——雷德利家的阿布（Boo Radley），另一條是黑人湯姆．羅賓森（Tom Robinson）被誣告，絲考特的父親阿提克斯為其辯護的故事。後續我會講這兩條主線的細節。

小說最後將這兩條主線進行了整合，雖然不算融合得太好，但它的昇華是非常不錯的，它緊扣一個主題：不要殺死一隻反舌鳥。樂於助人的黑人青年湯姆跟數十年不出家門的鄰居，都是因為天生、無法控制的因素而被歧視，一個是因為膚色，一個是因為精神疾病。他們天生擁有這些「缺陷」，主流社會沒有辦法包容，憑什麼怪罪於他們呢？

主流社會總是刺激他們、打擊他們，湯姆甚至為此而喪命。這就是**社會中的「反舌鳥」，沒有傷害任何人，卻不能避免被壓迫的命運**。

而以阿提克斯為代表、一群富有正義感的普通人，在日常生活中時時刻刻為這些「反舌鳥」努力，幫助他們與邪惡、虛偽抗爭，雖然他們最終失敗了，但他們曾經努力過。阿提克斯是小說中一個正向角色，但沒有讓他成為英雄人物，他依舊失敗了。不過，正是這些失敗能帶給人反思。

有一件事不能少數服從多數

在哈波．李的這部經典小說中，絲考特和她的哥哥傑姆是故事的核心人物。他們居住在一個充滿偏見和流言蜚語的小鎮上，鎮上有一個神祕人物阿布，被當地人稱為「怪人」。傳言阿布曾經犯下各種不法行為，最終被家人鎖在家中，鮮少露面。

絲考特和傑姆對這位鄰居充滿好奇，他們和朋友迪爾（Dill Harris）試圖揭開阿布的神祕面紗。在探險過程中，他們意外在雷德利家附近，一棵橡樹的樹洞裡發現了一些物品：口香糖、小獎盃和懷錶。這些普通而親切的物品，與他們所聽聞阿布的邪惡形象形成了鮮明對比。

有一天夜晚，鎮上失火了，絲考特和傑姆兄妹倆跑去觀看救火，回到家時，絲考特發現身上多了一條保暖的毛毯。

最驚險的是，某次傑姆半夜說要去看阿布，結果被阿布的哥哥當成小偷，他拿著槍一頓亂射，嚇得傑姆四處逃竄。倉皇之中，傑姆的褲子被鐵絲網勾到，他立刻把褲子脫了，趕忙逃跑。之後，傑姆回去找褲子時，發現褲子疊得整整齊齊的放在那裡，勾到而破爛的地方還被縫好了。絲考特和傑姆這時覺得，阿布跟鎮上人們描述的好像不太一樣。這是第一條主線。

小說裡還有個醉鬼叫羅伯・尤爾（Robert Ewell），這個人失業了，家裡非常貧困。他的女兒瑪耶拉（Mayella）是個白人少女，自幼生活在這種貧困無知、缺少溫情的家庭環境中，又窮又封閉又沒受過教育，屬於社會最底層的人。當她見到黑人青年湯姆的時候，覺得這人長得帥，又樂於助人，衝動之下，她親了一下湯姆。

她親湯姆之前，完全沒有意識到當時的社會規則，是白人和黑人絕對不能在一起，之後她被這些規則完全擊垮了，像一個犯了錯誤的小孩，想要銷毀自己的犯錯證據。

瑪耶拉在白人群體的壓力下，誣告湯姆強暴了她。當時，黑人如果強暴白人是要被處死的。羅伯·尤爾無法容忍自己的女兒跟黑人有染，他也誣陷湯姆強暴了他的女兒，把湯姆告上了法庭。

這時，法院只派了一個人為湯姆辯護，就是絲考特的爸爸——律師阿提克斯。阿提克斯發現黑人湯姆什麼事都沒做，完全是被冤枉的，他便冒著風險，主動為湯姆辯護。

在阿拉巴馬州這樣一個白人至上的社會裡，阿提克斯選擇為黑人辯護，並嘗試為他脫罪，是極具挑戰性和大逆不道的。在梅岡城，黑人的命運輕如草芥，隨時可能被拋棄或踐踏。推動種族平等的居民寥寥無幾，阿提克斯這一行為，使他和他的家人成了白人居民發洩憤怒的對象。然而，他堅定而足智多謀，堅信自己能夠贏得這場官司。

當絲考特問爸爸為什麼要替黑人辯護的時候，他們有了以下的對話：

「總之我現在只能說，當妳跟傑姆長大後再回顧這件事，也許會多一點同情，也會多少覺得我沒有丟你們的臉。這個案子，湯姆·羅賓森的這個案子，涉及了人的良知本質……絲考特，如果我不試著幫助那個人，就沒辦法再去教會禮拜上帝了。」

「大部分的人都覺得他們是對的，你是錯的……。」

「他們當然有權利那麼想，而他們的想法也應該得到充分的尊重，」阿提克斯說：

「可是在我通過別人那一關之前，得先過得了自己這一關。**世上只有一件事不能少數服從多數，那就是人的良知。**」

在法庭上，阿提克斯的邏輯非常嚴密，且辯護詞非常漂亮，他讓羅伯・尤爾這個人的陰謀，暴露在大眾面前，所有人都發現羅伯・尤爾沒有任何證據控告湯姆・羅賓森。

但是，那個時候的法院根本不講證據，他們覺得白人至上，黑人有罪，最終正義並沒有戰勝邪惡。陪審團花了三個小時的時間，依舊判決湯姆有罪。阿提克斯的努力沒有改變結局，但爭取了三個小時的時間。以前，他們都是一開庭就為黑人拍板定罪，這次他們用了三個小時。小說的最後，絕望的湯姆想從監獄逃跑，被亂槍打死，為整個案件劃上非常悲傷的句號。

但是越來越多的人相信，這個黑人是沒有罪的，越來越多人覺得羅伯是個討厭的人，是他的女兒先勾搭了黑人。羅伯惱羞成怒，預謀殘害阿提克斯的兩個孩子。當他正準備弄死兄妹倆的時候，誰也沒想到，竟然有一個人挺身而出保護了他們——這個人就是第一條主線的怪人阿布，他勇敢的拯救兩兄妹。

這時，大家發現阿布不是傳言中壞事做盡的瘋子，相反的，他竟然是一個非常具有正義感和同情心的人。他一直看著絲考特和傑姆試圖接近他，也一直想保護著他們。而劫後餘生的絲考特抓起了阿布的手，發現他的手那麼蒼白，卻出人意料的溫暖。

就算手裡拿著槍，也不要射殺「反舌鳥」

阿布從來都是閉門不出，隱居在家，這其實是哈波．李精心設計的一種虛寫的筆法，它有很強的象徵意味。

阿布在少年時期曾誤交損友，組成了類似幫派的組織，甚至私釀威士忌。這群年輕人被帶到少年法庭，法官建議把他們送到州立技職學校（一種收容犯罪青少年的學校，但並不是監獄），他的父親向法官保證他能管好兒子，絕不會讓他再惹事生非，法官便將阿布放了。接著，阿布的父親把他強制關在家中。

十多年後阿布父親去世，鄰居們普遍認為阿布可以自由走出家門了，但他依然選擇隱居家中，只在關鍵時刻出手幫助別人。

哈波．李想說什麼呢？她想透過這種象徵性的橋段，告訴這個時代南方的窮人和弱者，他們隱藏自己並不是因為他們害怕，也不是因為他們錯了，而是因為隱藏自己是他們當時唯一能做的。他們用沉默代表他們曾經來過，而有些人甚至沒有來過。這就是美國那個時代窮人唯一的表達方式——沉默。

但沉默就代表他們不存在嗎？不是。他們只是不願意失去這唯一的「權利」和「財產」，也希望外人不要打擾這些窮苦的人。

我第一次讀這本書時其實很感動。第一個感動點，是阿提克斯完全不顧自己的膚色和地位而為黑人辯護，第二個讓我更感動的地方是結局，經歷了這麼多大風大浪之後，阿布還是消失了，離開了所謂的主流社會。

所以，我想告訴你：

第一，永遠不要用耳朵評判一個人。當別人說某個人很壞時，一定要眼見為實，有機會就認識他。如果沒有機會，也不要隨意評判，絕對不要「殺死一隻反舌鳥」。這世界最簡單的一句謾罵就是：這個人人品有問題。但什麼是人品呢？而你又是從哪裡知道的呢？

第二，不要站在道德制高點看這個世界。道德制高點的確很好，但不是真實世界。

第三，一個高貴的人一定是靈魂高貴，而不是膚色、地位的高貴。

第四，**真正的善良，是就算手裡拿著槍，也不會射殺那些「反舌鳥」**。

第5章

夢想與金錢，你可以兩者都要

——《月亮與六便士》

英國作家　威廉·薩默塞特·毛姆（William Somerset Maugham）
出版年：一九一九年

這是個老生常談的問題：選擇月亮還是選擇六便士？所謂六便士，是過去英國面額最小的錢幣（按：已於一九八〇年停止流通），它像月亮一樣，圓圓的、亮亮的，但尺寸和重要性又遠遠比不上月亮。

現在我們知道，月亮可以說是一種成分複雜的大石頭，但以前的人沒有現在的高科技，他們會覺得月亮就是天堂。

你身邊應該有這樣的朋友：在人群裡不容易一眼認出，長相一般、工作能力一般，但態度老實勤懇，有老婆和孩子。你能想像這個朋友，有天突然離家出走嗎？

我不能，但英國小說家威廉．薩默塞特．毛姆（一八七四－一九六五年）卻在小說《月亮與六便士》（*The Moon and Sixpence*）中寫了這樣一個人。

我必須畫畫，這由不得自己

他的名字叫查爾斯．史崔蘭（Charles Strickland），在英國證券交易所當證券經紀人，雖然不是什麼傑出人物，但他擁有體面的工作、穩固的社會地位和外人看來美滿的家庭。結婚十六年來，他每天都是如此生活。

但就在婚後第十七年的一天，他突然離開家奔赴巴黎，拋棄了別人眼裡的好工作和幸福家庭。

聽到這裡，你的第一反應是什麼？你跟那群鄰居的想法可能一樣：他是不是愛上了誰，跟誰私奔了？但並不是，**查爾斯沒有跟別的女人私奔，他離家出走的原因，是瘋狂迷戀繪畫**。

繪畫代表著什麼？我們通常認為，繪畫是藝術，畫作都是藝術品。你若有機會可以看看二〇一一年上映的法國電影《逆轉人生》（*Intouchables*），裡面有句臺詞這樣說：藝術品就是證明我們曾活過的東西。對查爾斯而言也是如此，在他眼裡**繪畫代表著月亮，那是他身邊誰也無法到達的遠方**。

用小說裡的話來說，他彷彿「被魔鬼附身」，他去巴黎就是為了追求這個理想。他太太聽說他住在很昂貴的豪華大飯店裡，但事實上根本不是如此：他寄居在巴黎一間旅館，「那裡並非時髦的區段，甚至不大入流」。

作者當然也不信：第一眼看到這家旅店時，全文敘述者「我」感到萬分惱火，懷疑自己被耍了。怎麼可能？

查爾斯學過繪畫嗎？沒有，不僅沒有，甚至也毫無任何喜歡繪畫的跡象，除了讀過一年的夜校之外，他毫無繪畫基礎。可是，當他被人找到時，他說：「我就跟你說了我得畫。我也沒辦法克制自己。一個人掉進水裡的時候，他游得好或不好並不重要：他就是得游出來，不然就等著溺水。」

就這樣，查爾斯一直堅持畫畫，但是他的作品太差了，要靠什麼活下來呢？這個時候，一名商業上成功但已過氣的荷蘭畫家德克．史特洛夫（Dirk Stroeve）登場了。這個人心地善良，眼光獨到，在別人覺得查爾斯的作品陳腐不堪、過分鮮豔繁雜的時候，只有他一眼看出查爾斯的繪畫天賦，把他當成上帝一般侍奉，不僅在生活上提供各種服務，還在他病重時把他接到家裡悉心照顧。

結果，查爾斯非但沒有絲毫感激，還在養病時勾引了史特洛夫的太太。不過，查爾斯很快就拋棄了史特洛夫的太太，最終她自殺身亡。

再後來，因為一些巧合，「我」遇上了一些人，他們在查爾斯人生最後幾年和他有過交集，包括船長、醫生等，從他們口中，「我」才聽說了查爾斯後半生的故事。

原來，查爾斯一路輾轉了幾個國家，最後落腳到南太平洋的大溪地島（Tahiti）。他跟一個名叫愛塔的當地人結婚，過著與世隔絕的生活。

滿地都是六便士，他卻抬頭看見了月亮

在那裡，他遠離喧囂與紛擾，全心投入藝術創作。在大溪地，他好像真正找到了自己喜愛的生活方式。可是很不幸的，沒過多久，查理斯就感染了漢生病（Hansen's Disease，過去俗稱痲瘋病），這是一種由麻風桿菌引起的慢性傳染病，主要病變在皮膚和周圍神經。過世的前一年，查爾斯甚至成了一個瞎子。一個畫家竟看不見，多麼諷刺和荒謬！

那麼，他後悔嗎？他不後悔。

他的眼裡只有自己，沒有別人。**他自私，沒有責任心，不屑和「社會」發生任何關係**。但他又很無辜，因為**他的眼裡豈止沒有別人，甚至沒有自己，只有夢想**。

他不是選擇了夢想，而是被夢想選擇。

有些人在時代變幻下四處逃竄，逃向功名，或者利祿。但是，查爾斯拒絕成為和他們一樣的人，被控制在無休止的工業機器裡。**滿地都是六便士，他卻抬頭看見了月亮**。

在查爾斯最落魄的時候，愛塔不離不棄，一直在身邊照顧他，陪伴他完成了凝聚天賦與一生心血的巨型壁畫。正當大家期待著這幅畫的模樣時，故事卻迎來了讓人嘆惋的

結局：「他要她（愛塔）答應，放火燒掉房子，而且直到房子化為焦土，半根木材都不剩之後才能離開。」

這幅畫最後就這樣被燒掉了。

毛姆被譽為「故事聖手」。請注意，小說不一定都是講故事，但毛姆的小說之所以好讀，正因為他寫的幾乎都是故事，講故事是人類與生俱來的能力。

從道德層面來看，查爾斯拋家棄子，對唯一的伯樂恩將仇報，實在不能算是個讓人喜歡的角色。但如果以文學的標準衡量，他卻又是個富有魅力的人物。為什麼？因為**文學有個功能，就是把那些不被人看到的人和事，放大給人們看**。這個人的獨立性、原創性實在是太偉大了。或許你翻閱歷史上所有的小說，也找不到第二個這樣的人。

《月亮與六便士》自一九一九年出版以來，一直是許多讀者的心頭好，廣受好評，評論家卻都不喜歡，甚至很多人批評它。許多作品都是如此，讀者很喜歡，但評論家覺得缺乏深度。

毛姆個性坦率，常常直言不諱，因此總是招來文藝批評界的詆毀，但他仍堅持以英、法等國的社會現象為題材，創作大量短篇小說，在二十世紀英國短篇小說史中占據重要地位。

當然，也有些書是讀者不喜歡，但在評論界廣受好評。所以，要寫一本既叫好又叫座的書，很難。儘管一些評論家不喜歡，但這部小說在美國剛上市時，銷量就勢不可擋，甚至帶動了毛姆之前作品的銷售。

這本書的影響力甚至持續到一戰結束後，當時人們剛從大戰的陰霾中走出來，非常需要精神的寄託，毛姆筆下的大溪地顯得格外引人遐想，許多人都去那裡旅遊。

法國畫家保羅．高更（Paul Gauguin）於一八九九年創作的油畫《兩個大溪地女人》（Les Seins aux fleurs rouges）很有名。畫中所描繪的，正是這個島上婦女的勞動場景。兩名青年女子半裸著身子，站在一片蓊鬱的樹蔭下，一個端著盛滿果子的盤子，一個手捧鮮花。

高更跟《月亮與六便士》小說主角查爾斯一樣，也娶了大溪地當地女子為妻，所以很多人認為查爾斯就是高更。我認為很像，但還是不一樣。

把口袋裝滿六便士，再抬頭看月亮

為什麼這本書會擁有如此持久的魅力呢？細細想來，原因也許就在於**它提出了一個**

芸芸眾生必須面對的永恆命題。日常和理想，世俗和藝術，平庸和天才，這些激烈的衝突在毛姆筆下顯得那樣尖銳。他之所以把人物寫得如此極端，實際上就是逼我們思考這些問題。

針對這個問題，我也有自己的思考。**在文學創作中，往往要把主角推向某個極致，但生活不一樣，生活可以由自己做出多種選擇。你不一定非要在朝九晚五和浪跡天涯中做出抉擇，你可以都要。**

我的理解是，**先度過生存期，再談夢想**。

追求自由沒問題，但自由是有順序的。我認為，世上的三種自由依序是經濟自由、身體自由和靈魂自由。請注意，這三種自由的排序不能亂，一旦亂了，就會產生悲哀。人應該先擁有經濟自由，也就是有點錢；接下來你可以選擇自己生活的城市，也就是擁有身體自由；等你擁有了身體自由，最後擁有的，才是靈魂自由。但總有人把這三種自由的順序弄錯了。

例如，花著父母的錢卻想要浪跡天涯，這就是想先得到身體自由，再得到經濟自由。身體自由需要的錢從哪裡來？是從父母那裡得來。這世界沒有什麼歲月靜好，都是別人替你負重前行。

還有些人剛找到工作，就成天想遲到就遲到，想早退就早退，這就是先靈魂自由了。你的靈魂是自由了，但若按照這個方式在職場生存，恭喜你，你將會一直「自由」下去。

我曾經也想過浪跡天涯，還準備騎自行車浪跡天涯。在二〇一〇年的某天，我跟一位好朋友還沒仔細想好行程，早上買兩輛自行車，下午就出發了。到了晚上離開北京，我們兩個算一算，太累了，還是回家吧。說走就走的旅行，也是說回來就回來。

其實，所有說走就走的旅行背後，都要進行許多準備。

後來，經過半年的訓練，隔年農曆二月，我們騎行到了成都。這一路，我們花的所有錢都是我的，除了花費體力，沒有受什麼苦。

現在想想，你說這件事有什麼意義嗎？其實就是想看月亮。到了成都，就好比看到了月亮，但之所以能看到月亮，是因為你的銀行裡有很多六便士。

六便士要有，也要去看月亮。但**最好的人生，其實是把口袋裝滿六便士，然後抬起頭看月亮**。

在這個社會爭取自由正確的方法，是你先爭取經濟自由，也就是先找到工作，賺到錢，讓自己不用再為了錢出賣自己的時間，接著你可以實現住在哪裡都自由，最後才有了靈魂的自由，隨便飛到哪裡都可以。在你大學畢業後、窮得一塌糊塗時，一定要先賺錢，再考慮自由。

還有一種人，就是總低頭找六便士，已經賺了很多錢，仍然覺得還不夠。祝福每個人都能找到自己的六便士，同時，也別忘了抬頭看看月亮。

讀到這裡，不妨思考一下，你的月亮是什麼樣的？你有自己的六便士嗎？

第6章

真正的愛情，只有愛還不夠
——《茶花女》

法國作家　小仲馬（Alexandre Dumas fils）
出版年：一八四八年

我曾經遇過一位很漂亮的女孩，好看到我幾乎是過目難忘。沒想到，第二天一位文學圈的前輩請我吃飯，又遇到她了。後來聽人介紹才知道，女孩原來是個演員，不知道為什麼就不演戲了，開始在各種圈子裡混。

有人說她是名媛。我問朋友，什麼是名媛？他說：就是那種什麼局都有她，誰的微信（按：一款即時通訊軟體）她都有，靠對接資源獲益的人。接著，這位朋友又說：這樣的人大概也不會有什麼幸福。

我回到家，久久不能平靜，因為我想到了《茶花女》（*La Dame aux camélias*）。茶花女也是名媛，是法國上流社會的名媛。她的故事，我真希望每一個不相信愛情的人都多讀兩遍，以找到自己所愛。

茶花女就是小仲馬的故事

我很喜歡法國小說家小仲馬（一八二四－一八九五年）。他很有才華，是小說家大仲馬（Alexandre Dumas，名著《基督山恩仇錄》〔*Le Comte de Monte-Cristo*〕的作者）與一名女裁縫的私生子。大仲馬成名後，混跡於上流社會，就再也不管他們母子。小仲馬七歲時，慢慢展現出天才的文學能力，後來，大仲馬決定奪回撫養權。

小仲馬曾說，自己是父親「偉大的兒子和卑微的同行」，但我們看小仲馬的作品，一點都不比他爸爸差。大仲馬的《基督山恩仇錄》、《三劍客》（*Les Trois Mousquetaires*）確實不錯，但小仲馬寫《茶花女》時年僅二十四歲，在這之後，只要大家一提到交際花，第一個想到的就是茶花女。

後來，這個故事被改編為各種話劇、電影、芭蕾舞等藝術形式。以電影來說，《茶花女》電影在不同年代、不同國家都有過非常經典的版本，例如法國、瑞士等。幾乎整個歐洲都改編過他的小說，感動了無數人。

《茶花女》基於真實故事改編。一八四七年，**小仲馬聽到老情人瑪麗・迪普萊西（Marie Duplessis）病逝的消息，回想起和她在一起的時光以及她曾經的歲月，於是走進了書房，用不到一個月的時間寫出了《茶花女》**。

故事的主角叫瑪格麗特・苟蒂耶（Marguerite Gautier），其原型就是瑪麗・迪普萊西。**當時媒體問小仲馬，男主角亞蒙・都瓦勒（Armand Duval）是不是你？他沉默了很久，說道，是。**

一八四四年，二十歲的小仲馬在一場戲劇演出中，遇到了交際花瑪麗。一次，他到瑪麗家拜訪時，小仲馬發現瑪麗竟然在咳血，所有人都若無其事時，只有他勸她要保重身體，瑪麗深受感動，後來便成了小仲馬的情人。

沒過多久，小仲馬和瑪麗因為一場爭吵而分手，原因很簡單——沒錢。瑪麗是個混跡巴黎上流社會的交際花，當然需要很多錢維持日常開銷，而小仲馬那個時候二十多歲，哪裡來的錢？他付不起，但想為這麼美的女人付帳單的人多的是。於是，小仲馬妒火中燒，一氣之下寫了分手信。瑪麗畢竟年輕美麗，也無所謂，兩人就這麼分手了。

四年後，小仲馬寫《茶花女》時也用到了這封信。用這種書信的方式寫過往，把死去的人復活，小仲馬是第一個。

小仲馬和瑪麗分手後沒多久，就有了新女友，但他跟他爸爸不一樣，大仲馬一生遍地留情，小仲馬卻細膩敏感。他憐惜女性、同情女性，甚至在那樣的年代，願意為女性發聲。不過，他們雖然觀念不同，小仲馬跟爸爸大仲馬的關係其實很好。

大仲馬是位產能很高的作家，也很會玩情節；而小仲馬的作品靠的是敏銳的洞察力，同時他也是懂得跟上熱門話題的高手。

例如，他寫交際花的故事，其實就抓住了許多人的目光。因為交際花的生活本來就是特別私密、眾人難以看見，在各個國家的文化裡都有這樣的女人，而小仲馬透過《茶花女》將其展露在大眾眼前。

交際花其實就類似日本的藝妓、過去朝鮮的妓生，這類女性在以前的中國也很常見。再例如我們熟知的可可．香奈兒（Coco Chanel），其實也曾是交際花。

上流社會需要交際花，卻又瞧不起她

小說一開頭，敘述者「我」在街上閒逛，看到一則拍賣廣告，說一位屋主過世，要拍賣她的傢俱。「我」決定上門去看看。到了之後，才發現這裡原來是某位交際花的住所，屋裡聚集許多上流社會的貴婦。這些貴婦看著交際花的遺物，發出感慨：我怎麼還不如交際花？

出於好奇，「我」在拍賣會上花了一百法郎，買到一本屬於交際花的小說，上面寫著：瑪儂，謙卑的，贈予瑪格麗特。落款是亞蒙．都瓦勒。這時，「我」內心的疑問越來越多。

沒過多久，一個名叫亞蒙的年輕男子登門拜訪，說他願意出高價買回那本小說《瑪儂．勒絲蔻》，「我」這才想起那本書上有他的名字。

「我」參加了遷墳儀式，在場的只有五個人：兩個掘墓人，「我」和亞蒙，以及辦事的警察。

當我讀到這一段時，心情久久不能平靜，無論她生前多麼美麗，死後也是化為一堆腐肉。小說裡如此寫道：「她的眼睛只剩下兩個洞，雙唇不見了，白色牙齒已經擠壓成一堆，黑又枯乾的長髮因為天候而黏貼在一起，並且稍微遮掩了雙頰上的綠洞」。你很難想像，她曾經如此的美麗，吸引著萬千人來到她身旁。

瑪格麗特原來是個貧苦的鄉下女子，但長得非常漂亮。她來到巴黎後，貴族公子們爭相追逐，因為她隨身的裝扮總是少不了一束茶花，人稱「茶花女」。有越來越多的人聽聞她的美貌，她紅遍上流社會。

不少交際花都擁有驚人的美貌，但這不是關鍵，**好看的外表充其量只能讓人能當個「花瓶」，但交際花還要有智慧和才華，才能讓更多人喜歡**。很多人問交際花是不是妓女？我認為本質上是的，她們都是在出賣一些東西以換取財富，只不過交際花更代表了妓女浪漫化、理想化的一面。但無論如何，**在講究階層、血統的法國社會中，上流社會需要她們，卻又瞧不起她們**。

這其實也是瑪格麗特怠慢亞蒙的原因，她用傲慢的舉止對抗那些沒錢追求者的逢迎，因為她自己也知道，在男人心中她只是個玩物，所以，要不就給她錢，要不就滾。至於若想給她愛，她可能要好好觀察一番。

兩人相遇兩年後，亞蒙受邀去了瑪格麗特家中。眾人飲酒狂歡的時候，瑪格麗特突然感覺身體不適，一個人躲進梳妝間，亞蒙擔心的跟了過去。這時瑪格麗特終於明白，亞蒙是真心關心她、憐惜她，而不是一時興起貪戀她的美色。

亞蒙終於得到了瑪格麗特。可是，興奮的情緒過去之後，他和小仲馬一樣，陷入了患得患失之中。因為亞蒙沒錢，他只能眼睜睜看著心愛的女人繼續接待別的客人。你想，你喜歡的女人，跟別人天天在外喝酒，你心裡是什麼感覺？但瑪格麗特就是靠這個賺錢謀生的，她非去不可。

在瑪格麗特眼裡，亞蒙真摯可愛，他為愛而生的衝勁，激起了瑪格麗特對生活的渴望，她甚至決心擺脫巴黎的生活，和自己心愛的人到鄉下住一段時間。但是，去鄉下住也需要錢，這件事她並不指望亞蒙，而是計畫獨自一人籌集一筆錢。

於是，她請亞蒙離開她一個晚上，什麼也沒說。沒想到，亞蒙竟然在路上恰巧碰上瑪格麗特和過去的情人在一起。他憤怒至極，寫了一封分手信給瑪格麗特，分手信裡說：「我既不夠有錢照我所願來愛妳，也不夠貧窮依妳所願來愛妳，**所以就讓我們都遺**

忘吧，對妳來說，一個差不多無所謂的名字，對我而言，是一份不可能擁有的幸福。」

每次看到這麼美麗的文字，我都感動不已。熱戀時，每個人都是詩人；失戀時，每個人都是作家。我愛上別人時也曾經寫過詩，我寫不出東西時，只要生命裡走進一個人，就能加快我的打字速度。

文學是生命的另一種可能

不過，**跟小仲馬現實生活中的結局不同，這封分手信沒有終結亞蒙和瑪格麗特的戀情，反而修復了他們的關係**。我想，這也是小仲馬的希望，**他把文學當作生命的另一種可能**。幾天後，瑪格麗特主動上門求和，還提議去鄉村度假，亞蒙答應了，這是兩人最幸福的一段時光。

可是，琴棋書畫的背後畢竟是柴米油鹽。亞蒙發現，瑪格麗特值錢的衣物和首飾越來越少，他突然明白，她最愛的女人為了維持日常開銷，而賣掉這些東西，甚至打算賣掉自己在巴黎的一切，從此和亞蒙過普通人的生活。這一刻，亞蒙感覺自己是世界上最幸福的人，想和她一起面對這紛擾的世界。於是他找了公證人，打算把部分財產轉到瑪格麗特名下。但誰也沒想到，公證人把這件事報告給亞蒙的父親。

經紀人謊稱要他去簽字，於是他便離開瑪格麗特、回到巴黎。與此同時，亞蒙的父親來拜訪瑪格麗特，並告訴她，他的女兒愛上一位有為青年，但青年打聽到亞蒙和瑪格麗特的關係後說，如果亞蒙不與瑪格麗特斷絕關係，他就要退婚。

他一次次威脅，瑪格麗特一次次妥協。瑪格麗特痛苦的向亞蒙父親哀求，如果要讓她與亞蒙斷絕關係，就等於要她的命。可惜他的父親毫不退讓。

階層的矛盾，從來都是橫在愛情上的梁子。那時法國上流社會不追求愛，只講究對方有沒有足夠的錢和資源。

熱戀中的亞蒙打定主意要和瑪格麗特長相廝守，沒想到瑪格麗特先放手了，還留下一封分手信，他不知道她是為了他的家庭，才在無比痛苦中選擇放手。沒過多久，她接受了N男爵的追求。

亞蒙遭遇情變，卻不知道為什麼，他以為瑪格麗特還是貪戀紙醉金迷的生活。回到巴黎後，他找了一個新的情婦，並開始瘋狂攻擊瑪格麗特。瑪格麗特本來就患有肺病，亞蒙的無情無義加重了她的病情。

其實，亞蒙也無法從報復行為中獲得快感，但他必須這麼做，只有這麼做，才能表明自己是愛她的。

他不知道的是，瑪格麗特和他分手、重返巴黎社交界，並不是嫌貧愛富，恰恰相反，她深深愛著亞蒙，甚至願意為他默默犧牲。但這樣的傷害她怎麼受得了。終於，瑪格麗特重病在床，形容枯槁，曾經賓朋滿座現在悄無聲息，只有債權人在家裡進進出出，等著她斷氣，拍賣掉值錢的物件以抵她欠下的債務。

而亞蒙呢？他去旅遊了。他並不是喜歡旅行，而是由於太痛苦了，他決定換座城市生活。他並不知道，瑪格麗特在貧病交加中孤獨的死去了，僅僅留下一封信。

整個故事在這封信中結尾。

當亞蒙重回巴黎時，他收到了一本日記。「每天你都帶給我一種嶄新的侮辱，而我幾乎都以快樂的心情來承受，因為這仍然證明你一直都愛著我，我認為，你越折磨我，在你了解事實的那天我在你心目中便越重要。」可惜的是，他再也聽不到瑪格麗特對他說話了。

亞蒙懷著無限的悔恨與惆悵，為瑪格麗特遷墳安葬，並在她的墳前擺滿了白色的茶花。用「茶花女」紀念死去的愛人。

說回小仲馬的真實故事，其實也是如此。一八四七年，瑪麗病逝於巴黎。小仲馬悲痛萬分，寫下了《茶花女》。

我也時常想，如果有一天我回到家時，發現我愛的人已經不在，只留下一封信或微信裡的一條語音訊息或影片，我會不會肝腸寸斷、熱淚盈眶？我想我會的。所以，當你愛一個人的時候，請一定要告訴他，不要等到他走了才追悔莫及，那時，一切都已經太遲了。

按照我的理解，這個故事還有另一個版本。如果我是小仲馬或亞蒙，我可能不會這麼快墜入愛河。縱觀世界上的愛情悲劇，很多都和錢有關。所以，你最好先滿足物質生活，提升物質生活之後，再考慮精神上的愛情，這樣愛情才能更堅固。

小仲馬在《茶花女》中寫道：「除了理想的生活之外，還有物質的生活，**再貞潔的愛情誓言碰到些物質生活的阻礙也一樣會瓦解，更何況這股現實的力量往往是固若金湯**。」我就以這句話當作這一章的結尾吧。

第7章

人類的孤獨有多少種？

——《百年孤寂》

哥倫比亞作家　加布列・賈西亞・馬奎斯（Gabriel García Márquez）
出版年：一九六七年

人類的孤獨有多少種，得看哥倫比亞作家加布列・賈西亞・馬奎斯（一九二七－二〇一四年）寫下的《百年孤寂》（*Cien años de soledad*）。

馬奎斯和文字的關係，是從他在哥倫比亞首都當記者時開始的。那段日子，他有兩個麻煩：第一個是窮，他擔任駐歐洲記者時，曾窮到在巴黎的垃圾桶裡找東西吃；第二個是新聞工作消耗他的時間和精力，大量的文字堆砌讓他沒有時間思考文學。

某天，馬奎斯晚上回家，妻子告訴他，家裡已經沒有錢買食物了，甚至沒錢買牛奶給兒子。馬奎斯先是沮喪，接著抱著兒子坐下來，很認真的解釋為什麼今天沒有牛奶喝。他跟兒子發誓，絕對不會再有類似的情況發生。

這種孤獨，是面對家人的孤獨，是不被人所知的孤獨，是只能一個人扛住的孤獨。

後來，馬奎斯生命中的貴人出現了，她叫卡門・巴爾賽（Carmen Balcells），在一九六二年成為馬奎斯的文學經紀人。卡門發現馬奎斯文字的精髓，覺得他是一個天才小說家，於是她開始張羅出版馬奎斯的小說，其中一本就是《百年孤寂》。

據說，寫完《百年孤寂》時，是某天上午的十一點。馬奎斯回憶，當時家裡只有他一個人，他已在孤獨裡度過了無數個春秋，他想打電話告訴朋友，可是又找不到人。他的自傳裡說，他陷入一種迷惑之中，多年來忙於做一件事，但做完之後他不知道自己該做什麼。這時，他看到一隻藍色的貓走進房間，牠好像和他一樣孤獨。

很多人買了這本書卻讀不完，接下來我會嘗試用我的方式幫你總結故事情節，看看這樣能不能讓你更喜歡這本書。

如果一個人能看到鬼魂

小說中的所有故事，都發生在一個叫馬康多（Macondo）的虛構市鎮上，小說中的所有人，都來自一個叫波恩地亞（Buendía）的家族，這個家族的人像是被孤獨詛咒過一樣。馬康多這個地方，由波恩地亞家族開創，同時伴隨著最後一個家族成員的死亡而消亡，像是他們從來都沒來過一般。

小說一開始，出現一位吉普賽人魔法師，他留下了一冊用梵文寫成的羊皮卷，誰也看不懂，需要破解。上面記載了這個家族的歷史，其中有一句話，概括了這個家族的命運：**「這支血脈的第一個家長會被綁在樹上，最後一個子孫會被螞蟻吃掉。」**

我小時候很愛讀希臘神話，長大後才慢慢明白，那是無休止的孤獨。例如伊底帕斯（Oedipus）的命中註定（按：伊底帕斯在無意中殺死親生父親，並娶生母為妻，成為國王。及至真相大白，自責而挖去雙眼）、普羅米修斯（Prometheus）的日復一日（按：普羅米修斯偷了火種，將其帶給人們，因而受到宙斯的懲罰，被綁在高加索山上，一隻老鷹會定期拜訪他，並啄食他的肝臟），阿爾貝·卡繆（Albert Camus）的《薛西弗斯的神話》（*Le Mythe de Sisyphe*）也透著一樣的底色：孤獨（按：希臘神話中，薛西弗斯被懲罰將一塊巨石推上山，而石頭到山頂後會翻滾回原處，他只能永遠反覆推著石頭）。

馬奎斯筆下的這個家族，在過去曾有這樣的歷史：近親結婚，生出了一個長豬尾巴的兒子。這個長著豬尾巴的人終生獨身，因為他不願意讓任何女性看到他的尾巴。後來，一個屠夫朋友幫他砍掉了尾巴，而他因失血過多死了。一生沒有跟愛的人在一起，是多麼刻骨銘心的孤獨。

荷西·阿爾卡迪歐·波恩地亞是西班牙人的後裔，他與表妹烏蘇拉·伊寬南新婚時，因為害怕歷史重演，和他的妻子很長一段時間都沒有性行為。因為怕生出豬尾巴的孩子，烏蘇拉始終帶著貞操帶，拒絕與丈夫同房，村民們流言四起。

荷西·阿爾卡迪歐·波恩地亞喜歡鬥雞，可能也是為了消耗多餘的精力。有天，他在鬥雞比賽贏過了對手，對手竟嘲笑他，說大家都知道他不是男人，在「那方面」不行。荷西．阿爾卡迪歐．波恩地亞很生氣，於是拿長矛和對方決鬥，捅破他的喉嚨。從此，這個人的鬼魂經常出現在他眼前。鬼魂那痛苦而淒涼的眼神，讓他日夜不得安寧。其實我們知道，世界上沒有鬼魂，但如果一個人總能看到鬼魂，就說明他內心一直被什麼折磨著。

於是，荷西．阿爾卡迪歐．波恩地亞一家帶著朋友及其家人離開村子，外出尋找安身之所，經過兩年多的跋涉，他們來到馬康多。為了不被嘲笑，他下定決心，哪怕生下長豬尾巴的孩子，他也要跟妻子發生關係。非常幸運，他們生下的兩個兒子和一個女兒都非常健康，沒有豬尾巴。

荷西．阿爾卡迪歐．波恩地亞的晚年很淒慘。在見證了生死、希望和絕望後，他晚年沉迷於鍊金術，整天把自己關在實驗室裡，陷入孤獨之中不能自拔，以至於精神失常，被家人綁在一棵大樹上，幾十年後才在那棵樹上死去。當然，這是後話。

生命像鐘擺，總在空虛和痛苦中搖擺

第二代的老大荷西．阿爾卡迪歐在前往馬康多的路上出生，他和一個叫碧蘭．德內拉的女人私通，有了孩子。後來又在一場吉普賽人的演出中，與一位吉普賽女郎陷入情網，這次他選擇出走，最後在家中被槍殺。這個人的故事我只用幾行字概括，但閱讀中我感受到深深的孤獨感，那種生活與愛分離的痛楚帶來的孤獨感。

老二奧雷里亞諾生於馬康多，他還在媽媽肚裡就會哭，睜著眼睛出世，從小就有預見事物的本領。後來他成了一位上校，掀起席捲全國的戰爭。上校發動過三十二場武裝起義，逃過十四次狙擊、七十三次埋伏和一次槍決，人生只受過一次傷，原因是自殺未遂。他痛恨政府在投票中詐欺，但同樣憎恨反對派的無辜殺戮。他可以自居任何頭銜，卻堅持被稱為「上校」。

讀這本書時，最令我難過的就是這位上校，他在槍斃與自己惺惺相惜的對手時說：「不是我要槍殺你。是革命。」對手回嘴說：「我擔心的是，這樣憎恨軍人，這樣攻擊他們，這樣想著他們，最後你會變成和他們一樣。**人生沒有這樣值得人痛恨到底的事。**」果然，這句話成真了。

在一次次永無休止的戰爭中，他一次比一次老邁、衰朽，也失去了戰爭的意義——他不知道為何而戰、如何而戰、要戰到何時。第一次失敗讓他抽離了這個迴圈，他決定結束戰爭，與政府和解，毅然放棄權力和榮耀，拒絕拋頭露面成為公眾人物。

他在晚年與十七個外地女子姘居，生下十七個男孩。這些男孩長大後不約而同回馬康多尋根，卻都被追殺，一星期後，只有老大活了下來。

上校後來返家，每日鍊金做小金魚，每天做兩條，達到二十五條時便放入坩堝熔化，重新再做。他像父親一樣過著與世隔絕的日子，一直到死。剛開始時他還會拿小金魚出去賣，再把換回來的黃金鑄成小金魚，後來做完之後就直接重新熔化，周而復始這個過程，直到死去。

我同情他的同時，突然意識到我也一樣，遭遇同樣的孤獨感，這種孤獨感或許只能藉由一次失敗來打破，但失敗後又是另一番孤獨。這就像德國哲學家阿圖爾．叔本華（Arthur Schopenhauer）所形容的，**生命像是鐘擺，總在空虛和痛苦中搖擺**。

荷西．阿爾卡迪歐．波恩地亞的女兒，名叫阿瑪蘭塔，她愛上一位義大利鋼琴師，可是鋼琴師已經有了心上人。在激烈爭奪後，她終於戰勝情敵，卻不知道為什麼不願意與鋼琴師結婚。鋼琴師因此深陷絕望，最終自殺。

悔恨之下，阿瑪蘭塔故意燒傷一隻手，永遠纏上黑色繃帶，決心終生不嫁。然而，內心的孤獨和苦悶仍然困擾著她，她甚至和剛成年的侄兒有不正常的關係。無論身邊有誰，她都無法擺脫內心深處的孤獨。她將自己關在房中，縫製殮衣，縫了又拆，拆了又縫，直至生命最後一刻。

許多讀者沒看懂這三個人，其實，仔細看看他們的孤獨多麼像。無止境的重複，又無止境的孤獨。像不像我們週一至週五工作，週六、週日休息這個無休止的迴圈？

有錢就不孤獨了嗎？

第三代裡最孤獨的，想必是奧雷里亞諾的兒子奧雷里亞諾·荷西，唯一活下來的兒子，他竟然熱戀著自己的姑姑阿瑪蘭塔，因無法得到滿足而陷入孤獨之中，於是選擇參軍。進入軍隊之後，他相思成疾，難以擺脫對姑姑的感情，於是尋求妓女的安慰，試圖擺脫孤獨。最終，他死於一顆射穿他胸膛的子彈。

很多人都曾經愛過一個不愛自己的人。佛教裡說這叫「愛不得」，其實背後的本質是孤獨。

《百年孤寂》裡的第四代是一女兩男。女孩叫蕾梅蒂絲，長得楚楚動人，但非常獨特。她赤身裸體，裹著一個布袋，拒絕浪費時間穿衣服。**這位聰明漂亮的女孩是整個故事中，唯一一個有美好結局的人物**。她超然於世，最終抓著一塊雪白的床單飄然離去，在晾晒衣物時永遠消失在空中。這有點像佛教思想，她不願入世，選擇隨風而舞。可是，生活裡能有多少人可以像她一樣，飄在空中，走在路上？

蕾梅蒂絲的兩個弟弟，阿爾卡迪歐二世和奧雷里亞諾二世是一對雙胞胎。阿爾卡迪歐二世在美國人開辦的香蕉公司裡當監工，鼓動工人罷工，成為勞工領袖。後來，他帶領三千多名工人罷工，遭到軍警的鎮壓，只有他一人活下來。

我讀到這段的時候感到特別難過，他親眼看到政府用火車把工人們的屍體運往海邊、丟進大海，又親耳聽到電臺宣布工人們暫時調到別處工作。他難以相信，因為他認識這三千人裡的許多人，他們說過話、握過手、擁抱過，於是，他四處訴說他親歷的這場大屠殺，揭露真相，卻被認為瘋了。那種**無論說什麼都沒人理解的孤獨**，讓他徹底崩潰了，他把自己關在房子裡，潛心研究吉卜賽人留下的羊皮手稿，一直到死都待在這個房間裡。

我記得中學時，全班同學指責一個男生偷了別人的錢，當然我也這麼認為，後來他就不說話，最後轉學了。現在回想起來，如果他真的沒偷錢呢？他所經歷的孤獨，太令人絕望了。

奧雷里亞諾二世也是一個孤獨的人。他有個情人，這情人擁有一種魔力：可以讓乳牛、母雞這樣的家畜快速繁衍。剛開始時他們養兔子，結果只用了一個晚上，院子裡就滿是兔子。然後，他們用兔子換了一頭乳牛，兩個月後乳牛生了三胞胎，接著乳牛不斷再生乳牛，家族就富裕了起來。

奧雷里亞諾二世宣布：我希望從今往後，這個家裡再沒有人跟我提錢的事情。可是，有錢就不孤獨了嗎？不是的。奧雷里亞諾二世在婚姻裡迷茫了，他並沒有娶自己的情人，而是娶另一個女人——來自馬康多小鎮之外、貴族家庭的女人。

然而，他還是沒辦法忘記情婦，便開始了兩邊跑的生活。每當他與情婦同居時，他家的牲畜就迅速的繁殖，為他帶來財富；一旦他回到妻子身邊，便家業破敗。

奧雷里亞諾二世大肆揮霍、舉辦各種宴會，每天十一點都有一輛貨車運來香檳和白蘭地。後來，馬康多下了四年十一個月又兩天的大雨，家畜紛紛死掉，情人也失去了讓家畜繁衍的能力。他開始變窮、生病。一開始先是聲音出問題，好像有一隻鉗子扼住了咽喉一樣，不只吃東西，呼吸、說話也都困難。後來，他拚命吃東西，最後撐死了。

我有時候覺得，那些買得起豪宅、高級轎車的人，的確讓人羨慕。但他們還是會孤獨的吧！**擁有再多，內心總有一些空洞始終沒辦法填滿**，哪怕夜夜笙歌，哪怕痛飲無數杯酒。

命運，又再一次輪迴

第五代是奧雷里亞諾二世和妻子費蘭妲的三個孩子，二女一男。長子荷西・阿爾卡迪歐最後的死法和奧雷里亞諾二世很像。長子兒時便被送往羅馬神學院去學習，母親希望他日後能當主教，儘管他對此毫無興趣，但還是堅持「聽媽媽的話，別讓她受傷」。母親死後，他回家後發現媽媽藏在地窖裡的七千多個金幣，一下子得意了，從此過著放蕩的生活，不久便被搶劫金幣的歹徒殺死。有時候，錢真的不是萬能的。

大女兒蕾納塔・蕾梅蒂絲愛上了香蕉公司汽車庫的機修工，一個工人階層的男子。母親認為門不當戶不對，不能接受。這和許多窮小子的經歷十分相似。工人每次出現時，都有一群黃色蝴蝶在附近。他會在晚上從屋頂溜進浴室和蕾納塔・蕾梅蒂絲幽會。

不巧被母親發現，她跟鎮長說家裡出現了偷雞賊，請鎮長安排士兵在院子裡射擊。這位工人被槍打中，終身殘疾。餘生他對自己的愛情閉口不提，就算被人當成偷雞賊看待也不提，他選擇忘記蕾納塔・蕾梅蒂絲，用自己的一生守著孤獨。

蕾納塔・蕾梅蒂絲發現自己懷孕了，而母親認為家醜不可外揚，將懷著身孕的她送往修道院，她在痛苦和孤獨裡終生一言未發，終老至死。後來，有一個私生子被送回來。這對情人在無盡的孤獨中過完了一生。

年輕時，我們常認為與不愛的人在一起或與愛的人擦肩而過，是最痛苦的事。但是，後來我們也懂了，**比這更孤獨的事情還有太多**。

例如，小女兒阿瑪蘭塔．烏蘇拉早年在城市裡上學，與飛行員交往後，兩人回到馬康多見到一片凋零，決心重整家園。她想改變一切，想要救這個災難深重的村鎮。但命運給她開了個天大的玩笑。

蕾納塔．蕾梅蒂絲的私生子是第六代，名字又叫奧雷里亞諾．波恩地亞，他出生後一直活在孤獨裡。你想，爸爸是「偷雞賊」，媽媽是「修女」，他能是什麼？所以，他從小就養成喜歡沉思的習慣，一直在想：我的家族怎麼會變成這樣？於是，他想起了那個記載家族命運的羊皮卷。

後來，他能與死去多年的老吉卜賽人對話，並受指示學習梵文翻譯羊皮卷。他一直對周圍的世界漠不關心，只想翻譯完羊皮卷。結果誰也沒想到，他青春期時竟然愛上了阿瑪蘭塔．烏蘇拉——那個立志改變家鄉馬康多的人，而那個人，其實是自己的阿姨。

奧雷里亞諾．波恩地亞愛上了自己的阿姨。

命運，又來了一個輪迴。

從第一代大家就擔心的詛咒，終於發生了。這兩個人之間產生了愛情並結合，最後生下了一個兒子。**這個兒子，有一條豬尾巴**。

接下來的故事就更讓人唏噓。母親死於產後失血過多，父親由於悲痛，走出家去找自己的朋友，疏於照顧嬰兒——**嬰兒被一群螞蟻拖出來，吃掉了**。

當奧雷里亞諾．波恩地亞看到被螞蟻吃得只剩下一小塊皮的兒子時，他終於破譯出羊皮卷手稿。手稿卷首的題詞是：「這支血脈的第一個家長會被綁在樹上，最後一個子孫會被螞蟻吃掉。」

此時，一場颶風出現，把馬康多這個小鎮從地球上徹底抹掉了。

我試著用最簡單的文字，跟你講一個複雜的故事，無論如何，希望我成功了。我不知道你有沒有產生一種孤獨到骨髓裡的感覺？如此驚心動魄的七代人的故事，卻在一陣風後，消失得無影無蹤。

我想，孤獨是人的常態，我們唯一能做的，可能就是在孤獨中變得更好。如果人的一生只有濃濃的宿命感，到頭來都是無常，我們只能讓自己變得更好，不虛此行，才能對抗孤獨。

第8章

跑下去，能看到什麼？——《關於跑步，我說的其實是……》

日本作家　村上春樹
出版年：二〇〇七年

我是一個很愛跑步的人，二〇二二年我跑了一千多公里，到二〇二四年，我在這三年裡跑了超過四千公里。每天早上起床第一件事，就是計畫今天去哪裡跑、今天該跟誰跑。這背後，要感謝這本書——《關於跑步，我說的其實是……》。每次跑完步，我都覺得世界變得不一樣了，跑步前的消極和絕望被風吹得無影無蹤。

「想要一個人獨處的願望，還是經常不變的在我心中，所以就算一天只跑一小時，藉以確保只屬於自己的沉默時間，在我的心理衛生上就成為擁有重要意義的作業了。至少跑步時我可以不必跟誰說話，也可以不必聽誰說話。只要望著周圍的風景，只要注視著自己就行了。這是任何東西都無法取代的一段寶貴時間。」多麼好的一句話，來自村上春樹（一九四九年—）的《關於跑步，我說的其實是……》。

二〇一九年底，我在日本，跟當地一位編輯聊天。我問：村上春樹和東野圭吾有什麼區別？編輯開玩笑說：村上春樹一年難得寫一本書，東野圭吾是每天都在寫。

我想跟你聊聊這位作家，他是我的偶像。

一九八〇年代，日本文壇陷入了完全沉寂的時期。太宰治、川端康成、芥川龍之介這些武士道文化之後，已經很久沒有出現新的文化。加上日本戰敗，很多文化已經開始偏向美國，他們找不到自己的文化底蘊，也不知道自己該何去何從，直到村上春樹寫出

《挪威的森林》。

他的作品，在日本文學斷層中崛起，後來，他開始每年寫一部。**翻閱他的簡歷就會發現，他得過的獎數不勝數，唯一缺的就是諾貝爾文學獎**。有人說他是諾貝爾文學獎陪跑的作家，為什麼說是陪跑呢？難道是因為他寫了《關於跑步，我說的其實是……》？

村上春樹的雙親都是教師，因此他對做生意知之甚少，太太卻是商家出身。他每天廢寢忘食的拚命工作，漸漸有了點錢。在即將三十歲時，終於能喘口氣了，可是，他總覺得未來無望，三十歲迫在眉睫，於是他下了決心：寫小說！

跑步到底意味著什麼？

「開始想寫小說的日期和時間，我可以明確指出。那是一九七八年四月一日的下午一點半左右。那一天，我在神宮球場外野席，一個人一面喝著啤酒一面看著棒球比賽……帶頭的打者是戴普．希爾頓（才剛剛從美國來到的新面孔年輕外野手）在左打線打出球。球棒剛好打到快速球，尖銳響亮的聲音響徹整個球場。希爾頓快速奔向一壘，輕易到達二壘。就在那個瞬間，我想到：『對了，來寫小說看看。』我還記得晴朗的天空，和剛剛新長的綠色鮮嫩草坪的觸感，以及球棒的爽脆聲音。那時候，從天上靜靜飄下來什麼，而我確實的接到了。」

我想，這也許是命運在敲他的門。**每次命運的敲門聲，都需要你聽到**。

「到了秋天已經寫完四百字稿紙兩百頁左右的作品。寫完之後心情很爽快。完成的作品不知道該怎麼辦才好，因為像是一鼓作氣之下的產物，所以想試投文藝雜誌的新人賞看看。從投稿時並沒有影印留底來看，可能想到就算落選，原稿就那樣不知去向的消失也無所謂……第二年的初春，『群像』的編輯部打電話來說：『你的作品進入最後決審階段』……我三十歲了，就在莫名其妙、毫無心理準備下，以新進小說家的姿態踏出了出道的第一步。雖然我也很驚訝，不過周圍的人一定更驚訝吧。」

這個故事其實也帶給我很多啟示。我三十多歲了，雖然二十五歲就開始寫東西，也得了很多獎，但我才剛剛開始。尤其是看到村上的經歷，我覺得我還有機會。我想聊聊村上春樹，其實更是想聊聊我自己。

一九八二年秋天，三十三歲的村上春樹開始了職業作家的生涯。也是那一年，他開始練習長跑。他每天凌晨四點起床，寫作四小時，跑十公里。

他說，**寫作和跑步最大的相同處只有一個：堅持和磨練**。在無人能理解、無人跟你溝通的狀態下，一步一步，走向遠方。這的確給了我巨大的啟發，因為自從讀了他的書，我開始每天早上寫兩千字，也一定會跑五公里。

跑步到底意味著什麼？意味著你願意以另一種眼光去看世界。

村上在這書中提到，他在一篇馬拉松跑者的專題報導中，讀到一句話：Pain is inevitable. Suffering is optional. 簡單翻譯就是「痛是難免的，苦卻是甘願的」。

這句話為什麼好？因為這就是日本文化典型的特點，時刻告訴你：痛是生命的本質。這也是許多哲學的底層邏輯。但這句話為什麼厲害？因為加了後面一句，**雖然痛苦你無法避免，但是否忍受痛苦，是你的選擇**。

請注意，一個小小的「選擇忍受」，就把痛苦變成主動了。我們經常講，要過主動的人生。你有沒有發現，許多主動的人生，本質上都有一個特點：我知道命運艱難，但我至少有主動的可能性，哪怕只有一點點。

寫小說與跑步，哪裡相似？

「我開始想寫一本有關跑步的書，算算已經是十年前的事了，然而從此以後一直煩惱著這樣也不對、那樣也不對，沒有執筆就讓歲月溜過去了。雖然說起來『跑步』只是一句話，但主題未免太籠統，到底要寫什麼？如何寫才好？想法很難整理出來。

「不過有一次突然想到：『就把自己所感覺到的事情、想到的事情，試著從頭開始直接坦白的，寫成像自己的文章吧。總之只能從這裡開始。』」

這是書裡的一段話，我們來看看兩個很重要的地方：第一，**痛苦是無法避免的**。第二，**只能從此時此刻開始，別無捷徑**。

我曾在我的寫作課上告訴學生，寫作這件事沒有捷徑。所有走捷徑的人，無非造成兩種可能：抄襲和亂寫。

抄襲我們可以理解，你覺得某個作品好，就抄下來，但當你成名了，這個名聲一定反噬你，所以由抄襲而出名的作家，作品和名聲都在反噬自己。

亂寫或許你也能理解。例如，你說你有個月薪五萬的助理，引起許多人的關注，最後一查發現不是這麼回事。怎樣能吸引目光就怎麼寫，結果只有一個，就是最後無論你寫了什麼別人都不信，當信任沒了，讀者也就沒了。寫作跟跑步一樣，都需要一步一腳印，沒有捷徑。

寫小說很像跑全程馬拉松（按：距離為四十二・一九五公里），對於創作者而言，其動機安安靜靜、確確實實的存在於自己內部，而不應向外部尋求形式與標準。這也是村上春樹告訴我們的。

村上說：「人生逐漸變得忙碌，日常生活中有時候沒辦法騰出那麼多自由時間了……所謂雜事這東西，不知道為什麼好像會隨著年齡的增長而增加。」

這句話很深刻，卻是事實。當你年紀越大，事情越多，你活得越來越不像自己，就更難堅持一些事情了。所以，那些堅持跑步的人，是真正讓人佩服的。

寫小說和跑步有著異曲同工之妙：第一，**需要從內到外說服自己**；第二，**需要持久不懈怠**。

生活也是如此，你以為自己可以一口吃成胖子，事實並非如此。所以，你不用羨慕誰又獲得了什麼成就，也別羨慕誰又爬到了更高的地方，用村上的話說：什麼才是真正優秀的跑步者和寫作者呢？就是我超越了昨天的自己，哪怕只是那麼一點點，也很重要。每天變好一點點，就是成功的開始。

然而，這世界也並不是那麼簡單，人們隨著年齡的增長，體力、腦力等逐漸下降。但不管是誰，都會在人生的某個時段迎來體能的顛峰。所以，如果你還年輕，還在體能顛峰期，就一定要努力成就自己。

疼痛無法避免，磨難卻可以選擇

我曾詢問過眼科醫生：「世界上難道沒有不會得老花眼的人嗎？」他覺得頗為好笑似的回答：「這種人，我至今一個也沒見過呢。」

有次我見到一位老作家，他說：「趁著年輕，多出一些作品。你和我們一樣，都會有看不清的那天，但此時此刻，是你最年輕的一天。」

年輕時的我們總會在內心描繪出自己五十多歲的形象，但我們知道這並沒有可信度可言，就好比活著的時候具體想像死後的世界一樣。就算我們對未來一無所知，但有一件事是可以確定的——堅持。**做一件小事，每天堅持**。無論是寫作還是跑步，堅持是最美好的事。

我經常會覺得，年紀越大越容易發現，我們曾經嗤之以鼻、瞧不起的簡單價值觀竟然是真的。

什麼是堅持？我的理解是，不要三天不背單字，不要三天不讀書，不要三天不動筆，不要三天不跑步。

因為無論是肌肉還是意志，都可以被訓練，反覆的說服肌肉：「你一定得完成這些工作。」倘若一連幾天都不給它負荷，肌肉便會自作主張：「我沒必要那麼努力，太好了。」接著它就自行將承受極限降低。意志力也是如此。

堅持跑步的理由不過幾點，中斷跑步的理由卻有一大卡車。所以，我也繼續回到書裡的問題：「對小說家來說，最為重要的資質是什麼？」不必說，當然是才華。除了才華之外，如果再列舉小說家的重要資質，那就是集中力。將自己有限的才能彙集起來，傾注在最為需要之處的能力。

我每天早晨都會集中精神工作三、四個小時。集中之後，必需的是耐力。即便能一天三、四個小時集中意識執筆寫作，如果只堅持一個星期，依然寫不出長篇作品來。每天集中精力寫作，堅持半年、一年、兩年……小說家（至少是有志於寫長篇小說的作家）必須具有這種耐力。

集中力和耐力、才能不同，這件事可以透過訓練獲得。只要每天坐在書桌前，訓練將意識傾注於一點，自然就能掌握。這與前面提過的強化肌肉做法很相似。每天必須不間斷的寫作，必須集中意識工作——將這樣的資訊持續不斷的傳遞給身體系統，讓它牢牢記住，再一點一點將極限值向上提升。這跟每天堅持慢跑，強化肌肉，逐步打造出跑步者的體形有異曲同工之妙。

哪怕沒有東西可寫，我每天也會在書桌前坐上好幾個小時，獨自一人集中精力。

我想，越跑步、越堅持寫作，越能找到生命的意義。

村上有一輛自行車，參加過四次鐵人三項比賽，車身上寫著「18 Til I Die」。這是借用了加拿大男歌手布萊恩・亞當斯（Bryan Adams）的歌名。當然這是開玩笑，身體上我們不可能做到，但十八歲是一種心態。所謂永遠十八歲，就是永遠做自己，且做自己喜歡的事情，這樣我們就可以永遠年輕。

教書這麼多年，越來越多的年輕人跟我說，十八歲後，生活越來越痛苦。我總會把這句話送給他：「**疼痛無法避免，磨難卻可以選擇**。」我自己跑步的時候，耳邊也會時常響起這句話。每次跑完五公里後，都感覺身體格外舒服，跑完後好幾個小時，我還是會感到興奮，像是重新找到了自己。

正因為痛苦，正因為刻意經歷這痛苦，我們才能從這個過程中發現自己是活著的——至少是發現一部分——最終我們才能理解：生存的品質並非成績、數字和名次之類固定的東西，而是行為中流動性的東西。這才是生命的本質。

這本書的最後，村上寫著：

如果我能有什麼墓誌銘，而自己可以自己選擇那上頭字句的話，我希望世人能為我這樣刻：

村上春樹
作家（也是跑者）
一九四九－二〇＊＊
至少到最後都沒有用走的

是的，我們都會到最後。只是，有些人跑到最後，有些人則是躺到最後。我不能確定後者一定比前者差，但我能確定的是，我會是那個跑到最後的人。因為，我不希望自己的生活有所遺憾。如何不留遺憾？跑下去，一直跑下去吧。

第9章

人可以被毀滅，但不能被打敗

——《老人與海》

美國作家　海明威（Ernest Hemingway）

出版年：一九五二年

每次遇到挫折，我都會夢見那片大海。我們都會老，也都會遇到過不去的事，這時你不妨翻開《老人與海》。海明威（一八九九－一九六一年）是二十世紀著名的傳奇作家，他不喜歡過單調的生活，每天都在釣魚、打獵、拳擊、鬥牛、探險，過得十分精彩，所以寫的故事也好看。

海明威是有「人設」的作家，他的人設就是硬漢形象，我寫過一本書叫《硬漢的眼淚》，正是因他而來。除此之外，海明威還是個「戲精」，特別喜歡誇大自己做的事情，只做一成，但喜歡說到滿，這讓他每天都很疲倦。

海明威當過記者。一個好記者，似乎是將來成為一個好作家的種子。他十八歲時，透過叔叔的關係，在《坎薩斯城星報》（*Kansas City Star*）找到人生第一份工作，這家報紙要求記者的文風簡練有力，不使用過時的形容詞和俚語，這些特點在海明威日後的創作中一直被保留著。如果你讀過英文版《老人與海》，就能感受到其中的簡潔之美。

實習記者當了不到一年，海明威便辭職。當時正是一戰期間，海明威本想加入美軍，但視力有缺陷，被調到紅十字會救傷隊，奔赴歐洲戰場。不久後，他為營救戰友而受傷，炸彈彈片在他的腿上留下了兩百多處傷口，迫使他結束了自己的戰鬥生涯。

這段經歷也讓他精神受挫，患上了創傷後壓力症候群（Post-traumatic stress

disorder，簡稱PTSD），很長一段時間飽受失眠困擾，沒辦法關燈睡覺。這種痛苦一直持續到他死去。

小說的冰山理論

苦難往往是作家創作的靈感之源，所有讓作家痛苦的事情，都成為他創作的動力。回到美國後，海明威繼續他的記者生涯，直到他結識了舍伍德．安德森（Sherwood Anderson）。當時，安德森已是備受矚目的作家，創作了《前進的人》（*Marching Men*）和《窮白人》（*Poor White*）等作品。

在他的提攜下，海明威進入了作家圈，很快就因自己的才華而成名，一度跟威廉．福克納（William Faulkner）稱兄道弟——他寫過著名的《押沙龍，押沙龍！》（*Absalom, Absalom!*），獲得了諾貝爾文學獎。

海明威覺得自己可以跟福樓拜一較高下，他說過，只有兩個人他比不過，莎士比亞和托爾斯泰（Lev Tolstoy，俄國小說家，著有《戰爭與和平》、《安娜．卡列尼娜》〔*Anna Karenina*，請見本書第十七章〕等書）。但這狂妄的背後，並不是海明威的年少輕狂，而是他艱苦卓絕的訓練。

海明威受傷後，以記者的身分去了趟巴黎。那段日子他過得很苦，收入很少，沒有名氣也沒有作品，好不容易寫了幾個故事，手稿還被人偷了，有點像現在的我們寫文章時電腦突然壞了。那時候，他經常在咖啡店寫作，用鉛筆寫在隨身的筆記本上，一寫就是一天。這樣的堅持訓練讓他的文風逐漸成熟，具有了硬漢的特色。

他的努力終於迎來了回報，一九二六年《太陽依舊升起》（*The Sun Also Rises*）出版以後，引起了讀者和評論界的注意。這部小說被年輕人喜愛，認為其相當前衛，從而引起更多人閱讀。

隨著關注度提升，他有了更多表達的機會。一九二九年，他創作了《戰地春夢》（*A Farewell to Arms*），又是叫好賣座。

正當他事業一帆風順的時候，父親自殺了。一九二八年底，海明威的父親因為健康惡化、投資失敗，生活陷入低谷，在家中開槍自殺。海明威心情十分複雜，一方面他為父親的死傷心不已，另一方面，他覺得父親是「膽小鬼」。一個連死都不怕的人，怎麼可能害怕這個世界的殘忍呢？一個自己心目中曾經的英雄，竟然自殺了。懦夫！羞恥！但他沒料到的是，後來他也是這麼死去的，就像是一個宿命輪迴。

父親的死看似對他沒有太大的傷害，他仍維持著自己的硬漢人設。進入一九三〇年代以後，**海明威名氣越來越大，他也越來越注意經營這個人設，絕不讓自己人設崩塌**。

整個一九三〇年代，海明威寫了很多短篇小說，如《白象似的群山》（*Hills Like White Elephants*）、《吉力馬札羅山的雪》（*The Snows of Kilimanjaro*）等，這些小說的對白極為簡潔。此外，他還提出了著名的「**冰山理論**」，他將**小說的表面故事比喻為冰山露出海面的部分，只占全部體積的八分之一，而故事的深層含義則隱藏在海面之下，需要讀者自行發掘**。

儘管他寫了很多小說，評論家卻普遍認為他只是在自我重複。甚至很多評論家說，海明威對自我形象的關注，遠遠超過他對文學本身的關注。例如他常常描繪硬漢形象，但為什麼他總是寫硬漢呢？是在向讀者傳遞一種隱晦的自我嗎？

事實上評論家是對的，整個一九四〇年代，海明威投入在公眾事件中的精力，遠遠超過他投入創作中的精力，這段時間他幾乎沒有像樣的作品發表。很多作家都有過這樣的經歷：人出名後，就不再寫東西了，喜歡對公眾事務指手畫腳，不在乎作品，而在乎人品。有趣的是，此時他受到一個特別大的打擊：一九四九年，諾貝爾文學獎頒給了他的老對手威廉·福克納。

努力不一定有成果，但要證明我們存在過

在福克納得獎一年以後，海明威發表了長篇小說《渡河入林》（*Across the River and into the Trees*），這是他闊別文壇十年後的作品。海明威曾經在寫給朋友的信裡說，只要他還活著，福克納就只能靠酗酒，才能保持得諾貝爾文學獎以後的良好感覺。但結果呢？這本書獲得評論界一致惡評，說小說中的上校空洞乏味，怨天尤人，完全沒有存在的意義，描述這樣的退伍老兵，海明威到底想表達什麼？

也是在這一時期，海明威的身體狀況持續下滑，血壓、血脂升高，體重飆升，各種疾病接踵而至，所有的一切似乎都在預示，海明威要走下坡了。但為什麼說海明威是真正偉大的作家？因為正是處在這種逆境之下，他寫出了《老人與海》。

一九五二年，這部小說首次發表在美國《生活》（*Life*）週刊雜誌上，短短四十八小時內就售出了五百三十一萬份。一九五三年，《老人與海》榮獲普立茲小說獎（Pulitzer Prize for Fiction）；一九五四年，他終於獲得了諾貝爾文學獎。小說只寫了八週，但故事的源頭卻在約二十年前。

二〇〇二年一月十五日，全世界的重要媒體都報導了一件來自古巴的消息：一位名叫格雷戈里奧・富恩特斯（Gregorio Fuentes）的漁民病逝。這個人據說就是《老人與海》主角的原型。

一九三〇年，海明威在海上認識了富恩特斯，後者向他講述了自己二十一歲時捕獲一條一千磅重的大魚的經歷。這段經歷成為一粒種子，植入海明威的心靈深處，二十年後，這顆種子開花結果，成就了《老人與海》。

有個很有意思的商業故事。

一九六一年七月二日清晨，海明威在書房準備自殺。然而，就在這時，電話意外的響了起來。他抓起電話，這世界聽到了他最後一句話：「我們都欠上帝一死。」說完，他便用一支雙管獵槍結束了傳奇的一生。

在海明威自盡後，富恩特斯由於極度悲傷無法再出海，從此在家中向全球遊客講述自己捕獲大魚，以及和海明威往來的故事。聽起來很感人，但實際上這是一項付費服務，聽故事的人都要給錢。這個商業決策讓富恩特斯累積了相當的財富，過上奢侈的生活，抽哈瓦那雪茄、喝蘭姆酒、看漂亮女生。然而，這是後話。

回到海明威，他曾對父親自殺抱著複雜的情感態度，但最終以與父親相似的方式結束了自己的生命。這似乎是一種輪迴，無法逃脫。然而，至少他在這個世界上留下了《老人與海》，讓世界知道他曾經來過。

我想這就是生命的意義。**你可以被毀滅，但是你不能被打敗**。也許我們努力換不來我們想要的結果，但也要拚命搏出一片天，至少這片天能證明我們曾經存在過。

人可以被毀滅，但不能被打敗

小說的主角聖地牙哥（Santiago），是古巴首都哈瓦那附近一個漁港的老漁民，他已經整整八十四天沒有捕到魚了。他有個學徒名叫馬諾林（Manolin），老人教會他捕魚，他也很崇拜老人，覺得老人是最好的漁夫。但為了生計，馬諾林的父親讓他上了另一條船。

這天晚上，馬諾林又來幫忙空手而歸的老人，他帶來了晚餐和啤酒，還準備了第二天捕魚用的魚餌。當全世界都以為老人雄風不再的時候，只有馬諾林還相信他。我們生活裡總有這樣的人，全世界都不相信你，這個人還默默的相信。

第二天，老人帶著一瓶水和馬諾林為他準備的魚餌，獨自出海了。海上風平浪靜，不等天亮，老人就陸續放下了魚餌，沒過多久，他釣到了一條十磅重的長鰭金槍魚，而這只是一場大戲的序幕而已。

他把金槍魚放進大海，凝視著釣線。就在這時，他手中的釣竿猛然往水中一沉，老人伸手去拉，他立刻明白有條大馬林魚上鉤了。但是，這條魚力氣很大，牠拖著漁船慢慢往前，從中午到傍晚，從傍晚到凌晨，從凌晨又到傍晚，整整一天半的時間，老人和魚一直僵持著。魚掙脫不了老人的釣鉤，老人也不能把魚拉出海面。

這像極了生命裡的困擾，你打不垮我，我也殺不死你，只能用意志拚命。他想起馬諾林曾對他說，自己是個不同尋常的老頭，想到年輕時跟大個子黑人比腕力，比了一天一夜才贏了對方，後來人人都叫他冠軍。老人也一度昏昏入睡，夢到自己還是個孩子的時候，在非洲的海灘上看到威風凜凜的獅子。

獅子是什麼？是王者，是戰勝一切的萬獸之王，也是每個像老人一樣的人。到了晚上，精疲力竭的大馬林魚終於浮出了海面。同樣精疲力竭的老人也用盡最後的力氣，高高的舉起魚叉，狠狠叉進了魚的胸鰭後方。

故事到這裡可能只是個勵志故事，可是，殘酷現實還在後面。魚實在太大了，船根本放不下，老人便把它綁在船邊，開始返程。很快的，事情開始產生變化。

大馬林魚的血腥味招來了鯊魚，一個多小時後，第一條鯊魚循著血跡向他們襲來。老人用魚叉殺死了牠，而牠也弄斷了老人的魚叉。

接著，一群又一群的鯊魚輪番來襲，老人先是用刀，刀斷了就用短棍，短棍斷了再用船槳……我想，這就是海明威想要說的：**人可以被毀滅，但不能被打敗**。他和鯊魚搏鬥，一方面是為了這條魚，另一方面是為了自己的尊嚴。

我們都知道結局：這條魚最後只剩下骨頭。出海後的第三天凌晨，老人回到了自己的小屋，沉沉睡去。這天下午，當地來了一群遊客，他們說這骨頭一定是鯊魚的。而在路的另一邊，老人再次睡著了，他夢到了獅子。

我過了很多年才明白，只要他仍然能夢到獅子，他的力量和勇氣就不會消退。就像我們，只要還在讀書、寫作、鍛鍊，無論遇到什麼挫折，就都還有機會。

我想，正在讀這本書的你，可能也正遭受一些挫折和痛苦。如果說你一定要記住點什麼的話，那就是這句話：放心吧，都會過去。人可以被毀滅，卻不會被打敗。

不要被打敗，要想辦法站起來，就算別人說你抓到的是鯊魚，就算沒人看到你和鯊魚搏鬥，**就算最後什麼也沒了，你至少對得起自己**。

第2部

智慧無法分享，而要親身體驗

第 10 章

青春的叛逆，到頭來總讓人後悔

——《麥田捕手》

美國作家 沙林傑（J. D. Salinger）
出版年：一九五一年

有時家長問我：我的孩子太叛逆，該怎麼辦？我總會想到我書架上的《麥田捕手》。雖然這本小說首次出版於一九五一年，但至今仍是人們喜歡的作品。

一九八〇年，一個名叫馬克・大衛・查普曼（Mark David Chapman）的人，在紐約槍殺了英國搖滾樂團披頭四（The Beatles）的主唱約翰・藍儂（John Lennon）。他對著約翰・藍儂連開數槍，然後默默的留在原地等警察來。等員警把他帶走之後，他說了一句令人毛骨悚然的話：「你變了。」

他被帶走的時候，手裡就拿著這本書——《麥田捕手》。

幾個月之後，另一位名叫小約翰・欣克利（John Hinckley Jr.）的人向當時的美國總統隆納・雷根（Ronald Reagan）開了槍，事後在他住的旅店房間裡，也發現了一本《麥田捕手》。

這本書到底有什麼魔力，能夠將小說和謀殺緊緊相連？

二〇一七年，有個非常熱門的節目《中國有嘻哈》，節目裡常說一句話「keep it real」，保持真實。到底什麼是 real 呢？其實很難清楚界定，尤其是當一個人標榜「非常真實」時，他好像就變得不那麼真實了。

《中國有嘻哈》改變了許多年輕人之間的溝通方式，例如講話要有單押、雙押

（按：在歌詞中，單押指的是在每句歌詞押一個韻腳，雙押則是押兩個韻腳〔即最後兩字與前句或後句呈押韻關係〕）的節奏，或是見面問對方「會 freestyle 嗎？」等。這本《麥田捕手》對當時美國大眾文化的影響，就像《中國有嘻哈》對中國大眾文化的影響一樣大，甚至更大。

《麥田捕手》紅了之後，美國有一群人開始學書中主角把鴨舌帽反戴。這本書的語言非常強烈、酷炫，很多話就像陽光一樣熱烈。我建議，如果你的英語能力不錯的話，可以看原文小說，因為在原文中，你能感受到作者就像個饒舌歌手一樣，用自己的價值觀講述他認為正確的道理。這感覺就像是一個人嚼著口香糖，反戴著棒球帽，跟你講自己童年的經歷。

想要反抗，但不知道該反抗什麼

這本書一開始就批評了英國作家查爾斯．狄更斯（Charles Dickens）的《塊肉餘生錄》（*David Copperfield*），告訴你：我講的這個故事，絕對跟那種「一個孤兒慢慢爬到上層階級」的普通勵志故事不一樣。

怎麼不一樣呢？這裡一定要先解釋《麥田捕手》的創作背景。它出版於一九五一年，那時美國剛剛在二戰中獲得了勝利，成為一個政治、經濟、軍事大國。當時，紐約就是美國功利社會的代表。人們感到迷茫，在戰火紛飛之後，他們沒有尊重生命，而是一切都朝錢看，大量的資本和資金湧入，每天熱錢滾滾而來，工業革命的結果在街上隨處可見，到處都是汽車奔馳。

人們在蓬勃和繁華中，假裝自己事業有成、腰纏萬貫。但同時人們也都迷惘，不知道自己除了賺錢還能做什麼。

這本小說用盡全部筆力刻畫一個角色，就是在講這種迷茫。主角對周圍環境深惡痛絕，**想要反抗，但不知道該反抗什麼。他厭惡這個世界，卻不願意離開。他反對周遭的一切，但他並不知道自己在反對什麼。他嚮往自由，但他根本不了解自由是什麼。**這麼一個無比迷茫的人，讓年輕人感同身受——這不就是我嗎？

沙林傑是個很有意思的人，他的生活跟故事的主角一樣，假裝自己又聾又啞，這樣就不用跟誰做愚蠢又無用的交談了。

在約翰·藍儂和雷根總統遇刺之後，有人通知沙林傑，他們身上都攜帶著他年輕時寫的一本書，名為《麥田捕手》。這些書都已經被翻閱得破舊不堪。但是，對外面發生的一切，沙林傑毫無興趣。

在人生的後五十年裡，他僱用了一批專業律師跟許多人打官司。任何人只要敢寫涉及他隱私的東西，他就會將對方告得傾家蕩產，甚至導致很多出版商破產。他這一生都在寫作，只是不再出版了。他說：「只要不出書，我就能有一種美妙而寧靜的感覺。」他會為此感到平和而快樂，而出版對他來說就是嚴重侵害隱私。

那個時候，無數狗仔想拍攝他，無數記者想採訪他，都被他躲開和拒絕。他的晚年事蹟只在女兒和情人的回憶文章，以及與代理人和出版商的法律糾紛裡出現。沙林傑竭盡全力沉默著，你甚至在各種場合都沒有辦法聽到他的呼吸。

但我們知道，這無非就是沙林傑在為過去的叛逆贖罪。

沙林傑在歐洲期間曾經跟一個女醫生結婚，但不久後就離異了。一九五三年，他結識了一位名叫克萊爾·道格拉斯（Claire Douglas）的女學生，兩人於一九五五年結婚，然而很快又離婚了。到了一九七二年，他在一本雜誌上看到了一位耶魯大學的女學生的文章和照片，被她的美麗所吸引，兩人開始通信，但關係在十個月後破裂。此後，沙林傑的感情生活成為一個謎。

二〇〇〇年，沙林傑與第二任妻子所生的女兒瑪格麗特，出版了《夢的守護者：一本回憶錄》（*Dream Catcher: A Memoir*）。在這本書中，她透露了沙林傑許多不為人知的祕密，例如他經常喝自己的尿、很少與妻子發生關係、禁止她走訪親戚等。這成為他在世界上的最後故事。

在他女兒寫完這本書之後，輿論譁然，也不知內容是真是假，但沙林傑確實減少了許多跟外人溝通的可能。他這一生過得很傳奇，第一次結婚沒多久，他就渴望獨處，刻意隱居。他建造了一間小木屋，隱藏在離家較遠的樹林中，周圍是茂密的樹木。此外，他還設置了很多高大的鐵絲網，網子上裝著警報裝置，上面寫著禁止闖入的警示牌。

他變得越來越古怪，也越來越不願意跟人交流，一直到二〇一〇年一月二十七日，他在美國家中去世，享壽九十一歲。他傳奇的一生影響了後來文壇上許多優秀的作家。村上春樹甚至親自將《麥田捕手》翻譯成日文，他說這本書對他影響至深。

十六歲的少年，為了什麼出走？

《麥田捕手》到底是什麼樣的故事？

其實非常簡單，用一句話概括：十六歲的霍爾頓．考菲爾德（Holden Caulfield），一個髒話連篇、吊兒郎當的少年，在聖誕節前被學校開除，然後他在紐約度過了一天兩夜的生活。

沙林傑用第一人稱「我」講述了整個過程。

霍爾頓的家庭是典型的美國中產階級家庭，父親是律師，母親是家庭主婦，有四個兄弟姊妹，霍爾頓排行老二。這個家庭突然遭逢一個巨大的打擊：排行老三的弟弟艾利（Allie）死掉了。艾利是個愛打棒球的紅髮小男孩，他的離開讓母親患上非常嚴重的精神疾病。故事後面我們會看到霍爾頓也因這件事情備受打擊，他意識到生跟死之間，原來距離並不那麼明顯。

故事一開始，霍爾頓就吐槽了他就讀的潘西中學（Pencey Prep）。這是一所位於美國賓夕法尼亞州（Pennsylvania，州內最大兩個城市為費城〔Philadelphia〕和匹茲堡〔Pitsburgh〕）的寄宿制中學，具備典型的中產階級特徵。

霍爾頓只有十六歲，但比一般人高出一顆頭，約一百八十幾公分，整日穿著風衣，戴著棒球帽，到處遊蕩從不讀書。他覺得學校的一切——老師、同學、功課、球賽——全都煩透了，已經連續三次被學校開除。

又一個學期結束了，他因五科之中有四科成績不及格，再次被校方開除。一個老師在幫他想解決方案，想辦法讓他能留在學校，他竟對老師有了一絲同情。

他被開除之後，在學校待了一個下午，接著前往歷史老師家。告別時，他不僅沒有聽從老師的教誨，還感覺如芒刺背、如坐針氈、如鯁在喉。一直熬到晚上，他回到寢室跟室友閒聊，兩個講話不經思考的少年，說著各種髒話，感覺一切事情都和他們無關。

直到他的室友非常隨意的說，他和一個名叫琴．迦拉格（Jane Gallagher）的女孩正在約會。因為不滿對方語氣輕佻，霍爾頓跟他打了一架，結果自己被揍得滿臉是血，之後他花兩分鐘時間收拾好行李，離開了學校。其實，霍爾頓內心暗戀著琴，他們曾經是鄰居，而她的父親是一個酒鬼。關於琴的資訊，霍爾頓一開始並沒有說完，而在整部小說中，琴不停的出現在他的記憶裡。

這種寫作方式稱為穿梭式寫作，即透過不同方式在故事中展現一個人的各個樣態，而非一次性敘述。若你看過電影《阿甘正傳》（*Forrest Gump*），可能會聯想到其中的阿甘和珍妮，也許正改編自霍爾頓和琴。每段愛情都有自己的原版。

藉著霍爾頓對琴的愛意，我們看一看沙林傑本人的感情。

十九歲時，他經歷了初戀，對象是他父親的朋友，一個火腿進口商富翁的女兒，波蘭人。當時沙林傑當他的翻譯，和他們相處了十個月。之後，二戰時沙林傑到維也納，這家人卻全部死於集中營。沙林傑為她寫了一個短篇小說，叫《一個我所知道的女孩》（*A Girl I Knew*）。這一段愛情沒有結果，但是讓他刻骨銘心。

後來，他還有一段感情。他在郵輪上結識了美國劇作家尤金．歐尼爾（Eugene O'Neill）十六歲的女兒烏娜（Oona）。烏娜也是一位藝術家，然而她並未愛上沙林傑，最終是嫁給了大她三十多歲的英國喜劇大師查理．卓別林（Charlie Chaplin）。那個時代真是人才輩出，一個女人愛上的人和愛她的人都赫赫有名。

沙林傑跟海明威的關係也不錯，他從兩人的關係中汲取了巨大的力量，還用海明威的綽號「爸爸」來稱呼對方。這讓人不由感慨，人才似乎總是在某個特定時代的特定環境中湧現。

文學怎麼描寫「仙人跳」？

我們接著回頭看《麥田捕手》的故事。霍爾頓跟同學打了一架後離開學校，回到紐約，但不敢貿然回家。當夜，他住進一家小旅館，旅館裡聚集著古怪的人，有男人穿著女裝，有男女相互噴水、噴酒。霍爾頓很厭惡這些人，但他一邊吐槽、一邊又想：如果我也有這樣的對象，該有多好玩。

這裡你能看到**青春期的少年，內心充滿著矛盾，瞧不起這個世間的愛情，又期待擁有一段美好的愛情**。我曾經就是這樣，討厭所有在學生餐廳裡互相餵對方吃飯的男女，但又心想如果有個人能這樣餵我吃飯，該是多麼幸福啊！

在旅館裡，電梯小弟和他搭話，幫他找了個妓女，一次五塊錢，過夜十五塊錢。可是他一看到妓女，又緊張又害怕，做了一件非常詭異的事：他給了妓女五塊錢打發她離開。妓女說：「十塊一次。」霍爾頓說：「我只能給這麼些錢。」於是妓女找來電梯小弟，揍了霍爾頓一頓，拿走他們要的另外五塊錢。

這是**我讀過的文學中，第一次看到「仙人跳」的場面**。一個十六歲的少年什麼都沒做還被打，甚至丟了十塊錢。於是，他當著皮條客的面委屈的哭了。這真是太可愛了。

他在廁所裡坐了一個小時，幻想自己被槍殺，提著槍復仇，琴來替自己包紮，想著想著就睡著了。醒來後他走出旅店，看到兩個修女，修女的簡樸感動了他。他捐了十塊錢，又跟她們聊了一會兒。隨後，他買了張唱片要給妹妹菲比（Phoebe），在整個故事中，他一直盼望著能見到妹妹。

接著，他去找經常和他約會的女朋友薩麗・海斯（Sally Hayes）。他們看了場戲，又去溜冰，他看到薩麗那副虛情假意的樣子，根本不像愛自己。他內心很不痛快，兩個人吵了一架就分手了。這像極了現代許多的年輕男女，感覺來了就在一起，一言不合就分手，但為什麼分手其實也不清楚，只覺得對方虛情假意。

霍爾頓和薩麗分手後，一個人看了場電影，又跑到酒吧和一個老朋友喝酒，喝得酩酊大醉。他把頭伸進酒吧廁所的冷水池裡，才漸漸清醒過來。當他走出酒吧，冷風一吹，他的頭髮竟結了冰。他覺得自己很可能會得肺炎而死，這樣就再也見不到妹妹了。他內心少年的憤慨湧上心頭，覺得自己會就這樣默默無聞的死去。

十八歲前，人們總愛說：「我活到二十歲就夠了」、「活到三十歲就可以死了」。可是，當真的活到二十歲、三十歲的時候，才發現自己其實並不想死。

孩子在麥田奔跑，而我只想當麥田捕手

霍爾頓決定冒險回家，跟妹妹訣別。見到妹妹菲比後，霍爾頓和她有一次全書中最重要的交談。

他想起一首歌：「要是有個人在麥田裡捉到一個人。」（按：出自蘇格蘭詩人羅伯

特・伯恩斯〔Robert Burns〕的詩，原文應為 Gin a body meet a body / Comin thro' the rye.〔要是有個人在麥田裡遇到一個人〕，但霍爾頓將 meet 聽錯成 catch）

他說：「我總是會想像，有那麼一群小孩子在一大片麥田裡玩遊戲。成千上萬個小孩子，附近沒有一個人——沒有一個大人。我是說——除了我。我呢，就站在那混帳懸崖邊。**我的職務是在那裡守備，要是有哪個孩子往懸崖邊跑來，我就把他捉住**。我是說孩子們都在狂奔，也不知道自己是在往哪裡跑，我得從什麼地方出來，把他們捉住。我從早到晚就做這件事。**我只想當個麥田裡的守望者**。」

這段話堪稱是文學史上的名句之一。這也是霍爾頓的守護，對早早去世的弟弟艾利、對妹妹菲比的呵護。他希望自己可以用最純真的方式呵護他們、保護他們，讓他們遠離醜陋，遠離世界的惡俗，遠離戰爭、謊言，遠離這落魄不堪的現實世界。這也是沙林傑的逃離。但是，這恐怕只是年輕時的念想。

我們或許都有一段時間想要離開這個充滿紛爭的世界，但我們又無法定義什麼才是我們想要的。在這樣的迷茫下，便構成了青春時的反叛，一方面反叛這個世界上所有的事情，一方面又不知道什麼才是正確的，留下的只有反叛本身。

接著，霍爾頓溜出家門後，前往他尊敬的老師家借宿。半夜，老師輕拍了他的頭，他感覺這個老師可能是個同性戀，又跑出來到車站過夜。在車站裡，他突然意識到：他不就只是拍了一下我的頭嗎？不能斷定他就是同性戀，我是不是誤會他了？又是這樣的矛盾和迷茫，讓他堅定自己成為「麥田捕手」的決心。

霍爾頓不再想回家，也不再想念書，他想去西部謀生。當時去美國西部，就像現在我們在大都市工作、內心受了傷，就想逃去郊區、鄉下過與世隔絕的生活一樣。

臨走前，霍爾頓想再見妹妹一面，於是他請人帶一張紙條給菲比，約她在博物館門口見面。過了約定時間好一陣子，菲比來了，可是她竟然拖著一個裝滿自己衣服的大箱子，說：「我要跟你一起走。」

霍爾頓因為妹妹的堅持，最終放棄了西部之行。

他帶著妹妹到動物園和公園玩。在最後一章，菲比坐上旋轉木馬，這個時候天降大雨，霍爾頓坐在長椅上淋雨，注視著菲比在旋轉木馬上歡快的轉圈，心裡非常快樂，幾乎忍不住要高聲歡呼。也就在那一瞬間，他被治癒了。

我們每個人都有自己的解藥。**霍爾頓真正的解藥是他的妹妹，他想跟妹妹一起生活，這才是他的「西部」**。

回家後不久，霍爾頓生了一場大病，被送到療養院。出院之後，他將被送到哪所學校？會想好好用功學習嗎？想改頭換面嗎？是不是想為這個社會做出點貢獻？書裡沒有解釋，而霍爾頓對這一切都不感興趣。

故事到這裡講完了。你看，霍爾頓像不像我們生命中的中二（按：源於日本的網路流行語「中二病」，形容常自以為是的活在自己世界、做出或說出自己自認為帥氣的言行，但其實仍稚氣未脫的人。因這種情況常始於國中二年級的年紀，故稱「中二病」）少年？

改變能改變的，接受不能改變的

我當老師這麼多年，見過很多中二少年。他們本質上是對自己的成長感到困惑，希望保持思想的純淨，但面對太多難以接受的渾濁。他們渴望遠離世俗，卻又害怕孤獨和寂寞，珍惜親情。然而，成長就是要經歷這些渾濁，忍受孤獨，最終才能使自己變得更強大。就像雨過之後，才有晴天。

《麥田捕手》在網路上評價褒貶不一。喜歡的人，喜歡其中所表達的少年感和青春感，而不喜歡它的人也有各種充分的理由。每部文學小說在當時都有其生命力，但並不一定適合每個人。

如果你的生活中，有一個像沙林傑或霍爾頓這樣的人，尤其如果他是你的兒子或女兒時，我想你會很無奈。然而，從純文學角度來看，它確實符合了當時美國需要的一種意識形態。這樣的故事若放在今天的美國或其他國家，可能都不成立，因為我們可能更需要在順從中找到個性，並培養獨立思考的能力，而不再過於追求反叛。在一個規範的世界裡，順從反而可能走得更遠。

無論是霍爾頓還是沙林傑，如果活在現在這個時代，可能也會反叛，但大多時刻，還是會順從。因為他們的所有叛逆都似乎沒有真正的理由，他所不爽的一切也都有看似標準的答案等著他。此外，在網路上，也很有可能會找到解決問題的答案。

我們可能都有過叛逆期，尤其是在十三歲至十六歲這個年紀。**我們都曾反感一切權威，討厭所有對自己指手畫腳的人。可是，當我們長大之後，會發現那些曾經那麼討厭的話，像是好好學習、多讀書、不要太早談戀愛、不要打架等，竟然都是對的**。但因為處於叛逆期，我們耽誤了最好的時光。例如：不參加大學考試，在不該生孩子的時候懷孕了，或錯過了能提升自己的最佳時期。

當你想叛逆的時候，請先控制住自己的情緒，想想看，到底什麼才是對的。不要為了彰顯自己的獨特而否定一切，不然你可能會活得毫無特色。尤其當你長大之後，了解了這個世界多元的價值觀，回過頭看，你可能會覺得年輕時的自己其實有些可笑。

太陽底下沒有新鮮事。

當你無比叛逆的時候，想想沙林傑筆下的霍爾頓，他也不過如此。他的未來會是什麼樣我不知道。但我想沙林傑在晚年時，一定因為他的叛逆而付出了一些代價，這可能就是他晚年不出來說話的原因。

如果你是家長，當遇到孩子叛逆時，請弄明白孩子為什麼會這樣。可能是年紀問題，隨著年紀變大，他會有各種各樣主觀的看法，也可能是性情問題，或者跟環境有關。總之，若希望家庭融洽，理解很重要。不要讓孩子變成「麥田捕手」，你才是真正守護他的人。

最終，你會發現，也許我們誰也無法成為誰的守護者，到頭來只能自己守護自己。就像這本書裡說：**記住該記住的，忘記該忘記的，改變能改變的，接受不能改變的。**

第11章

當記憶消亡，經歷過的一切還有意義嗎？

——《獻給阿爾吉儂的花束》

美國作家　丹尼爾．凱斯（Daniel Keyes）
出版年：一九六六年

記得是二〇一九年，有個朋友打電話給我：「上海有一齣話劇要演出，你要不要跟我一起去看？劇名叫作《獻給阿爾吉儂的花束》（*Flowers for Algernon*）」。我陪他去看了，這齣話劇講的是一個智能障礙者變聰明，最後又衰退的故事。

後來，這齣劇在北京展演，又有兩個朋友約我看。第二次看的時候，我在現場哭了，尤其是當主角知道自己又快變笨時的絕望，讓人永生難忘。於是，我找來了原著，在一個週末看完。本以為已經經歷了兩次劇情，應該沒問題了，沒想到最後我還是哭得一場糊塗。

我開始思考這些問題：人到底是聰明的活著好，還是做一個傻瓜好？**如果有一天，我和你的智慧、記憶都消亡，我們曾留下的一切還有意義嗎？**

也許我聰明了，他們就會喜歡我

這是一部科幻小說，但我覺得它是一本寫給成年人的童話。於普通人而言，即使沒有智商、境遇的大起大落，這本書也很特別。錯別字充斥其中，出版社也不改，因為沒有錯別字，這個故事就講不通。錯別字成為這本書的亮點。

一個人連字都寫不對，卻能理解這世界的爾虞我詐。這不是一種悲哀嗎？

小說的主角是一個三十二歲的青年查理・高登（Charlie Gordon），患有智能障礙，整個故事是他在治療前後，以日記形式所記錄的內容。

查理因為智能缺陷，備受身邊人欺負和家人唾棄，母親嘗試各種方法無果，直到生了第二胎，得到一個智商正常的女兒之後，才認清這一切無法改變，於是把他送到特殊學校。

後來，他在麵包店找了一份工作，那裡的同事們因為他的智能障礙，常常嘲笑他。但好在並不是每個人都這麼壞，他也擁有自己的朋友，朋友讓他慢慢心安了起來。他好想變聰明，在書裡有句很讓人心疼的話：**也許我聰明了，他們會喜歡我**。

就在當時，有個臨床實驗正在進行，一隻叫作阿爾吉儂的小白鼠本來智商也很低，但實驗後牠變聰明了，能夠很快走出迷宮。於是，查理決定參與這個實驗，他沒有過多詢問，只是默默做手術。為了讓別人喜歡，他變得多麼卑微。

手術後，查理繼續以日記的形式記錄。很快的，他積累了許多第一次：第一次在迷宮實驗室裡超過了阿爾吉儂、第一次讀書、第一次學習不同的語言、第一次表白……在書裡，你能明顯看到他的表達，**從原本有著大量錯別字，逐漸變得毫無錯誤，標點符號**

使用也十分準確。

他研讀相關文獻，思考新知識，掌握不同的邏輯，甚至陷入了愛情，愛上了自己的老師。

但同時間，故事也揭示了世界的殘酷。我們曾以為一個人變得聰明，看清周圍的世界後，會變得幸福、開心，但不是如此。查理突然意識到身邊的朋友開始恨他，他回憶起自己智商低時，朋友們欺負他，但那時他們是喜歡他的。可是，變聰明之後朋友們更討厭他了，因為在麵包店裡，同事們不喜歡比他們智商高的人，無法藉由欺負查理獲取優越感時，他們只能疏遠他。

這是多麼痛的自虐感。可是，這也是每一個成長者所必須面臨的挑戰。

法國哲學家尚－保羅．沙特（Jean-Paul Sartre）曾說過，**他人即地獄**。人與人之間的關係充滿衝突和矛盾，因為每個人都想依自己的意志生活，而他人的期望和判斷，往往與個人的自由意志衝突。

當一個人非常在意他人的想法，想要按照他人的期望和判斷活著，而不是依個人的自由意志活著，就容易變得軟弱，經常討好他人，並以為這樣就能獲得他人的喜歡。但其實不是如此。別人喜歡我們只有一個原因：我們足夠強大，並按照自我意志活著。

就像查理，雖然他並沒有傷害過他人，但也沒有人真正喜歡他。麵包店的人遠離他，幫他做手術的教授把他當成晉升的敲門磚，而他心儀的女孩覺得他像個怪物，當他開始討論她聽不懂的數學、物理時，她不想理解，還覺得他已不再善良。

接受了失敗，也接受過去、現在和未來

隨著智商的提高和記憶的清晰，他記起了小時候被欺凌的經歷，記起了父親和妹妹根本不愛他，記起了全世界的惡意。

人越往高處走，越能感受到無比的孤獨；人知道得越少，越覺得輕鬆快樂。可惜，人無法回到過去，也無法讓自己越來越年輕。就在這個時候，不知道是幸運還是悲哀，小說中整個手術的療效失效了，阿爾吉儂變笨了，最終離世。

查理發現整個手術的機制都錯了，因為手術只是暫時性的提高智商，但之後又會變笨，回到一無所知的狀態。在糾結中，查理決定：**什麼也不做，欣然接受**。

每次讀到在命運面前無奈低頭的狀態，我都會感到唏噓。他一開始不接受改變，到後來願意從聰明變回傻瓜，這個決定其實很艱難。當初，他希望自己變聰明，是因為他

想得到他人的愛。但他試過了，他變得聰明，卻並沒有得到愛。所以手術失敗就失敗吧，他接受這一切。

在徹底變笨之前，他回家見了母親，母親已因阿茲海默症（按：一種神經退化性疾病，約有六至七成的失智症成因為此疾病）而認不出他了。他也見到了妹妹，妹妹長大了，也不再討厭他了。他還見到了喜歡的女孩，他告訴她自己會變笨，請不要傷心。他回到麵包店，此時他已經開始慢慢變笨了。

但是，此時此刻的他已經沒有智力了解這背後的人性。

手術失敗了，這只是人類千萬次嘗試中的一次失敗。**身為實驗者，查理接受了失敗，也接受了他的過去、現在和未來。**

後來，他的日記中再次出現錯別字。最終，查理忘記了一切。他在日記的最後這樣寫道：如果你有機會請放一些花在後院的阿爾吉儂墳上。

花代表著對死去的阿爾吉儂的記憶，也代表著對過去一切經歷的紀念。一切都回不去，一切也都被忘記了。

有時候，我會思考一個問題：如果再給查理一次機會，他還會選擇經歷那段看透世界的人間清醒時光嗎？我提出這個問題，也是在問自己。

隨著閱讀增多，對這個世界的理解越來越豐富，感知也越來越清晰，你會驚奇的發現，這個世界並不如你所想的那樣。它不同於童年的理想、童話、夢境，在此基礎上還存在著悲傷與痛苦、變化和複雜。

先體驗這個世界，再用減法選擇生活

一天下午，我走在街道上，旁邊是一所中學。透過圍欄，看著那些十幾歲的孩子們，穿著校服在奔跑，無憂無慮的追逐嬉戲、嘻嘻哈哈。突然間，我明白了一個道理：如果再來一次，我想查理和我一樣會再次選擇那段一模一樣的時光。我所理解的美好世界也是如此：擁有一切，明白一切，卻仍然選擇善良和單純。

你經歷的事，你在變聰明時所看到的一切、所記下的每個字，都是你生命中的痕跡。最終你能選擇的生活，必然是經過減法後的結果。因此，先體驗這個世界，接著評價它，最後留下一些痕跡。或許你只是在繞遠路，但在繞路的過程中，也會看到不一樣的風景。每一次，因體力、狀態、心智不同，你都能體驗到不一樣的自己。

亞當、夏娃因偷吃禁果而被驅逐出伊甸園，禁果代表知識，被驅逐出伊甸園註定了生命的悲涼。人獲得了知識，生命便有了底色。有智慧的人會選擇經歷一切，再忘記不該記住的事物。從這個角度看，查理是充滿智慧的。他留下了自己的複雜給這個世界，而自己則回歸了單純。

我們總感覺越長大越孤單，因為發現那些曾傷害過自己的人和事，仍時時影響著我們。然而，好消息是當我們長得越大，也越願意品嘗生活的喜怒哀樂，體驗生活的酸甜苦辣。

我們終究都會死去，但至少我們曾成功走出迷宮。我們都是那隻名叫阿爾吉儂的小白鼠，只是通過迷宮的時間不同。但在我們死後，是否還會有人為我們獻上一束花呢？

第12章

今天高朋滿座，明天曲終人散

——《大亨小傳》

美國作家　史考特·費茲傑羅（F. Scott Fitzgerald）
出版年：一九二五年

我寫過一本小說，叫《朝前》，故事的主角叫陳朝錢，也確實在金錢的世界裡迷失了自己。這個故事其實寫的是我自己，但靈感來源則是一本書，叫《大亨小傳》。

史考特．費茲傑羅是個很傳奇的作家。一八九六年，他生於美國明尼蘇達州（Minnesota）一個商人家庭，以小說《塵世樂園》（*This Side of Paradise*）一夜成名，一九二五年推出《大亨小傳》，一九四〇年死於心臟病，年僅四十四歲。

為什麼四十四歲就離開了？理由眾說紛紜。有人說他太累了，有人說他酒喝多了……但我覺得都不是，作家的作品其實暗含著他的生活，他應該是被自己寫的《大亨小傳》詛咒了。準確來說，他被錢詛咒了。

費茲傑羅上大學時，跟一個有錢人家的女兒談戀愛，後來分手了。他痛不欲生，但很快的，他的處女作小說《塵世樂園》出版，僅一週時間就賣出了兩萬多冊。有了錢，他只用了三天，就娶到了那個本來已經拋棄他的女孩。一夜之間，名利、愛情，如夢境般堆積在他眼前。

他需要維持自己的社會地位，也需要負擔家庭的開支，費茲傑羅決定賭一把大的，於是在一九二五年出版了《大亨小傳》，然而這本書的銷量很普通。當時，銷量對作者而言至關重要，因為它決定了出版社要不要跟你續約。

收入受到影響，再加上他賺錢的速度，永遠比不上他和妻子流水般的花錢速度，所以，他此後的人生一直在酗酒和焦慮間度過。他每天都在工作，家裡的錢卻一點一點逐漸花光。最後，妻子被送進療養院（按：後來被診斷為躁鬱症，也有學者推測為思覺失調症〔即過去俗稱的「精神分裂症」〕），而費茲傑羅本人在四十四歲死於心臟病。

二戰爆發後，許多在戰場上的人突然發現，回國後也能過上如書中主角蓋茲比（Jay Gatsby）的生活，他們無比期待，因此四處傳閱這本小說。費茲傑羅可能自己也想不到，在他去世之後的五、六十年裡，這部小說的聲譽越來越高。甚至在遙遠的日本，有個文學青年把他視為畢生的偶像，這個文學青年就是村上春樹。有時候真的令人感嘆，許多作家就像蝦子一樣，死了才真正走紅。

刻意的快樂，掩飾內心深處的不快樂

小說以一個名叫尼克的敘述者開始，他與費茲傑羅有著相似的背景，同樣來自明尼蘇達州，一九二〇年代初抵達紐約，學習做債券生意。他從閉塞的中西部，來到已經逐漸成為金融高地的東部。那時有一首歌叫 Go West，鼓勵人們去西部開拓，可見那時的西部確實荒涼。

他在紐約上班，房子租在紐約附近的長島（Long Island）西卵，那裡聚集著從鄉下來打拚的人。而對岸的東卵則是標準的上流社會聚居地，充滿了「老錢」（按：Old Money，泛指繼承家族名望及財富的名門貴族、精英階層）。

尼克到西卵先做了兩件事。第一件，先租了房子，房子一旁是一座氣派的大公館，主人的名字叫蓋茲比，富裕而神祕。第二件事則是買來一輛二手道奇（Dodge）汽車。一九二〇年代，美國正值汽車工業的高速發展期，幾乎人人都買車。

東卵住著尼克的親戚——表妹黛西和她的丈夫湯姆，都是有錢人。尼克剛抵達，就去拜訪了他們。整個夏天的故事，就從這次拜訪開始。

尼克發現，表妹一家雖然很有錢，但黛西過得並不開心，她和女兒就像黃金宮殿裡的寄居者，和這個地方格格不入。黛西說話空洞，缺乏真實感，彷彿在演一場戲。在李奧納多・狄卡皮歐（Leonardo DiCaprio）主演的同名電影裡，黛西的形象非常真實，小說中也說過：**似乎唯有刻意的快樂，才能掩飾內心深處的不快樂**。也在這時，尼克結識了他心儀已久的嬌丹。

至於湯姆，尼克很快就發現他外面有女人，而且有恃無恐，一種「我有錢我怕誰」

的樣子，情人打電話，湯姆竟能毫不避諱的接起來，黛西也像是什麼都知道一樣。湯姆還帶著尼克到處兜風，炫耀自己的勢力和情婦，完全忽視了尼克和黛西的關係。那時代，金錢至上，上帝已被墮落取代，人們的價值觀迅速蛻變。

他們來到西卵與紐約之間，一片灰色的工業垃圾場。書裡這麼形容：「煤灰猶如麥田裡的麥子，滿山滿谷，蔚為奇觀，長成一座座奇形怪狀的花園，或是堆成房屋，或是垛成煙囪，或是氤成炊煙，最後幻化成人形，在漫天塵土中影影綽綽的走，隨著粉塵灰飛煙滅。」

越過這片荒地，能看見塵土上有一雙眼睛，長在黃色眼鏡上，而這副黃色眼鏡則是架在一根不存在的鼻梁上。這是一塊巨大的招牌，應該是以前一個異想天開的眼科醫生放在那裡的。

如今醫生早就不知去向，但眼睛還在陰鬱的俯視這片陰沉的灰燼堆。

這段話我每次讀完，都嘆為觀止。現在想想，灰燼堆之所以形成，是因為人們為了經濟利益，毫無底線的破壞環境。我每次讀這本書時，都會對比那個時候的美國和現在的中國，**經濟快速發展，但許多人陷入迷茫**。

紐約都市化速度加快帶來的首要問題，是工廠、居民集中於市中心，紐約因此顯得擁擠不堪，因為擁擠，所以房價上升，勞工的工資卻在降低，這同時帶來了更多的就業機會，但也伴隨著大量的環境污染。可是為了發展，人們並未過多關注環境。

每個人都在談論蓋茲比

回到故事中，湯姆帶著尼克來到灰燼堆中的一家汽車修理店，老闆韋爾森一副心力交瘁的樣子。韋爾森是個生活在社會底層的人，他一看到湯姆，就追著要買他的車，因為湯姆以前曾答應過會低價賣給他。然而韋爾森不知道的是，賣車只不過是一個幌子，是湯姆一直光顧汽車店的藉口，因為湯姆喜歡他的老婆。

接下來，湯姆當著尼克的面，帶著他的情婦韋爾森太太，三人一起去紐約，在湯姆租的公寓套房裡喝酒狂歡，尼克完全被眼前所見震懾了。當時的美國由於汽車普及，人們開始習慣以流動的方式生活，從一座城市遷徙到另一座城市，跟一個情人纏綿之後，飛車趕去跟另一個情人幽會。就如同現代，因為社群媒體普及，人們也可以在家裡和家人聊天完，拿起手機切換到另一個世界，和陌生人連結。

每一個新時代裡，都會有新的故事人物，這四類——老錢（湯姆）、新錢（按：

New Money，指白手起家的有錢人。故事中以蓋茲比為代表）、找錢（尼克）和沒錢（韋爾森夫婦）——總會出現。

交談中，**西卵和東卵的人都在談論蓋茲比，但都說不清他到底是誰，他的錢又是從哪裡來的**。蓋茲比家幾乎夜夜笙歌，宴請的都是社會名流。尼克也收到了他的邀請函，於是穿過草地到隔壁赴宴。小說中把宴會描寫得喧囂華麗，宴會上的男男女女只顧著飲酒作樂，根本不在乎主人到底在哪裡。

蓋茲比悄然出現在尼克身邊，向他自我介紹，舉止彬彬有禮，標榜自己畢業於牛津，暗示自己讀過很多書，語言間洋溢著「老錢」的風範。他的豪華轎車也令人驚嘆，超現實般的描繪讓人印象深刻：車身長得出奇，擋風玻璃可以反射出幾十個太陽的光輝。蓋茲比總是將車開得飛快，擋泥板像翅膀一樣張開。兩個人開始閒聊，談及部隊、牛津等話題，漸漸揭開蓋茲比內心深處的真實情感。

尼克終於知道蓋茲比做這些事情的真實目的：原來，蓋茲比早在大戰開始之前就認識黛西，而且兩情相悅，但他沒錢，等他入伍參戰以後，黛西就嫁給了大富豪湯姆。

可是誰也沒想到，蓋茲比發了財，便乾脆買下黛西家對岸的房子，所有的奢華場面都是為她準備的。蓋茲比知道尼克和黛西的親戚關係，希望透過尼克牽線，能與黛西重逢。蓋茲比說，他每天夜裡都會站在海邊，遙望對岸的燈光。黛西的聲音裡「充滿了金錢」，所以他渴望打造出黃金宮殿，只為和她在一起。

多麼痴情的男人。

尼克最終替他安排了約會。但蓋茲比顯得緊張不安，像個孩子般手足無措，幾乎想要臨陣脫逃。尼克急了，告訴他：你這樣會很沒禮貌。蓋茲比才放下緊張，和黛西見了面，儘管場面有些尷尬，但兩人重逢，彷彿回到了過去的美好時光。

小說在這一段把蓋茲比的深情描寫得特別美好，像極了青春時代的愛情，只是多了別墅、高級汽車、鋼琴等很「便宜」的東西。

尼克覺得任務完成，便離開了，而蓋茲比也以為黛西已經回到了他的懷抱，準備和她私奔。但他沒考慮到，還有一個叫湯姆的人正等著他們。湯姆很快就查覺到了妻子的異樣，擺了個鴻門宴，邀請蓋茲比來。

在一次湯姆家的家宴上，蓋茲比、黛西、尼克、嬌丹都到了。宴會一開始就充滿火藥味，湯姆顯然做好了挑釁的準備，黛西慌了，蓋茲比準備迎戰。湯姆接著提議開車進城，他們之間的對抗由此開始了。

正當途徑無法改善處境時，人怎麼選擇？

湯姆搶著跟蓋茲比換車開，可能他的出發點是為了擾亂對方的節奏，但這個關鍵的細節，決定了蓋茲比最後的命運。路上，他們經過灰燼堆中的汽車修理店，在此之前，韋爾森先生告訴湯姆，他懷疑老婆讓他戴了綠帽，要他趕緊把車賣給自己，而他準備馬上帶著老婆離開紐約，告別這個讓他一敗塗地的城市。不僅如此，韋爾森先生還一次次的在家毆打妻子。

然而，到了城裡，他們並沒有去娛樂場所，而是在租的公寓裡關起門來吵架。一開始，蓋茲比占上風，逐漸擊敗了湯姆，但最終，湯姆打出了致命一擊，將蓋茲比逼至絕境，讓他失去了從容優雅的姿態。這也擊潰了黛西的心理防線：你只不過「新錢」。所謂的「新錢」，意味著缺乏良好的教育和精英階層的歷練。湯姆還找到了證據，揭露蓋茲比所謂的「牛津畢業」純屬虛構。最終，**湯姆查清了事實，蓋茲比之所以發大財，是因為他與黑幫勾結販賣私酒**。

這裡多談一下「禁酒令」。美國實施禁酒令，可以追溯至一九二〇年代，當時美國女性獲得了投票權。由於過去男人酗酒後可能會家暴妻子，因此女人們決定禁止男人喝酒。同時，清教傳統催生了轟轟烈烈的全民禁酒運動，最終導致禁酒令成為美國憲法第十八修正案（Eighteenth Amendment to the United States Constitution）。

然而，喝酒這種事怎麼可能藉由法案徹底遏制？不到半年，黑幫開始私下賣酒，導致酒價飆升。這一時代的情景在《教父》（*The Godfather*）和《四海兄弟》（*Once Upon a Time in America*）等電影作品中，皆有生動的描述。

於是，州政府和黑幫開始合作，設立祕密酒店取代公開酒館。人們在這種快感中更加放縱，引發了一系列犯罪，如敲詐和搶劫等，導致治安迅速惡化，各種黑幫組織趁勢崛起並蓬勃發展。蓋茲比成為這一連鎖產業的受益者，藉由私酒販賣及黑幫網絡以謀取暴利。

在這個時刻，蓋茲比的生活終於瓦解了，失去最後的尊嚴，黛西的激情也逐漸消退，她跑了出去，蓋茲比也跟著追上去。回家的路上，他們把車換了回來。經過停車場時，韋爾森太太正在遭受家暴。她看到一輛黃色的車，以為是湯姆，想要尋求保護，於是從樓上衝下來攔蓋茲比的車，結果被撞死在自家門前的馬路上。

這裡的關鍵在於，韋爾森太太之前目睹了湯姆和蓋茲比交換車輛，所以她的本意是想攔截湯姆。但是，韋爾森先生並不知道這一點，湯姆後來別有用心的告訴他，這輛車是蓋茲比的，於是韋爾森先生就認定，是蓋茲比先與他老婆偷情，再滅口，最後逃逸。

然而，當晚尼克得知，雖然撞人的車是蓋茲比的，但駕駛者卻是黛西。蓋茲比早已決定，不讓心愛的女人受到任何傷害，願意替黛西承擔一切。果然，韋爾森先生在蓋茲比莊園的泳池邊找到蓋茲比，一槍打死他，接著飲彈自盡。

尼克萬分痛苦，本想傾訴，但意外的是，**所有曾因財富接近蓋茲比的人都作鳥獸散**。湯姆和黛西就像什麼事都沒發生一樣，安然出國度假。而嬌丹更是早早離去，消失在遠方。唯有尼克忙碌的安排蓋茲比的葬禮，而在葬禮上，他看透了社會的冷漠和虛偽，心灰意冷的離開美國東部，回到西部。

富豪階層的道德墮落，這一切讓尼克徹底失望，同時他也意識到：夢想的時代已經終結，無論是蓋茲比心中的那點光，還是他所追求的「美國夢」，都已經永遠消逝。

小說最後透過許多細節，揭示蓋茲比最初是一個典型的美國夢信徒。尼克在蓋茲比去世後發現，蓋茲比年輕時就喜歡制定詳盡的計畫和時間表，他還保留著一份閱讀清單。這些細節表明，如果那個時代有讀書會，蓋茲比很可能會是第一個報名參加的人。他曾堅信，藉由努力可以改變自己的命運。

然而，小說中並沒有具體解釋為何蓋茲比後來認為，只能以非法手段提升自己的社會地位。這一轉變留給讀者廣闊的想像空間，讓人反思：**在無法以正當途徑改善自身處境時，人們可能會選擇何種路徑？**

當然，我的反思不僅於此。我還會思考，現代許多人的價值觀不也是金錢至上嗎？沒錢確實萬萬不能，但錢真的萬能嗎？

作為曾經在名利場摸爬滾打的人，我參加過一些明星、上流的飯局，大家圍坐在一起，手握紅酒，口沫橫飛，談論一些表面上看起來高尚、實則空洞無物的話題。每個人都裝出一副道貌岸然的樣子，內心卻焦慮不安。

直到這個行業突然陷入困境，朋友問我，為什麼有些人離開得那麼快？答案很簡單，如果看過《大亨小傳》，你就會明白。

你所擁有的一切，實際上都是過眼雲煙，**今天高朋滿座，明天就可能是曲終人散**。

其實，真正的富足，不僅是擁有財富，更在於靈魂的富足。

第13章

女孩，請活得像風一樣自由

——《飄》

美國作家　瑪格麗特・米契爾（Margaret Mitchell）

出版年：一九三六年

如果要我選適合女孩子讀的小說，且只選一本，我一定會選《飄》。

這本書的原名是 *Gone with the Wind*，即隨風飄去，指的是主角的故鄉已經隨風而逝，也可以解讀為每一個像郝思嘉（Scarlett O'Hara）一樣的女孩子，都能活得像風一樣自由。

作者瑪格麗特．米契爾（一九〇〇－一九四九年）就像風一樣，出道即顛峰，但隨後就消失了。她死於一場車禍，第二部作品寫了一部分就成為絕唱。她一生只有這一部作品名垂青史，似乎只是為了寫這本書而活。而這本書，也幫她「活」到了永遠。

有時候我也會考慮，是不是寫完一本書就該收筆了。但後來我明白，我的表達也應該像風一樣自由。我只需要寫我自己的，其他的，我都不必管。

《飄》是美國歷史上最暢銷的小說之一。我查了資料，截至一九七〇年代末期，這本書被翻譯成二十七種語言，全球發行量接近三千萬冊。一九三六年，小說剛出版的第一年就賣了一百萬冊。這讓我想起我的《你只是看起來很努力》，也是剛出版就賣了一百萬冊。不過，這是兩個不同的時代，更何況是當時剛經歷了經濟大蕭條的美國。

沒過多久，《飄》改編的電影《亂世佳人》在一九四〇年第十二屆奧斯卡金像獎（Academy Awards），一舉奪得十項大獎，如果將其票房換算成現代貨幣價值，可以達到驚人的三十四．四億美元。如果考慮通貨膨脹，《亂世佳人》的票房甚至超過了二○○九年的賣座電影《阿凡達》（*Avatar*）。

許多讀者可能不太了解美國南北戰爭的背景，我先簡單介紹一下這段殘酷的歷史。

南北戰爭導致了幾十萬人的死亡。其實南北之間的矛盾，早在美國建國之初就已顯現，主要是因為經濟理念的差異：美國北方以製造業、商業和金融業為主，而南方則以種植園經濟（Plantation economy）為主。

南方種植大量棉花，需要大量人工採摘。因此，黑奴成了南方採摘棉花的唯一勞動力，而這也是南方諸州堅決維護奴隸制的主要原因。

在《亂世佳人》中，塔拉莊園和十二橡園主要種植的就是棉花，這象徵著莊園的財富。即使在戰後重建時期，北軍燒毀了塔拉莊園的所有棉花，郝思嘉為了重振家族，首先想到的還是種植棉花。

奴隸制度的壓迫，使許多黑人生不如死。如果你有膽量，可以看一部名為《自由之心》（*12 Years a Slave*）的電影。我小時候看完這部電影後，好幾個夜晚都失眠了，因為奴隸制背後的惡深深觸動了我。

要因為愛情而結婚，而不是年齡、責任、憤怒或激情

這本書講的是什麼樣的故事呢？

故事一開始，郝思嘉聽到了一個令她震驚的消息：她心儀的對象衛希禮（Ashley Wilkes）將要與他的表親韓媚蘭（Melanie Hamilton）訂婚。對郝思嘉來說，這簡直是晴天霹靂，因為在她眼中，韓媚蘭毫無吸引力。她原本以為衛希禮會向她求婚，但現實卻出乎她的意料。

若是一般人大概就放棄了，但郝思嘉的厲害之處在於絕不認輸，無論遇到什麼困難，都主動出擊。郝思嘉決定在第二天的燒烤宴會上，竭盡全力贏回衛希禮的心。她展現出強大的主動性，不惜一切努力追求自己的幸福。我也常常這樣鼓勵我的學生：女孩要積極追求自己的幸福，優質的生活和男人都需要自己努力爭取。

在舞會上，郝思嘉終於找到機會向衛希禮吐露真情。誰也沒想到，衛希禮也承認他喜歡郝思嘉，但還是拒絕了她。因為他不敢自己做選擇，他清楚的知道，兩人來自不同的家庭，自己是「老錢」，有著豐富的文化底蘊和歐洲經歷，而郝思嘉則來自「新錢」。衛希禮的被動態度註定了他命運的坎坷。

衛希禮無情的拒絕，令郝思嘉惱羞成怒，她一怒之下砸碎了瓷器。這一砸，吸引了白瑞德（Rhett Butler）的注意，他緩緩從沙發後站了起來——其實，他一直在偷聽。

白瑞德是個聲名狼藉的浪子，女孩都對他避之唯恐不及。然而，作者的高明之處在於她並沒有直接推進兩個人的關係，而是開始著重描寫南北戰爭，讓小人物消失在大環境裡。受到憤怒的驅使，郝思嘉匆匆進入了一段婚姻，她接受了韓媚蘭的弟弟韓查理（Charles Hamilton）的求婚。也就是說，郝思嘉嫁給了她情敵的弟弟。

我想，很多戀愛腦的女孩子都是這個樣子，一旦愛了，就會奮不顧身，一旦恨了，就會咬牙切齒。不過，誰說這樣的青春不美好呢？

婚後，韓查理和衛希禮都投身戰場為國家效力。然而，命運卻對郝思嘉開了個天大的玩笑。戰爭剛開始不到兩個月，韓查理就在戰場上死於肺炎，郝思嘉便成了寡婦，並帶著一個孩子。那時的美國是個保守的國家，因為家人離世，她必須放棄所有的社交活動，只能日日穿著黑衣，約束自己的言談舉止。

直到此刻，郝思嘉才開始後悔當初魯莽輕率的決定。她與韓查理之間本沒有愛情，這段婚姻只是為了報復衛希禮。

然而，一切都已經太遲了。**人總要為自己青春時的愚昧付出代價**。

有一天晚上，我收到一位讀者的微信訊息，她問我什麼時候應該選擇結婚。我想了很久，最終回覆她一句話：**不要在意時間，而要在意人。要因為愛情而結婚，而不是因為年齡、責任、憤怒或激情，為了這些最終都會後悔的。**

莊園裡竟還有黑奴沒被解放

正當郝思嘉整日愁眉不展時，韓查理的姑姑寫信邀她前往亞特蘭大陪伴自己和韓媚蘭。儘管郝思嘉打從心裡厭惡韓媚蘭，但想到能得知衛希禮的消息，她還是決定前往。

沒想到，到了亞特蘭大，她和韓媚蘭的關係竟變得非常好。韓媚蘭是個善良的人，內向、淳樸、真實，她的影響力不僅局限於郝思嘉，也擴及周圍的每個人，小說裡的人都喜歡她。與之相反，郝思嘉刁鑽、任性、古怪、堅強。但有趣的是，兩個人竟然成為很好的朋友。

優秀的小說家總能做到這一點：他們永遠記得你已經忘記的事情。消失了很久的白瑞德在南北戰爭期間，成了穿越封鎖線、大發戰爭財的商人，與郝思嘉再次相遇。郝思嘉一身寡婦打扮，看著義賣會上其他太太、小姐裙裾飛舞、衣著鮮亮，她很羨慕，這時被白瑞德撞個正著。白瑞德洞悉郝思嘉的心事，出言譏諷她。

正當郝思嘉氣憤萬分時，白瑞德又捐了一百五十元黃金邀請郝思嘉共舞一曲，全場譁然。聲名狼藉的商人邀請寡婦跳舞，已經是非常招搖的行為了，而郝思嘉居然回答「我願意」。

許多讀者讀到這裡，往往不太能理解這句話的分量。在南方保守風俗的浸染下，作為一個年輕的寡婦，郝思嘉本該待在家中，拋頭露面已屬大逆不道，更不用說和一個聲名狼藉的人共舞。但我想這就是郝思嘉的魅力，她活得自由自在，隨心所欲，像風一樣吹到天地邊緣。一個女孩若活得不那麼謹慎，生活也就不容易過得太緊張。

一八六四年，亞特蘭大遭到北方軍隊三面圍困，成了孤島。大量受傷的士兵湧入城內，城市一片混亂。在危難時刻，郝思嘉的勇氣戰勝了恐懼，她鎮靜的幫助韓媚蘭生下孩子。當她感到無助時，第一反應是派僕人找白瑞德求助。儘管郝思嘉常常看白瑞德不順眼，但在不知不覺間，她已經開始依賴他了。

這也代表著郝思嘉已步入中年，因為**中年的愛往往不是激情，而是依賴**。她內心丟掉了衛希禮，依靠了白瑞德。

在護送郝思嘉返回塔拉莊園的途中，白瑞德突然改變心意，決定返回軍隊。儘管他平時看起來玩世不恭，儘管他早已意識到這場戰爭必將以南方的失敗告終，儘管他從生意人的角度明白歷史潮流不可逆轉，但身為南方人，他必須在南方最困難的時刻貢獻自己的忠誠。

白瑞德的選擇看起來很奇怪，但仔細思考也能理解，這種兼具反叛和忠誠的選擇，剛好塑造了他的性格。

沒有了白瑞德，郝思嘉再次陷入孤立無援的絕境，她冒著槍林彈雨衝過北軍封鎖，終於回到了家鄉。此時，母親患病去世，父親神志不清，兩個妹妹也重病昏迷不醒。原來莊園裡有一百個黑奴，現在除了黑嬤嬤（郝思嘉的保母）、波克和狄阿喜之外的黑奴都被解放了。北方人燒掉所有棉花，搶走所有食物和財物，此刻的塔拉莊園可謂一窮二白，再也不是當初富饒美麗的大莊園了。

閱讀小說時，我發現黑嬤嬤還在莊園裡，覺得這是典型的政治不正確，一個黑人怎麼可以不被解放呢？但這才是**真實的生活，既有殘酷和罪惡，也有情義**。

郝思嘉對天發誓，一定要振興塔拉莊園，再也不想嘗挨餓的滋味。這一刻，女孩成長為女人。女孩往往都是從發誓做什麼開始而成為女人的。發誓代表著一種生活狀態的期待，一種強烈的期待和需求，這樣的期待和需求造就了成長。

戰爭終於結束，一切都變得越來越好。小說上冊設下的最後一個懸念是：衛希禮回來了，但他回來後，一切都不一樣了。

只有先活下來，才能談夢想

戰爭結束後，莊園和郝思嘉最大的痛苦只有一個：窮。

有一天，郝思嘉突然得知，塔拉莊園必須重新繳納一筆高達三百美元的稅金，否則莊園就會被充公拍賣。於是，她穿著用母親的絲絨窗簾布改成的衣服去找白瑞德，決心不僅要得到這筆稅金，還要哄騙白瑞德和她結婚。

小時候讀到這段時，覺得價值觀有些扭曲，但後來明白，活下來才是最重要的。**人只有先活下來，才能談夢想**。

而此時，衛希禮只能暗暗自責，因為他什麼也做不了，他也明白是自己把郝思嘉逼上了這一步。他知道郝思嘉與自己不同，她正視生活，用自己剛強的意志主宰生活。而衛希禮雖然從戰爭中毫髮無損的歸來，然而，他的精神世界已經崩塌，他曾經引以為傲的「老錢」身分到頭來什麼也不是。他深知，戰前南方那如希臘雕塑般勻稱的生活已經被打碎，自己無法融入戰後的新生活，註定要被淘汰。

我曾寫過一個故事，標題是〈當你優秀了，女神就再不是女神了〉。其實，男神也是如此。隨著你的成長，男神／女神變得不再完美，你會發現你曾經追求的，其實是一個更好的自己。

郝思嘉來到亞特蘭大，發現白瑞德因為涉嫌侵吞南方聯邦的大筆資金，而被抓進了監獄。她正絕望的時候，巧遇了妹妹的愛人甘福隆（Frank Kennedy），她知道甘福隆是眼下唯一的救命稻草，於是她「搶走了」妹妹的男友，她發誓只要能不再挨餓，要她殺人都可以。

什麼名聲？見鬼去吧！這是多麼絕望的吶喊，又是多麼充滿希望的決策。

郝思嘉很快接手了甘福隆的生意，同時還向白瑞德貸款買下了鋸木廠，並央求衛希禮幫忙打理鋸木廠。這樣的人脈整合能力，的確值得我們學習。

不久，郝思嘉為甘福隆生下了一個女兒，但家庭和孩子並不能阻礙郝思嘉的野心：她依然專心致志的經營鋸木廠，並經常獨自駕著馬車，穿過危險的黑人貧民區。儘管身邊的人多次勸告，但郝思嘉仗著身上有手槍防身，仍然一意孤行。

她為了生活已經豁出去了。但誰不是呢？

有一天傍晚，郝思嘉獨自駕車的路上被兩個暴徒襲擊了，多虧昔日塔拉莊園裡的黑奴搭救，才撿回一條命。但這起事件卻產生了一系列蝴蝶效應：甘福隆為了替妻子報仇，帶著衛希禮和三K黨（一個奉行白人至上主義的團體）掃蕩貧民區，在激烈的交火中，衛希禮負傷，甘福隆身亡。而多虧了白瑞德的掩護，衛希禮等參與掃蕩的南方人才逃脫當局的逮捕。

明天總會是新的一天

甘福隆意外身亡，讓郝思嘉再次守寡。她借酒澆愁之際，白瑞德前來拜訪，終於向郝思嘉求婚。郝思嘉正在搖擺不定時，白瑞德激情四射的熱吻終於一錘定音，打開了郝思嘉的心鎖。

她無暇傷心，因為她要擁抱新生活。

隨著女兒美藍（Eugenie Butler）的降生，白瑞德將全部心思都放在她身上，將美藍捧為掌上明珠，希望將她培養成南方淑女，因為他覺得這是第一個完整屬於自己的人。

但橫在他們之間的最大矛盾還是衛希禮。這也是小說最後的矛盾。

衛希禮生日那天，韓媚蘭瞞著衛希禮，為他準備一場生日派對，郝思嘉奉命前往鋸木廠拖住衛希禮。這下兩人獨處了，他們不免回憶起往昔的美好時光，說到動情之處，郝思嘉眼眶含淚，衛希禮不由得緊緊抱住她。

恰在此時，這一幕被衛希禮的妹妹撞見。她把郝思嘉與衛希禮的流言，瞬間傳遍全城。當然，也傳到了白瑞德的耳朵裡，刺傷了他的心。第二天，白瑞德毅然帶著美藍離開亞特蘭大，沒過多久，郝思嘉發現自己竟然開始思念起白瑞德，她才意識到自己應該是愛上了這個人。這時她也發現，自己又懷孕了。

後來，兩人久別重逢，迎來的不是冰釋前嫌，而是郝思嘉的意外流產，白瑞德無比自責。但還未等兩人重修舊好，更大的悲劇發生了：他們唯一的女兒美藍在騎馬跳欄時，意外墜馬而亡。

繩子總從細處斷，命運總挑苦命人。

從此，白瑞德彷彿變了一個人，整日愁眉苦臉，邋裡邋遢，像是被抽掉了靈魂。而命運也沒有打算就此放過郝思嘉，她生命中最後一個重要的人——韓媚蘭——也離開了她。這真是青春的逝去。

所謂**青春逝去，就是熟悉的人一個個離開**。我曾跟歌手肖央聊天，他說：麥可·

傑克森（Michael Jackson）的死去，代表著一九八〇年代出生的他們這群人青春的逝去，而柯比·布萊恩（Kobe Bryant）的離開，則代表著一九九〇年代出生的人青春的逝去。

在葬禮上，郝思嘉終於認清了衛希禮的虛弱本質——**衛希禮只是自己虛構出的偶像，她愛上的只是自己幻想中的那段愛情，而非衛希禮本人**。長期以來給她厚實肩膀依靠的男人，是白瑞德。

儘管郝思嘉麗領悟了自己真正的心意，但白瑞德心中卻認定韓媚蘭離開了，郝思嘉就可以正大光明的和衛希禮在一起了。

他決定離開，於是才有了小說最後一幕：

「那……那你的意思是說我毀了這一切嗎？你不愛我了嗎？」

「對。」

「可是，」她依舊固執的說下去，就像個孩子，以為表達自己的欲求就能使欲求獲得實現：「可是我愛你啊！」

「那是妳的不幸。」

「不，」她叫喊：「我只知道你已經不再愛我了，你要離開我了！喔，親愛的，你走了我該怎麼辦？」

他猶豫了一會兒，彷彿在心裡盤算：就長遠來看，撒一個無傷大雅的謊會不會比道出事實來得仁慈？接著他聳聳肩。

他短促的吸了一口氣，然後輕蔑但輕柔的說：「親愛的，我他媽的一點也不在乎。」

我喜歡這本書的原因，可能就是這樣簡單粗暴：郝思嘉太能夠承受打擊。因為就算是遭到這樣的暴擊，她還是在最後說了這麼一句話：

「這一切等我明天回到塔拉再想吧，到時候我就挺得住了。明天我會想辦法來挽回他，畢竟，明天又是全新的一天！」

其實這也是我時常跟我的讀者說的，無論遇到什麼，不用太擔心，明天總會是新的一天。新的一天也會有新的故事，但無論多麼曲折，明天總是新的一天。

第14章

人生的輕和重，你怎麼選擇？

——《生命中不能承受之輕》

捷克—法國作家　米蘭・昆德拉（Milan Kundera）
出版年：一九八四年

我曾在讀書會裡講了一次《生命中不能承受之輕》（*Nesnesitelná lehkost bytí*），學生們都很震驚，心想：你膽子真大，讀得懂嗎？但我是真的喜歡這本書，尤其是其中蘊含的哲學思考，給了我很大的啟發。

這本書的內容之所以引人好奇，不是因為文字好懂，也不是作者米蘭．昆德拉（一九二九－二〇二三年）有多出名，而是書中有大量的黃色描寫。

米蘭．昆德拉，生於一九二九年的捷克斯洛伐克（Československo，已於一九九二年和平分裂為捷克與斯洛伐克兩個國家），成長於一個深受藝術薰陶的家庭。他的父親是著名的鋼琴家及音樂理論家，也曾擔任音樂學院的院長。

這樣的家庭環境讓**昆德拉在創作時，傾向於使用音樂形式構建小說結構，他的作品因此充滿了音樂性**。昆德拉的這部小說正是遵循了這種風格，它如同一首古典音樂中的四重奏，巧妙的藉由四個主要人物——薩賓娜（Sabina）、托馬斯（Tomáš）、特麗莎（Tereza）和弗蘭茨（Franz）——的生活，展開各自獨立又相互交織的故事章節。他們的人生軌跡如同一首交錯的旋律，各自獨奏，又和諧統一，共同完成一段生命的旅程。

生命中「不能承受之輕」究竟是什麼呢？我想，或許我們並不理解，但生活中一定有所體驗。請聽我慢慢講來。

什麼是生命中「不能承受之輕」？

很多人讀這本書，都遇到一個問題：開頭太難讀了。作品開頭引用哲學家尼采的永恆輪迴理論（按：假定宇宙會不斷以完全相同的形式循環，且這種循環的次數不可理解，也無法預測），如果這個理論成真，我們的每一個行動都將在未來被無限次重複。

在這個永恆輪迴的世界裡，每一個舉動都變得極其重要，因為它們將對自己、他人和世界產生不可逆轉的影響。這種沉重的責任是任何人都無法承受的。如果生命只有一次，沒有輪迴，生命的終結將意味著永恆的消逝，沒有反轉。在這樣的情況下，只發生一次的事情就顯得毫無意義。

歷史事件呢？如果歷史事件都失去了意義，人所做的任何決定還有意義嗎？生命本身還有意義嗎？這就是生命中的「不能承受之輕」。

如果每一個決定、每一件事情，都是註定發生的，都看似毫無意義、輕如鴻毛，這些事情堆積起來，可能就變得沉重。

例如某天下午，你在某條街上遇到一個女孩。這件事看似微不足道，但你們的相遇可能會演變成相識、約會、戀愛，最終結婚、生子，甚至孩子長大成為改變世界的人。

這時你會發現，之前那個看似輕盈的決定，實際上已經變得沉重起來。那個下午，你為什麼選擇了這條街道，而不是另一條？為什麼遇到了這個女孩，而不是另一個？

我經常比較學習與生活。你可能覺得做了一件簡單的事情，例如睡懶覺、不寫作業，過得很輕鬆，但最後它可能導致你考試失利，沒考上大學或研究所……本來簡單的事情就可能變得十分沉重。

簡單來說，如果你每天的生活都很輕鬆，未來可能會變得沉重；但如果你的生活每天都很充實，未來可能就不會那麼沉重了。

一九四八年，十九歲的米蘭·昆德拉進入布拉格查理大學（Univerzita Karlova）哲學系，並加入了捷克共產黨。一九六七年，昆德拉的首部長篇小說《玩笑》（*Žert*）問世，並迅速在全世界贏得聲譽。一九六八年，時任捷克斯洛伐克共產黨中央第一書記亞歷山大·杜布切克（Alexander Dubček），提出實行「帶有人性面孔的社會主義」，這便是著名的「布拉格之春」改革。然而，這場改革引來蘇聯的強烈反對。

一九六八年八月二十日，蘇聯出動三個集團軍，在短短六小時內占領了捷克斯洛伐克全境，逮捕了杜布切克等領導人，導致布拉格之春慘遭鎮壓。這場政變對昆德拉個人而言影響深遠：他公開支持改革，使得他的作品在捷克斯洛伐克國內成了禁書。昆德拉剛建立起來的文學聲譽，因政治風波而變成了他的負擔。他所有的書都被禁了。

然而，在整個歐洲的舞臺上，這次軍事行動並沒有像他所想的那樣具有沉重的意義。相反的，它顯得輕飄飄的，有些人可能不知道發生這一事件。對其他國家而言，這次行動輕得幾乎沒有太多的反應。

這是他第一次意識到，**原來對他和這個國家來說如此重要的事情，在歷史的舞臺上其實很輕，輕得讓他無法承受**。

如果我們將生命類比為歷史事件，你會發現生命也是如此。**雖然生活中的許多事情看起來毫無意義，但對於我們來說，生命只有一次，這就是我們無法承受的生命之輕**。

隨著時間的推移，再重要的歷史事件，例如法國大革命，都會逐漸變得輕飄飄的，因為它們只發生了一次，在人們的生命中逐漸變成文字、理論和回憶。那麼，布拉格之春在歷史上真的重要嗎？更何況是我們的生命呢？曾經我們或許以為自己像趙雲、張飛一樣英勇無畏，但後來才發現自己可能只是那個「僅一回合就被斬於馬下」的普通人。

正是這種輕與重的對比，讓米蘭．昆德拉完成了這本書。在這個前提下，我們讀小說時會發現，其中的人物都陷入了這場輕與重的困境。這本書很難讀，因為缺乏強烈的故事性，但接下來我會試著幫你釐清其中的故事。

無法忍受分手的輕，在一起又是無盡的重

故事的主角托馬斯是個技藝精湛的外科醫生，他的愛情觀很詭異，用現代的話來說就是個「渣男」，他既渴望女人，又畏懼女人，因此發展出一套外遇守則：靈肉分離。對他來說，肉體的欲望是非常輕的，但愛情和婚姻卻是沉重的，因為它們意味著日常的輪迴。每天早上都要在同樣的身體旁邊醒來，每天晚上要和她共眠，他無法接受這一點。這種輪迴讓他痛苦。

但是，當他愛上餐廳服務員特麗莎時，這個原則被打破了，他竟然與她結婚。儘管兩人結了婚，但托馬斯的靈肉分離觀念依然存在，他依然遊移在情婦之間，這對特麗莎的傷害很巨大。特麗莎經常從夢魘中驚醒，在痛苦和淚水中度過每一天，猜忌和懷疑幾乎將她擊垮。

特麗莎的痛苦在與托馬斯同居後更加劇烈。她深知托馬斯難以保持忠誠，仍與以前的情婦保持聯繫，但她無法改變這一現狀。而托馬斯則難以理解特麗莎的嫉妒，因為他認定自己的愛情和性關係是兩回事，只要他的內心忠於特麗莎，外遇就和普通的足球比賽一樣，每天都可以有。

然而，特麗莎的痛苦卻深深折磨著他，導致他也開始崩潰。每當他出門見情婦時，內疚感便立刻使他失去了欲望；而一天沒有見情人，他又急切的想盡快安排。他多麼像網路上時常有人形容的渣男形象，但如果你僅僅用「渣男」兩字評價這種人，可能就無法深入理解人性。

回到故事，特麗莎面對陌生環境的不安和丈夫的背叛，感到生活毫無希望和變化，於是決定回到故鄉。她的離開讓托馬斯感受到了生命之輕，起初他以為自己終於可以自由了，但很快意識到自己對特麗莎的同情之情難以承受，於是不得不返回他們在布拉格的家。

兩人**沒辦法忍受分手的輕，在一起又承受著無邊無際的重**，如何是好？許多人的愛情也有這種困境，明明無法結婚卻分不開，因為分開太痛苦，但又無法走到最後。

他們意識到在一起是快樂的，儘管是一種折磨的快樂，像許多夫妻一樣，儘管無法忍受對方，但至少在一起還是幸福的。這種幸福很彆扭，卻很真實。重逢後，托馬斯感覺自己戴上了責任的枷鎖，同情心也消失了，感受到的只有絕望。

沒過多久，托馬斯因為政治原因被醫院開除了。為了謀生，他不得不去當洗窗工人，然而，這份工作為他帶來更多豔遇的機會，他和特麗莎的關係也變得更加緊張。托馬斯無法停下來，特麗莎也不願意再繼續這樣的迴圈。

當特麗莎對布拉格這座城市徹底失望，提議到農村生活時，他們意見終於一致。到農村生活，意味著斷絕之前的一切社會關係，遠離現實和政治，只有他們兩個人。然而，他們並沒有迎來美好的結局。在這種相愛相殺的狀態中，一場雨天的車禍，因為煞車失靈，他們雙雙喪生。

他們的故事很諷刺。所以，生命到底是輕還是重，這裡提出了疑問。

追求生命之重，最終被沉重壓垮

我們再回頭講這個故事，托馬斯的情婦薩賓娜是個有意義的角色。一次他們偷情時，托馬斯心事重重的頻頻看手錶。事後，他發現自己找不到襪子。薩賓娜笑著提議借他一隻女襪，這實際上是對他的懲罰。

薩賓娜是個畫家，她活得輕盈，也因為活得輕盈，所以誰都背叛，背叛是她生活的主題。她不願承擔責任，也不喜歡忠誠或大眾認為正確的行為。然而，這種輕盈與持續的背叛讓她的人生陷入虛無。

她像一隻鳥，飛在天空，卻忘記帶自己的靈魂。蘇聯軍隊入侵後，她幾乎毫不遲疑的離開布拉格，到了瑞士——她對國家毫無責任感。戀人說想和她結婚，她轉頭就走——她對愛人也毫無責任感。總之，**她對世界沒有任何責任感，她無法承受生命的重，她只能忍受那不堪承受的生命之輕**。

薩賓娜抵達瑞士後，與一個名叫弗蘭茨的新情人相遇。弗蘭茨是位成功的學者，但他並不滿足於教師身分，渴望飛向更高的天空。然而，他的生活負擔沉重，身上承擔了各種責任。

不幸的是，他遇到了薩賓娜。弗蘭茨喜歡將一切賦予意義，他相信一切事情都有意義。然而，一旦開始思考每件事情的意義，生命就變得沉重起來。而薩賓娜卻喜歡輕盈的生活，這導致兩人之間充滿了矛盾。

例如，弗蘭茨愛上了薩賓娜，因為他渴望冒險和浪漫，他認為愛一個人就是要極致，不惜一切。他甚至向家中的妻子坦白了這段婚外情，希望能取悅薩賓娜，但薩賓娜無法忍受這樣的沉重。她覺得自己成了一個她毫不在乎的女人的情敵，也不想與弗蘭茨結婚或有過於沉重的關係。

於是，她在一夜之間搬離了日內瓦，前往巴黎。薩賓娜從不承擔責任，也不願受到任何束縛。

薩賓娜的人生充滿了離棄與背叛，她發現美的世界是個被拋棄的世界，所有人都喜歡的東西實際上是庸俗的。她背叛了親人、伴侶、愛情和故鄉，但一切都不復存在時，她發現自己最終背叛的是自己。她深刻感受到了人生意義的虛空，以及不可承受的生命之輕。

弗蘭茨失去了薩賓娜，家庭也陷入混亂。他無法留在這座城市，於是決定尋找更加崇高、更有意義的人生目標。他一生都在尋找生命的重量。他聽說，越南和柬埔寨正爆發戰爭，他便參加了一個請願團，前往柬埔寨邊境。請願團的成員包括醫生、知識分子、記者和明星，他們都在尋找這次行動的意義。

然而，弗蘭茨遭遇搶劫，他試圖抵抗而受到重創，最終不幸身亡。這或許正是米蘭·昆德拉想要表達的：**一個不斷追求生命之重的人，最終被沉重壓垮**。在這個四重奏組合裡，最終活下來的只有薩賓娜，然而，儘管她活著，卻陷入了無根的漂泊之中，沉浸在無法承受的生命之輕中。

目標本身就是一種空虛

在此，我想借用網路上的一段論述說明這本書：在米蘭．昆德拉看來，人生是一種痛苦，這種痛苦來自人們對生活目標的錯誤選擇，對生命價值的錯誤判斷，**世人都在為自己的目標而孜孜追求，殊不知，目標本身就是一種空虛。生命因「追求」而變得庸俗，人類成了被「追求」所役使的奴隸**，在「追求」的名義下，我們不論是放浪形骸，還是循規蹈矩，最終只是無休止的重複前人。因此，人類的歷史最終將只剩下兩個字——「媚俗」。

這段文字觸及了小說的核心主題，就是**反對「媚俗」**。究竟什麼是媚俗呢？我們習以為常的事物，並不一定如它所描述的那樣。如果我們相信這一觀點，就會走上媚俗的道路。

書裡舉了一個例子：一個美國參議員看著孩子在草坪上奔跑，以為這就是幸福。但在昆德拉看來，這是媚俗。孩子奔跑就是幸福嗎？這種推斷源自何處？參議員之所以這樣說，是因為他受到了宣傳的影響，他被告知孩子奔跑代表幸福。這種盲目的推斷導致了媚俗，感情的盲目戰勝了理智，媚俗因此產生。

昆德拉認為，媚俗的特點是平庸，並且會使你的感情升溫。這也解釋了他的小說為何不那麼煽情。我曾在一個聚會上詢問詩人歐陽江河，他說他特別討厭抒情的詩歌。我問他為什麼？他說，因為太多人的抒情是虛假的。

我開始理解昆德拉為何反對媚俗，因為**沒有邏輯的媚俗抒情，實際上是思維的懶惰**。懶惰的思維會追求確定的意義，以此來為自己的人生增添重量。

就像小說中的弗蘭茨，他從未獨立思考過，只是追求那些確定的意義——愛一個人就要捨棄一切，失去一切就要遠走他鄉。他們借助這些意義以獲得崇高感，沉浸在自我感動和催眠之中。

我想起許多中國年輕人，在職場受挫後，第一時間會選擇到西藏或麗江等鄉村，但過了一段時間，又回到了大都市。這也許正是媚俗的結果，媚俗將他們帶到了今天這個地步。

回到這本小說裡的媚俗，托馬斯和特麗莎從未停止對自己內心的思考，他們一次次打破常規，不屈從於已有的媚俗解釋，因此他們在現實中焦灼痛苦。不媚俗，可能就會與世界格格不入，最後死在路上。

再看看薩賓娜，她拒絕在別人設定好的固定意義中生活，不停背叛，毅然放棄了討好媚俗的行為，選擇成為一名藝術家。儘管她的生活中只有無法承受之輕，但至少她不必為他人而活。畢竟，沙特曾說過：「他人即地獄。」

然而，你能說他們的一生是錯誤的嗎？其實，我們主觀討論一個人應該如何生活，難道不也是一種媚俗嗎？

回頭談談這本小說，許多人批評它，因為它並非一部傳統的小說，故事情節也並不完整。然而，昆德拉卻說，相對於描寫人物的外貌、衣著和動作，他更在意的是建構他們的思想。他曾說，複雜性才是小說的靈魂。

事實上以現在看來，這種論述似乎正在打破某些東西，重構某些東西，至少它不讓媚俗侵入小說的領域。

昆德拉認為，小說是認識世界的工具，而不是為了提供快樂和情感共鳴給讀者而存在的娛樂品。這一觀點已經超越許多為了將作品改編成電影而寫的作者。昆德拉認為，在小說中，理性應當高於感情，因為感情是危險而天真的，稍有不慎就會淪為媚俗。

然而，問題又出現了，難道媚俗就一定是錯的嗎？**單純的批判媚俗，難道不也是一種媚俗嗎？**

我想，我已經寫得夠深了。這就是我對這個故事的理解。讀完米蘭．昆德拉的小說後，或許沒有得到任何答案，反而帶來更多問題。但我認為，這也正是這本書為我們帶來的思考。

我沒有答案，希望你可以有屬於自己的答案。至於重和輕，你也應有自己的選擇。

第15章

你所知道的，只是你的衣服

——《流浪者之歌》

德國—瑞士作家　赫曼．赫塞（Hermann Hesse）
出版年：一九二二年

我書架上的一本書給了我無數啟發，沒有它，我沒有勇氣經歷這麼多事情。

我發現，**即使我們知道的道理再多，若想理解得透澈，一定得自己親身經歷一遍**。就像老師都告訴你不要太早談戀愛，但只有真正經歷成績下滑、幾乎要考不上大學的局面時，你才會明白的確不值得。同樣的，只有真正體驗了失敗、失望、失落，你才會真正理解這些詞的含義。再者，我們經常談論死亡，也許死亡是生命最終的形式，但是誰能真正理解它呢？也許只有親身經歷過的人，才能真正明白死亡的含義。

這章要談的書是《流浪者之歌》，講述佛教創始人釋迦牟尼（本名為悉達多．喬達摩〔Siddhārtha Gautama〕）的故事，作者是德國小說家赫曼．赫塞（一八七七－一九六二年）。他非常巧妙的把釋迦牟尼變成兩個人，一個叫悉達多，另外一個叫果文達（Govinda），用詩篇的形式，講述了一個有意思的故事。

赫塞是德國人，後來移民到瑞士，因為他強烈反對德國的軍國主義，所以寫了許多批判文章。而他七歲時就開始寫詩。

我寫這篇文章時是二〇二二年，正好是赫塞逝世六十週年。我記得，第一次讀《流浪者之歌》是在一個晚上，不知為何拿起了這本書，兩個小時就讀完了。我感覺我讀懂了每個人的一生。同時，我也明白了一件事：**智慧無法分享，但可以被體驗**。

如今盛行知識付費，但你會發現，知識可以傳授，但智慧很難傳授。你必須閱讀大量書籍，經歷種種事情，才能使智慧從你的骨肉裡長出來。衣服可以更換，但骨肉相隨一生。

這就是我經常說的：**你所知道的只是你的衣服，你所經歷的才是你的血肉**。

我要追求我的求道之路

《流浪者之歌》的故事分為三個階段，正如我們的人生經歷：第一階段，看山是山，看水是水；第二階段，看山不是山，看水不是水；第三階段，看山還是山，看水還是水。

悉達多成長在一個富裕的家庭裡，英俊瀟灑，受人愛戴。年輕的他過著幸福的生活，直到開始思考自己是誰。他不再滿足於物質生活的富足，開始追問自己存在的意義，尋找真實的自我。

他提出一連串問題：創造世界的是否為神？我在這個世界上有何意義？如何找到真正的阿特曼（Atman，印度佛教中「自我」的意思）？如何實現自我？

於是，他投身禪修，苦行打坐，追求悟道。他的好友果文達與他一同思考未來。悉達多原以為人生已經確定，直到聽聞喬達摩在講道。他們變成了苦修的沙門（按：古印度宗教中泛指修行苦行、禁欲，以乞食為生的宗教人士），聆聽喬達摩的教誨，深受感動，果文達選擇加入喬達摩的教義，而悉達多選擇了另一條路：離開果文達，獨自尋求真理。

悉達多發現佛陀的法義完美無缺，但它是佛陀一生探索和追求，得道開悟而來的。悉達多認為：**我並不是佛陀，佛陀的教誨是唯有他一個人經歷的祕密，而我需要追求我的求道之路**。

是的，你經歷的是你的事情，而我需要經歷的是我的血肉。或許最終結論相同，但我需要自己走過。因此，我要拋開所有聖賢的說教，告別所有的法義，獨自經歷，尋找自己的答案。或許我會失敗、會幻滅、會絕望，但我不後悔。

我每次讀到這裡，都覺得這段描寫實在太好了。

這不就是我們的人生嗎？父母、師長們就算說破了嘴，但若我們自己未曾經歷一遍，到頭來還是紙上談兵。悉達多走了，他從思考自我，到覺棄自我，再到回歸探索自我，從「看山是山」慢慢變成了「看山不是山」。

我經常聽到許多人說要「做自己」，但什麼是做自己？其實就是不被道義所左右，真正思考自己到底是誰。唯有知道的事更多，才能更理解自己。

悉達多過了條河，進了城。他遇到名妓珈瑪拉（Kamala），起初他的求愛被嘲笑，珈瑪拉說他是個沙門，太不合適了，他得變得更富有來獲取她的注意。她介紹了一個名叫迦馬斯瓦彌（Kamaswami）的富商給悉達多。悉達多跟著他學做生意，出人意料的，悉達多聰明又博學，而且是富過的人，他一點就通，在世俗生活中一帆風順。

他意識到世俗生活就像一場遊戲，只要你知道規則，就不必太過在意。就這樣，悉達多很快賺到了錢，讓珈瑪拉開心，兩個人在一起了。他對財富和愛欲原本沒有熱情，但珈瑪拉教會了他愛欲的一切，富商教會了他賺錢的奧祕。所以他經常索求無度，沉迷情欲。他掌握了愛欲的技巧，卻不了解愛的本質；他賺了很多錢，但內心依舊空虛。

這個階段的悉達多，沉浸於現實社會，生活裡只有金錢、性愛和欲望，沒有勞動，沒有修行，只有享樂。

我在讀商學院時，經常看到班上的男同學，頭髮幾乎沒剩多少，整天拿著手機盯著股票漲跌，一旦看到股票下跌，就忍不住伸手抓頭上那所剩不多的頭髮，這總會讓我想起悉達多這個階段。不過，誰的成長能不經歷這個階段呢？

好在悉達多有一顆出家人的靈魂，他骨子裡還是信奉喬達摩的。他是個生活的旁觀者，他沒有忘記佛陀跟他說的話。他告訴珈瑪拉，世界上大多數人都像落葉在風中飄搖，最後歸於塵土，而極少數人像天邊的星，沿著內心的律法和軌道運行，沒有風可以動搖他。

他說：我就認識這樣一位功德圓滿的覺醒者，他就是世尊喬達摩。每天有上千人聽他講法，這些信徒卻如同落葉，內心沒有自己的教義和律法。

但是，珈瑪拉聽得進去嗎？當然不會。**人在幸福並擁有一切的時候，是不會想到信仰的。只有在絕望的時候，才會想到那些看不見的東西。**

所有的道，都在感受與經驗之中

隨著時光流逝，悉達多變得像一片落葉。他徹夜狂歡、酗酒、賭博，終日跟舞女尋歡作樂，逐漸忘記了自己是誰。他變成了自己曾經最討厭的樣子。

我在寫小說《朝前》的時候，就覺得陳朝錢和我自己很像，我也曾經有一段時間變成自己最討厭的樣子，似乎賺了點錢，但受到利益驅動，而做了許多不符合內心意願的事情。有天我起床，照鏡子看到自己，臉上寫滿了貪欲，一肚子的肥肉，以及對生活的厭倦。但人總會有覺醒的時候，那時就會明白世俗的遊戲必須結束了。

一天夜晚，悉達多離開珈瑪拉，出了城。沒想到珈瑪拉懷了悉達多的孩子，被拋棄的痛苦讓她想到悉達多曾經說過的世尊喬達摩，於是她皈依了佛門。

我經常建議人們，**在人生低谷時閱讀文學作品。即使生活陷入困境，文學也能成為支撐你的力量。**

回到悉達多的故事，他一邊痛恨自己的罪孽，一邊又茫然無措，於是，他來到了熟悉的河邊，在那裡睡著了。很快的，悉達多對那條河產生了眷戀，覺得它能帶給他內心的寧靜，於是決定留在河邊生活。

當年，他離開佛陀、踏入俗世的起點也是這條河。當時擺渡他的船夫告訴他，要傾聽河流的聲音，因為大自然總會有智慧的聲音，能給予人一些不同的啟示。有趣的是，悉達多二十多年後再次遇到這位船夫，他身無分文，但船夫卻認出了他。悉達多向船夫述說了二十多年來的經歷，深夜裡，船夫認真傾聽，沒有任何評判。這位船夫名叫瓦蘇代瓦（Vasudeva），就像金庸筆下的掃地僧，身懷絕世武藝，卻沒沒無聞。

小說的結尾，悉達多歷經世間滄桑，最終得道。故事又回到了果文達身上，他已垂垂老矣，一生遵循教育，受人敬重，卻沒有悟道。**一個從小到大都是好學生，聽很多人的話，卻從未有過真實經歷的人，怎麼可能悟道呢？**他聽說河邊有位船夫，是個聖賢，他前往拜訪，卻意外遇到了年邁的悉達多，但果文達未能認出自己的朋友，因為悉達多已經變成了一個衣衫襤褸的陌生人。

你是否想過，很多人都像果文達一樣，必須穿上一身衣服才能被別人認出來，他們不知道也不在乎你的靈魂深處是什麼，你的身價和身分才是關鍵。果文達聽悉達多講完他一生的冒險經歷，問了一個問題：「你這麼多年來，有沒有自己的學說？」

悉達多圓寂之前，認為佛陀的偉大並不在於他的法義，而在於他的生命和經歷。實際上，每個人的法義（生命真知）都蘊藏在自己的生命和經歷中，**你就是你所經歷一切的總和**。果文達希望悉達多再講幾句話，幫助他悟道，但悉達多只是讓果文達親吻自己的額頭。那一刻，奇蹟發生了。果文達看到了悉達多悟道時的一切，頓悟了。

原來，**所有的道都不是講出來的，而是感受到的**。果文達看到了眾生組成的河流，看到了萬物，看到了六道輪迴，看到了佛祖，看到了前世今生、愛恨糾纏，看到了生死、毀滅和重生。這一切都蘊藏在悉達多的臉上。書裡寫道，那是一張將成者、存在者和過往者的臉。悉達多的微笑，正是喬達摩的微笑，一個悟道者的微笑。

我曾經在網上搜尋《流浪者之歌》的書評，其中有句最讓我有感觸的話：「有沒有人在讀完這本書之後，感覺整個人都打開了？」我就有這種感覺，甚至還覺得自己太晚讀了。但至少現在，我不再懼怕遇到的挫折，看到的痛苦，見證過的苦難，因為我知道，老天讓我經歷的，一定是我能扛得過去的，否則，它就不會讓我經歷。每一件事情，都有它的意義。

第16章

你可以成為任何你想要的模樣

——《第二性》

法國作家 西蒙・波娃（Simone de Beauvoir）
出版年：一九四九年

我有個女學生，常在網路上針對男人發表激烈的言論。只要有男女矛盾的地方，她總是站在女性的立場上。我問她為什麼這樣做，她說她是個女權主義者。

我想，她可能誤解了。

提到女權，很多人會想起男性的壓迫，但其實並不是如此，女權主義更好的翻譯應該是「女性主義」。**女性主義追求的並非誰高誰低，而是女性跟男性的平等**。

說到這個話題，就不得不提到一本書——《第二性》（*Le Deuxième Sexe*），作者是大名鼎鼎的作家、思想家西蒙・波娃（一九〇八－一九八六年）。

波娃十九歲那一年，在家裡發表了一項「獨立宣言」，宣稱：「我絕不讓我的生命屈從於他人的意志。」令她的父母大為震驚。一九二九年，二十一歲的波娃參加考試，在教師招聘會考中獲得第二名，而第一名正是後來對她的人生產生重大影響的人物：尚－保羅・沙特。

沙特跟波娃很快陷入了愛情。但是，他們認為人是絕對自由的，不應該受到習俗、制度的約束。兩人不相信婚姻制度，認為這會剝奪他們的自由，於是他們簽訂了一個奇特的愛情契約。他們成為彼此的伴侶，但永不結婚。他們的關係是開放的，允許彼此與其他人發展更親密的關係，但必須坦誠相待，不得隱瞞。也就是說，如果愛上別人，要第一時間告訴對方。合約期限兩年，每兩年必須重新簽訂，決定是否繼續伴侶關係。

這聽起來是極不可靠的事，但這份契約延續了整整五十一年。從沙特二十四歲起，一直延續到他七十五歲去世。據說他去世時，波娃正準備與他續約。

得知沙特去世的消息，波娃痛不欲生。為了紀念沙特，波娃出版了自己最後一部著作《告別的儀式》（*La Cérémonie des adieux*）。書裡描述沙特人生的最後十年，兩個人相依為命的和諧生活。當然，我們在這裡不多探討他們的晚年。

什麼是第二性？

一九四九年，波娃四十一歲時出版了分成上下兩冊的巨著《第二性》。在這兩冊書裡，她針對女權鬥爭提出形式化和理論化的論述，這本書改變了全世界億萬人的命運，尤其是女性的命運。她為全世界的婦女開了一扇門。可是，這本書也使她遭受最惡毒的攻擊，人們用諸如性貪婪、性冷漠、淫婦、女同性戀者等詞語攻擊她。直到她晚年，甚至是在她去世之後，這種惡意攻擊仍然不斷。

有時候我會想，為什麼只有她能寫出《第二性》？原因很簡單，首先，她的思想開放。其次，有個細節前面還沒提到，就是沙特跟她簽完「愛情合約」之後，又跟她簽了第二份合約，叫「三人行」，允許沙特帶任意一個女生和她見面。波娃在這樣的痛苦裡無能為力，只能在痛苦中思考應該怎麼辦。

當然，我並不是要八卦他們的私生活，我只是談論今天的主題。

《第二性》已經出版了七十多年，但其中很多觀念仍然具有重要意義。例如波娃說，從歷史角度來看，男性跟女性從來沒有平等過。因為從生理角度而言，男性比女性更強壯。所以在基因層面上男性一直壓制著女性，導致女性一代又一代的將嫵媚、漂亮、溫柔、賢慧等詞語，當作自己生命進化的方向。在這種情況下，男性和女性之間的關係變得越來越不平等。最終，重要的職位和資源幾乎都掌握在男性手中。

我們經常聽到人們說女博士、女作家、女企業家，但很少聽到有人說男博士、男作家、男企業家，因為這些高級職位和頭銜，在人的潛意識中認為本來就屬於男性。因此，當一個女性獲得這樣的頭銜時，大家便會強調她是女性，這本質上反映了人類內在的男女不平等。所以，**所謂的第二性，實際上指的是女性作為第一性男性的附屬地位。**

女權主義從十九世紀延續至今，網路上仍然存在這種鬥爭，它可以說是社會運動，也可以說是政治運動。這長達一百多年的女性主義運動，被稱為女權運動的第一次浪潮，主要目標是讓女性獲得與男性同等的投票權、工作權、財產權、受教育權。

在這一百多年之中，這個運動曾因兩次世界大戰暫時中斷，但隨著第二次世界大戰結束，女性主義運動也進入了第二次浪潮。

相比第一次浪潮，第二次浪潮女性要求更廣泛，也更細緻，包括反對家庭暴力、反對女性歧視、反對對女性身體和精神的壓迫，以及爭取墮胎權等。波娃的《第二性》雖然探討了一個複雜的問題，但她給出的答案卻十分簡單：**女性並非天生低於男性，而是因為後天的社會塑造才逐漸處於次等地位，成了第二性**。

無論男女，都可以成為任何想要的樣子

我曾和一位牧師討論過《聖經》故事，他給了我一個有趣的啟示。他說，上帝先創造了亞當，後來因為擔心亞當孤獨，於是從他身上取出一根肋骨創造了夏娃，這讓人覺得女性是男性的附庸品。這個故事不知是誰寫的，但它傳達了一個資訊：女性從小到大都要依附於男性，依靠父親、丈夫和兒子。於是，當王子和公主幸福的生活在一起後，王子可以繼續追求他的宏圖霸業，而公主卻只能在家相夫教子。

男人從小受到的教育是「狼性教育」，被灌輸要變成狼、與世界搏鬥的觀念。而女生從小受到的教育是「羊性教育」，被告知要學會相夫教子，只有足夠溫順、踏實、不具攻擊性，生活才能越來越好。但真實的生活是這樣嗎？

真實的生活其實有各種樣貌，你可以成為任何你想成為的人，無論你是女性還是男性——其實，男性也會受到性別歧視。例如，男孩的成長過程中，時常被教導「男兒有淚不輕彈」，被灌輸性格要堅強的觀念，但誰說男人不可以流淚呢？女人可以堅強，男人也可以脆弱。一個開放的社會應該包容一切合理的行為，這樣的社會才是美好的。

這也是波娃的觀點，她認為女性的生活方式應該多樣化，她所追求的一切都應該是多種多樣的。當然，男性的生活也應該如此。女性可以選擇成為母親，也可以選擇單身，可以選擇不結婚，也可以選擇像波娃和沙特那樣的愛情關係。人應該永遠自由。

我想，你也能理解為何波娃和沙特能一直在一起，因為他們彼此承認對方的自由。波娃帶著這種存在主義的觀念，承認了彼此的自由，從而寫下了《第二性》。

很多人沒聽過存在主義，它的核心可以用一句話概括：**人可以活成任何自己想成為的樣子**。與它對應的叫本質主義。所謂本質主義，就是人天生具有固定的屬性，你是什麼樣子是固定不變的。比方說人之初性本善、人有原罪，或比方說女人應該如水、如絲、如羊，而男人應該剛強、主外、具備戰鬥性等。

波娃跟沙特他們相信的存在主義認為，人的屬性不是天生的，而是後天形成。換句話說，人有選擇的權利，成為什麼樣的人是他們自己努力和選擇的結果。所以，**女權主義者不一定得是女人**，一個男人如果信奉存在主義，他也可能是女權主義者，因為他相信人有不同的可能性。就像我，我也是一個女權主義者。

我小時候讀過存在主義的文章，當時還沒有完整的體系，但我後來深刻理解了：我不想渾渾噩噩的過一輩子，我想成為自己想成為的樣子。於是，我從軍校退學，當老師、當作家、當導演，甚至創業，但實際上，我一直在尋找不一樣的自己。

如果你也想成為自己想成為的樣子，並相信自己可以成為任何人，你或許就會認同波娃的觀點。如果你認同波娃，你就不會簡單粗暴的認為男性比女性更重要，而是知道人可以被塑造成各種樣子。

近年來，漫威（Marvel）系列作品讓一個概念討論度直線上升——平行宇宙。有時我也會想，假如真的存在平行宇宙，我會在哪個時空？我會像蜘蛛人（Spider-Man）一樣在那裡冒險嗎？或者我會是家庭主夫、籃球員、快遞人員？這些都是可能的，因為人可以成為任何形態，唯一的要求是你要快樂。

所以，女人到底是什麼？波娃說，**這世界已經不存在天生的女人。就像樹葉被人工修剪後，就再也沒有人知道這些樹葉原本的模樣**。

這本書已經出版七十多年，我常常感慨，我們生活在一個美好的時代，你會看到許多女孩選擇結婚是因為愛情，而不是年紀到了就結婚；也有許多女性選擇工作，她們賺的錢甚至比男生還多。以中國為例，截至二〇二〇年，女性企業家的比例已經超過四成，女性也成為社會的頂尖人物。

可是在這個時代，我們仍然能看到這樣的事件：一個女性沒有生孩子，就遭受千夫所指。此時，我總是想到《第二性》。它告訴我們，女性和男性一樣，都有權利成為自己想成為的人。我們不應該用性別限制任何人，無論是群體還是個體。

別人不可以，你也不要自我設限。許多女孩活得很謹慎，為自己設置了很多枷鎖，例如：我是女孩，所以不能怎樣，不能做什麼；我是女孩，所以應該怎樣，應該做什麼。但七十多年前波娃就告訴我們，不論你是女性還是男性，你都有權利追求你想要的生活。你可以說不，你有選擇，你可以決定自己成為什麼樣的人。

希望有一天，我們能看到更多不一樣的女性，她們有著完全不同的生活態度和生活軌跡，在各個平行宇宙和現實世界中活出真正的自我。

第17章

規矩，有時會扼殺人的生命力
——《安娜·卡列尼娜》

俄國作家　列夫·托爾斯泰（Lev Tolstoy）
出版年：一八七七年

一個人追求自己的愛情有錯嗎？當然沒錯。但如果她已婚了呢？這時，你可能開始搖頭了。我再問你：如果她根本不愛自己的老公呢？你可能又開始點頭了。我繼續問：如果她曾經無比愛自己的老公呢？聽到這裡，我想你可能開始混亂了。

每一個時代，都有作家在探討「欲望」。中國有《金瓶梅》，歐洲有《包法利夫人》（*Madame Bovary*），俄國有《安娜．卡列尼娜》。

如果用一句話簡單概括《安娜．卡列尼娜》的主軸，就是：一個女人出軌了，最後選擇自殺。

一八七〇年，托爾斯泰（一八二八－一九一〇年）萌生創作一部描述當時人們私生活小說的想法，這個靈感來自於一個真實的案例。在這個案例中，一位貴族女性嫁給一個她並不喜歡的男人，後來因愛而私奔，最終悲劇性的死於車輪之下。

最初，托爾斯泰構想中的安娜是：令人討厭、相貌醜陋、肥胖且庸俗，這種形象是當時世俗觀念認為的墮落女性典型特徵。相對的，那個男人則被塑造為一個聖徒般的人物，愛上帝、尊敬上帝。

然而，到了一八七三年托爾斯泰正式開始撰寫《安娜．卡列尼娜》時，他對角色的看法發生了變化。安娜在他筆下變得更加偉大和複雜，而她的丈夫則逐漸顯露出虛偽和抽象的一面，所謂的道貌岸然也不過如此。

許多人看完這部作品，都問托爾斯泰：「您最後怎麼把安娜寫死了？我們太喜歡她了！」這時，托爾斯泰寫出了文學史上最著名的一句話：「不是我想讓安娜死，是她自己走向鐵軌的。」這句話透露著人的複雜和不可捉摸。

不幸的家庭各有不幸

托爾斯泰出身貴族，家中有許多農奴，但這違反了他的博愛精神，於是他多次在自己的莊園裡面進行改革，卻把自己的家改得越來越糟糕，甚至希望全家人跟農奴一樣節衣縮食，不要那麼多娛樂。這讓他與老婆意見不合，開始吵架，最後托爾斯泰離家出走，甚至出軌，還有了私生子。於是，他開始思考婚姻的本質，這段關係一直持續到他生命的終點，雖然沒有離婚，卻充滿了痛苦。

托爾斯泰自己也是個複雜的人，對愛痴情敏感，情感多舛。這種複雜性貫穿他的每部作品之中，使得每個故事都充滿了深度和張力。複雜的不僅有人，還有家庭。《安娜．卡列尼娜》開場白就是那句經典名言：「**幸福的家庭無不相似，不幸的家庭各有不**

幸。」這句話像是命中註定，也像是無可奈何。

故事講述已婚婦女安娜從聖彼得堡回莫斯科的娘家，很湊巧的與軍官渥倫斯基（Alexei Kirillovich Vronsky）的母親在同一個車廂裡。走出車廂時，她遇到了帥氣的渥倫斯基。兩個人一見鍾情，可是安娜已經嫁給了卡列寧（Alexei Alexandrovich Karenin），兩人還有一個孩子。

就這短暫的一瞥，渥倫斯基發現安娜臉上有一股被壓抑著的生命力，從她那雙亮晶晶的眼睛和笑盈盈的臉頰上掠過，彷彿她身上洋溢著過剩的青春，不由自主的忽而從眼睛的閃光裡，忽而從微笑中透露出來。

隨後，兩個人彼此相愛了。相愛不需要理由，只要看一眼就行。關於愛情，托爾斯泰寫過一句話：愛情如同燎原之火，熊熊燃燒起來，情感完全控制了理智。

可是，就算相愛，他們兩個人也沒辦法在一起。首先，兩人的身分是貴族；其次，社會道德絕對不允許他們在一起。貴族身分就是一個封閉的圈子，其中有親朋好友、八卦傳聞，還有不容置疑的道德準則。兩人要怎麼打破？

此時的安娜已經倍感壓抑，每次看到丈夫都感覺自己根本不愛他。而安娜的丈夫卡列寧是一位非常得體、德高望重的貴族，幾乎毫無瑕疵，唯獨沒有愛。安娜熱衷於參加舞會，因為她在那裡可以與渥倫斯基相遇。

安娜的行為很快便傳到了卡列寧的耳中，儘管他並不在意，但出於貴族身分的考量，他要求安娜必須維持表面的和平。安娜原以為自己可以在兩者之間保持平衡，直到一次賽馬會改變了一切。

在這場盛大的賽馬會上，聖彼得堡上流社會的人們聚集在一起，渥倫斯基也是參賽騎手之一，比賽中他突然從馬上摔了下來，安娜用望遠鏡看到了這一幕，嚇得大聲尖叫，所有人都看到了。

本來大家就對兩人的關係有所猜測，這下子更確定無疑了。回家途中，卡列寧憤怒的指責安娜，而安娜向丈夫坦承了她與渥倫斯基的關係。

幸好她喜歡的渥倫斯基並不是什麼渣男，他再次露面是賽馬後的第二天，他已經決定與安娜私奔。然而，問題在於渥倫斯基同樣是貴族。若他選擇與已婚婦女私奔，首先會遭到他母親的反對。他猶豫不決之時，安娜突然發現自己懷孕了，她懷了渥倫斯基的孩子。

隨著生產日逐漸逼近，安娜的精神狀態開始出現問題，總是產生幻覺，覺得自己快死了。她主要的壓力來自「完美人格」的卡列寧。她老公在外看起來如此完美，明知道安娜做了對不起他的事情，不僅沒有爆發，甚至還決定寬恕他們，但就是不離婚。

在這種高尚的「寬恕」之下，卡列寧非常滿足，而渥倫斯基卻因為內心對卡列寧的鄙視，又無法抑制對安娜的愛情，感到羞愧，選擇了自殺。幸好他被救回來了。

渥倫斯基沒死，安娜卻差點死了。由於難產，她差點丟了性命，幸好最後活了下來。安娜最終放棄了跟丈夫離婚的權利，放棄了兒子的撫養權，跟渥倫斯基去了國外。

人是某種變化著，有時墮落、有時向上的東西

故事走到這一步，看似畫上了一個句號，但我們不能忽視那句「幸福的家庭無不相似，不幸的家庭各有不幸」。安娜和渥倫斯基所遭受的不幸在哪裡？用托爾斯泰的話說：「他們被上流社會唾棄了。」安娜在劇院看戲時，很多女貴族都說她是蕩婦。

安娜意識到，她的幸福已與社會道德觀產生了衝突，聽起來真令人難過。我曾在洛杉磯遇見一個女孩，她是同性戀者，也曾道出這句話，她說，自己的幸福與父母的道德觀相悖，說完她就哭了。

然而，**人始終是社會性的動物，雖然我們可以選擇自己的生活方式，卻很難脫離所在的圈子**。與渥倫斯基在一起一段時間後，安娜突然發覺自己懷念俄國，渴望回歸家園。回國後，她再度面對丈夫卡列寧。這個男人很有意思，寬恕了安娜和渥倫斯基後，他的滿足感逐漸消退，內心開始失衡。他原本自詡是最好的人，如今卻陷入孤獨，世人嘲笑他無法管好妻兒。

最讓卡列寧傷心的是，這件事導致他的仕途中斷了，他本來將要晉升，但別人說他連老婆都管不好，工作怎麼做。沙皇為了安慰他，頒給他一個勳章，但卡列寧總覺得這是人生中的一個汙點。於是，他就對自己的兒子說：「不准見你媽媽。」

卡列寧其實並不是壞人，他有強烈的宗教信仰，有責任感、有能力，沒有對不起家人，對家人忠貞不二，但他沒有愛。

安娜見不著自己的兒子，希望破滅，幾乎就要瘋掉了。她偷偷見兒子，跟兒子相處的溫馨場面，反而對她造成了更嚴重的精神創傷，因為這種偷偷摸摸的相聚不能長久。於是她染上了大麻，加上之前的幻覺，整個人真的開始瘋了。

情感的複雜性令安娜痛苦不堪。她一方面痛恨渥倫斯基，責怪他將她置於困境，一方面又更加依賴他，因為除了他，她已失去一切。於是，她採取了一種常見的方式：無理取鬧。她知道渥倫斯基不會愛上別人，但她刺激他，逼迫他時時說愛她。久而久之，渥倫斯基怕了，為了避開安娜，他不斷找事情做、參加各種聚會。其實，他也很愛安娜，但愛一旦成了限制，就變質了。

安娜將自己放在困境裡。她希望跟卡列寧離婚，只有離婚，她才可以光明正大的看孩子，光明正大跟渥倫斯基結婚，但是卡列寧不同意，卡列寧就是要折磨她。離婚的想法破滅，安娜便要將渥倫斯基綁在自己身邊，而渥倫斯基則要找一切機會尋求自由。

矛盾終於爆發了，某次吵完架，渥倫斯基冷漠的不辭而別，而安娜抽了過量的鴉片。她想起了很多跟渥倫斯基相處的美好日子，也突然想起她見到渥倫斯基的那天有人死在火車下。她想到：原來我也可以這樣死。

在小說的結尾，安娜不停的胡思亂想。一邊胡思亂想，一邊沿著月臺越走越遠，她在月臺的盡頭停下了腳步，接著跳了下去。

安娜在這個故事中離開了。儘管一開始安娜並不是托爾斯泰心目中理想的女性，但現在我們讀這個故事時，這位偉大作家給了我們生命的另一種可能性。我們知道出軌是不對的，但讀完後我們不禁感到遺憾和同情，這或許就是文學的力量。它告訴我們，生命中有許多事情是道德所不容許，但這些事情是否有存在的意義和價值呢？

托爾斯泰曾說：「有人徒勞的把人想像成為堅強的、軟弱的；善良的、兇惡的；聰明的、愚蠢的。人總是有時是這樣的，有時是另一樣的；有時堅強，有時軟弱；有時明理，有時錯亂；有時善良，有時凶惡。**人不是一個確定的常數，而是某種變化著的，有時墮落、有時向上的東西**。」

他討論人和時代的多樣性，討論統一和分裂。家庭本身就是「分裂與統一」的象徵，人類也是如此。想想看，人類究竟是由個體堆疊而成的集合，還是一個統一的整體？我們都是其中的成員，各自取得了人類整體中的不同部分。

其實我想說的是，安娜和我們許多人一樣，渾身都散發著強大的生命力，但這種生命力唯有表達出來，才能形成具體的行為，才能被人理解，才能和這個世界發生關係。行為的準則和規則與生命力無關，而是需要人學習、遵循的。但有時候，這些行為的準則會壓制人的生命力。

什麼是生命力？是愛一個人，體驗新生活，讓自己充滿活力。

安娜渾身散發的生命力，是她最迷人的地方。她勇敢跟隨自己的感受去愛，打破了束縛，而卡列寧則是一個完全相反的人。他身上只有象徵和語言構建的道德體系，缺乏生命力。他不僅壓抑著安娜，也壓抑著自己。

安娜在一段獨白中說：「大家說他是個篤信宗教、道德高尚、正直又聰明的人；可他們看不到我看到的東西。他們不知道，他八年來如何摧殘我的生命、摧殘我身上的活力，他從來也沒有想到我是一個需要愛的、活生生的女人。」但這樣的人，在那個時代是無法被大多數人所接受的。

於是，安娜在分裂中精神崩潰了。

同樣的情感在當時及現今社會都被禁錮著。人們喜歡對人品頭論足，他們用那些與生命本質毫不相關的象徵和語言標榜道德，壓制著安娜，剝奪了她的生命。在這樣的環境下，安娜將外在的分裂內化為罪疚，最終選擇以死了結。

然而，有時候我們打開網路，也會猛然意識到：這樣的評論和制約，不也發生在今天嗎？

第18章

人的欲望有底線嗎？

——《包法利夫人》

法國作家 古斯塔夫・福樓拜（Gustave Flaubert）
出版年：一八五七年

說到作家圈最會「假裝」的一位，在我心中絕對是福樓拜。

某天早上，有個客人拜訪他，他說：「你等我工作完再找你聊天。」於是，他用過早飯就上樓工作，一直工作到中午。吃午飯時，客人問他寫了多少，福樓拜說：「我寫了一個逗號。」吃過午飯，福樓拜又埋頭工作了一下午，客人就被晾在那裡。到晚餐時，客人又問他下午寫了多少，福樓拜則說，我把上午那個逗號抹掉了。

第二個故事更令人匪夷所思。另一個朋友去拜訪他，看見他坐在門口痛哭流涕，哭到都沒聲音了。朋友問他出了什麼事。他說：「包法利夫人死了。」朋友弄清楚包法利夫人是誰之後，笑著說：「你可以不讓她死啊。」福樓拜說：「不，她非死不可，她已經無法再活下去了。她不得不死了。」說完，又繼續哭了。

話雖如此，我還是很崇拜福樓拜的，我覺得一個作家不「假裝」是很難成大事的。這樣的人可分為兩類，一類是為賦新辭強說愁，例如那些年輕時說著「活到三十歲就可以死了」，到了三十歲卻沒死的一群人；一類是真的見過世界，深知自己厲害的人。而福樓拜屬於後者。

福樓拜的生平充滿了傳奇色彩。一八二一年十二月十二日，福樓拜出生於法國北部的盧昂（Rouen），這是中世紀歐洲最大、最繁榮的城市之一。福樓拜的父親是醫院的外科主任，在當地很有聲望，母親帶三個孩子，沒有正式工作，為人非常敏感，這種敏感性格影響了福樓拜。他是家中的第二個孩子，比他大八歲的哥哥後來承繼父業、成為醫生。

仔細看福樓拜的生平，就會發現他們家其實很富裕。福樓拜一生衣食無憂，也不需要考慮稿費等問題。他寫作的動力來自對寫作藝術本身的興趣，據說這一切都要歸功於他的母親。她願意表達，也願意站在母親的角度表達。因此，你總能在福樓拜的文字裡，感受到對女性的同情。

當一個作家不是為了生存而寫作，他的藝術道路或許能走得更遠。因為他可以更自由的考慮自己想要表達的內容，而不必受商業和讀者需求所束縛。

福樓拜的桀驁不馴，從他的愛情觀就能看出來。他一生未娶，在人生最美好的時光裡結識了女作家路易絲．柯蕾（Louise Colet），他們的感情和交流持續了十年，留下大量信札。現在，這些文字是研究他創作思想的第一手資料。

柯蕾曾兩次向他求婚，但他不為所動，選擇了獨居。為什麼呢？我不得而知。直到我認識了一位一直不結婚的畫家，我問他為什麼，他說：我已經厭倦了討好別人，任何人都是。我想，這也許就是福樓拜的答案。

人生如此醜惡，唯一忍受的方法就是躲開

《包法利夫人》是福樓拜發表的第一部長篇小說，有一段時間，他的創作陷入困境，有人隨口問他：「為何不寫寫德拉馬爾（Eugène Delamare）的事？」

德拉馬爾是福樓拜父親的學生，事業平庸，生活走入低谷。妻子比他年長，結婚不久後就去世了。德拉馬爾很快又再婚，但新娶的妻子年輕而放蕩，他約束不了她，婚後妻子有過兩段婚外情，並不顧一切的供養情人。這位第二任妻子在二十八歲時去世，留下一個幼女。這痛不欲生的生活狀態，導致德拉馬爾也在第二年死去。

我看到這樣的故事時，都會覺得很難過，每看一遍都會「恐婚」，就像大作家費茲傑羅，也是因為另一半的欲望而毀掉了一生。結婚是很重要的事，千萬別找愛賭博的男人和愛慕虛榮的女人。

福樓拜最終接受了朋友的建議，開始動筆寫作，花了四年才寫完。誰能想到，就是這麼一個隨口的建議，讓我們至今還能記住他。實際上，這個故事的素材很普通，女主角婚外偷情，被情人拋棄，最終破產自殺的慘劇，但為什麼它的影響力如此之大呢？或許是因為那個時代的特殊性，特殊的時代孕育了特殊的作品。

法國一直都是天主教國家，對婚姻的保護程度極高。一八一六年，法國廢除了大革命時代頒布的離婚法案，全面恢復禁止離婚的舊制，即使夫妻彼此之間恨得想殺死對方，也無法解除婚姻關係。這使得人們只能忍受不幸的婚姻，多麼痛苦。直到一八八四年，法國才恢復離婚權，但很多人的一輩子就這麼過去了。

那個時候，民眾心裡有很多怨言，希望可以自由離婚。因為如果不能自由離婚，就只能出軌。但出軌又會被唾棄，該怎麼辦？這個時候，這本書出場了。所以，一本書紅不紅，影響因素實在太多了。

先無論作品紅不紅，我們必須說，福樓拜是個純粹的作家。他沒想過要紅，創作就是他的生命。他說：「**人生如此醜惡，唯一忍受的方法就是躲開。想躲開，你唯有生活於藝術，唯有不斷尋求美和真理。**」

婚姻的平淡，像蜘蛛無聲無息織網

故事始於盧昂中學的一間教室，以一個衣著土氣、天資平庸的新生夏爾·包法利（Charles Bovary）為開端。這個角色軟弱無能，毫無抱負，是典型毫無夢想和追求的男人。沒有夢想的人可以分為兩類：一是對愛情不做選擇，二是對前途不做選擇。

夏爾・包法利中學畢業後，聽從母親的安排進入醫科學校，考了兩次才勉強通過醫師資格考試，開始在道斯特小鎮行醫。之後，家人為他安排了婚事，與一位寡婦結了婚。寡婦雖然長得不太好看，但有點錢。

日子原本很平淡，直到有一天，包法利收到一封緊急來信，請他前往當地某個農場治療農場主人，他摔斷了一條腿。這位富農沒有妻子，只有一個名叫愛瑪的漂亮女兒。故事就從那一刻開始，包法利看診時，目光不經意間被一個穿著藍色毛料裙的年輕女子所吸引，就這樣，他愛上了她。

小說描述，她的面頰泛著玫瑰色，頭髮烏黑油亮，挽成一個高高的髻，眼睛明亮美麗，長長的睫毛使她的棕色眼睛看起來彷彿是黑色的，她「向你望過來，毫無顧慮、天真膽大」。

包法利治療完那位農民後，答應三天後再去探望，但他第二天就跑去了。此後，他一週去兩次，漸漸的，他變得離不開愛瑪。一天沒見到愛瑪，他就感到全身不舒服。

然而，包法利的妻子發現丈夫愛上了另一個女人，醋意大發，開始逐漸軟禁包法利。不久後，妻子的財產保管人帶著她的錢財逃跑了，這讓包法利的父母意識到兒媳婦並沒有她當初所宣稱那麼多的財產，於是跑來和她吵架。她一氣之下，吐血死了。

這剛好給了包法利向富農提親的機會。富農雖知道包法利不是理想的女婿，不過他品行端正，省吃儉用還老實，便答應了。包法利和愛瑪按當地的風俗舉行了婚禮。

愛瑪從此被稱為包法利夫人。她曾經以為，婚姻應該充滿激情，美滿幸福，但事實完全不是如此，她覺得丈夫包法利「像街邊的人行道一樣平板……引不起你半點激情、笑意或遐想」，那些在書本上讀到的歡愉、激情、陶醉究竟去了哪裡？

婚後的平淡生活就「如那天窗朝北開的閣樓，煩愁像一隻蜘蛛在她的心靈各個幽暗角落，無聲無息的結著網」。於是，故事在這個平淡如水的生活裡爆發了。包法利醫好了一位聲名顯赫的侯爵的口瘡。侯爵為答謝包法利，邀請包法利夫婦到他的莊園做客。

那是個義大利風格的莊園，房子很大，還有美麗的花園，愛瑪目不暇給，讚不絕口，一位風流瀟灑的子爵還來邀她跳舞。在回家的路上，她恰好拾得了子爵的雪茄匣。從此，愛瑪和財富、地位有過接觸之後就淪陷了。

書裡寫道：回到家，她向女僕人發脾氣。她把雪茄匣藏起來，每當包法利不在家時，她把它取出來，開了又開，看了又看，甚至還聞了聞內襯，裡面有「馬鞭草和菸草混合的氣味」。

她開始看丈夫不順眼，並且變得懶散、乖戾、任性。她漸漸病倒，這種病並非基因或環境所致，而是因為社會地位的落差。愛瑪開始幻想自己處於更高階層的生活。包法利感到心疼，卻不知道如何解決。最後，他決定搬家到永維鎮。

搬家後，愛瑪認識了在公證事務所見習的年輕人雷昂．杜普意（Léon Dupuis），他們之間產生了柏拉圖式的愛情。兩人都互相喜歡對方，卻什麼事也沒發生，讓愛瑪非常不開心，因為她不滿足，覺得一個男人怎麼足夠，於是又有了第二個男人羅多爾夫．布朗熱（Rodolphe Boulanger），他可是情場老手，包養了盧昂的女演員，正覺得很膩、琢磨著用什麼方法可以拋棄她時，看到了愛瑪。

在某次農業評比會上，兩人當著包法利的面開始調情。包法利呢？他竟然順水推舟，強烈贊成妻子聽從羅多爾夫的提議去騎馬，促成了這樁婚外情。就在騎馬途中，兩人發生關係了。

為什麼包法利會這麼做呢？有人說他不知道，但我認為不是這樣的。我會在後文詳細解釋。

沒過多久，羅多爾夫用一封假眼淚灑過的信，結束了與愛瑪的交往。就在當天，愛瑪看到羅多爾夫匆匆駕駛馬車離開永維鎮，前往盧昂找他的情婦，愛瑪當場暈倒。之後，她生了一場重病，陷入了絕望之中，躺在床上兩個月。病好後，她想痛改前非，重新生活。

可是，一個人如果不改變內心，就不會改變生活。

欺騙自己，是為了自我保護

包法利在愛瑪康復後，聽從藥店老闆的建議，帶她去盧昂欣賞歌劇演出，卻意外的在劇院遇到了雷昂。此時，包法利不知道該怎麼辦，最後他決定讓妻子在盧昂多待一天，自己返回永維鎮。

此時的雷昂，已不再是昔日那個害羞的少年，巴黎的讀書生涯已讓他習慣與女人廝混，他變成了另一個羅多爾夫。愛瑪對他而言，也已不是需要仰視的女神，他很快的就征服了她。

為了掩蓋與雷昂的私情，愛瑪謊稱去盧昂上鋼琴課。她每週與雷昂在旅館中約會一次。同時，她還背著丈夫向商人借債——為了填補生活的空虛，她購買各類奢侈品，甚至賒帳買衣服，時間一長，她債臺高築，為了還債她又不得不借更多的錢。

直到有一天，愛瑪接到法院的傳票。時裝店老闆告訴愛瑪，除非她立刻償還八千法郎，否則就把她的所有財產凍結。絕望之下，愛瑪嘗試籌錢，但沒有人願意幫她，包括雷昂和羅多爾夫。

當她從羅多爾夫家出來時，內心無比絕望，頓時感覺牆在搖晃，頭頂像被什麼壓著一樣。她恍惚走在一條悠長的林蔭道上，隨風飄散的枯葉像是在嘲笑她此刻的孤獨無依和落寞無助。回到家，愛瑪吞下了砒霜。包法利醫生來到她的床邊，跪在地上，她把手溫柔的放在他的頭髮上，對他說：「你是個好人。」最後，她看了孩子一眼，結束了自己痛苦而浪蕩的一生。

這部小說最讓人感動的應該是結尾處，為了償清債務，包法利醫生把全部家產都賣盡。在整理家當時，他發現了愛瑪和雷昂的來往情書，以及羅多爾夫的畫像。他難過極了，也好像什麼都懂了，很長時間閉門不出。即便如此，當他在市場上遇見了羅多爾夫，他也選擇原諒了自己的情敵，認為「錯在命運」。當他開始正視自己的命時，他的身體虛弱不堪，最後也死了。

《包法利夫人》的光彩，很大程度來自它對社會欲望的剖析。**十九世紀中期，男權盛行，男性可以隨便出軌，但女人呢？我們聽不到她們的聲音，好像她們結了婚後，就**

有了幸福的生活。可是生活不是這樣。

在小說中，包法利被描繪為一個平庸、遲鈍、不解風情，但善良的大直男，愛瑪雖然在臨終時對他感到虧欠，但仍將自己不斷下沉的命運歸咎於丈夫的無能。然而，愛瑪自己難道沒有錯嗎？她是否像許多中年婦女一樣，將所有不順歸咎於丈夫？包法利呢？他幾乎全程以德報怨，甚至在發現妻子和他人偷情之後，仍選擇原諒了他們，最後自己安然離世。

很多人不能理解，包法利為何在妻子出軌時，總是選擇離開或促進這段感情。我認為，包法利並非不知情，而是不願知情。他之所以轉身離去，故意促成婚外情，是因為他害怕面對現實。

這也是我最終受到的啟發。我常常能看清一個人面臨的問題，和他自己欺騙自己的狀態，以前的我總會指出來，後來也慢慢不說了。因為**有時候，自己欺騙自己，是一種自我保護的狀態**。就像包法利一樣，一個被現實和時代拋棄的人，一旦被迫面對真相，便只能選擇死亡。包法利如此，包法利夫人也是這樣。

第3部

思考，讓人長出獨一無二的信念

第19章

人生該追求什麼：金錢、夢想，或自我實現？

——《剃刀邊緣》

英國作家 威廉・薩默塞特・毛姆
出版年：一九四四年

如果要推薦一本小說給二十多歲的讀者，我一定會推薦毛姆的《剃刀邊緣》（*The Razor's Edge*），而不是《月亮與六便士》。特別是針對二十多歲的男孩，因為他們需要有責任感，不能說走就走，轉頭就拋家棄子。

《剃刀邊緣》不同於其他小說，它**探討了我們這一生到底在追求什麼：金錢、夢想，還是自我實現？**

人的追求不同，人生的結局也不一樣。

毛姆和其他作家不一樣，特別喜歡到處玩，足跡踏遍世界各地，深諳東西方文化。也正因如此，他看世界的視角與眾不同，他深知**人生是一系列選擇的結果**。

在西方社會，現代人面臨著嚴重的精神危機。資本主義的發展使工具理性（按：Instrumental rationality，藉由實踐的方式確認工具或手段是否有用，從而追求事物的最大功效、為人所設定的某種功利而服務）走向極端，人們變得像機器一樣，失去了靈魂。作為個體，人們被資本和演算法所裹挾，追求高效率成為唯一目標。西方主流價值觀反而成為個性的枷鎖，人們活得像機器，失去了基本的尊嚴。

所以，毛姆在文學創作的探索中，逐漸將目光轉向東方。他多次前往中國和印度，這些經歷讓他深受東方文化和宗教的影響，發現一種與西方資本主義價值觀截然不同的精神解藥。

東方文化強調透過內心的探索，提升個人的精神境界，宣導自我完善，關注人的內在價值。這種文化認為，**人應被視為目的本身，而非達成某些外在目標的手段**。這種東方哲學思想對毛姆的作品產生了深遠的影響，尤其體現在他的小說《剃刀邊緣》中。

剃刀邊緣無比鋒利，欲通過者無不艱辛

故事主角勞瑞（Larry Darrell）在印度深刻領悟了人生的真諦，這種體驗和領悟正是東方文化追求精神自由和內在價值的具體表現。勞瑞的旅程揭示了一條不同於西方物質追求的生活道路，展示出透過精神追求實現人生意義的可能性。

印度宗教有一句古話，毛姆將其寫在這本書扉頁，是印度教聖典《迦塔奧義書》中的句子：**剃刀邊緣無比鋒利，欲通過者無不艱辛；是故智者常言，救贖之道難行**。

剃刀邊緣指通往真知的路，得救之道如在刀鋒上行走般難行。主角勞瑞經歷了身體和精神上的折磨，從出世到入世，行走於刀鋒之上。毛姆在七十歲高齡時，完成了這部作品，這也是他創作生涯晚期最重要的作品。人到晚年，總會開始反思生命：人的本質

到底是什麼？

書裡有一段話這麼說：「無論男女，不僅僅是代表自己，更反映出生的地域、是在城市抑或農村學會走路、兒時常玩的遊戲、從老一輩聽來的傳說、習慣的飲食、就讀的學校、熱中的運動、閱讀的詩篇與信仰的神祇等。凡此種種，均造就了一個人的樣貌，光憑道聽塗說不可能通盤了解，必得親身經歷，進而融入自我生命。」

這段話跟《流浪者之歌》傳達的意思有點接近。總之，**我們的一切經歷構成了我們是什麼樣的個體，而我們的命運則是由我們的決定和選擇所塑造的**。

我寫小說的多年經歷告訴我，身為作家，如果不親身體驗、將一切融入自己的生命中，就永遠無法真正理解那個人，就像沒有當過父親，就永遠無法理解父親是什麼一樣。**經歷勝於一切，體驗高於一切，只有透過經歷和體驗，人才能真正成為人，擁有自己的尊嚴**。

勞瑞的父母早逝，由父親的醫生好友撫養長大，本應順理成章的成為享受優渥生活的美國上流社會成員。然而，第一次世界大戰爆發改變了一切，他選擇參軍，成為一名飛行員。

在軍隊中，勞瑞結識了一名愛爾蘭人，這個人勇敢、善良、充滿生命力，在一次遭遇戰（按：交戰雙方處於行軍狀態時突然戰鬥）中為了救勞瑞，在他的身邊中彈犧牲。這次目睹死亡的經歷，讓勞瑞對人生產生迷惑，開始思考生命的意義：如果人終將死去，甚至連一句遺言都沒有，那麼人生的意義又在哪裡？我該如何度過自己的一生？打仗有意義嗎？賺錢有意義嗎？結婚有意義嗎？我是誰？我從哪裡來？我未來要做什麼？

勞瑞退伍後完全變了一個人，不上大學，不結婚，也不願意就業。他與世界格格不入，放棄了一切去歐洲旅行，背著背包、無所事事。他不願再追求崇尚名利的美國夢，對賺錢也不感興趣了，已和他訂婚的未婚妻也失望的離開他。戰時經歷讓他深思生命的意義：「我想確定究竟有沒有上帝，想弄清楚為什麼有邪惡存在，也想知道我的靈魂是不是不死。」

戰友之死深深震撼了勞瑞，使他意識到生命的無常和奧祕。這種經歷驅使他開始探索宗教，試圖解答如「上帝為何要創造邪惡」等深奧的問題。勞瑞閱讀許多心理學和哲學著作，希望能從歷史上的智者那裡尋找到生命的意義。

他不僅投身煤礦的體力勞動中，以求心靈的淨化，還曾在修道院中尋求精神上的慰藉，希望從基督教教義中找到答案。然而，這些嘗試最終未能給他帶來滿意的答案。

直到勞瑞前往印度，在一位象神大師的靜修院中接受啟示，他終於領悟了生命的真諦，並體驗到精神覺醒的快樂。這種體驗雖然我無法完全感同身受，但我能理解那些長期被物質欲望侵蝕的人，在進入宗教聖地時所感受到的震撼和衝擊。這種轉變不僅代表著勞瑞內在世界的徹底變化，也展現精神追求是如何深刻影響一個人的生活和思想。

找到黑暗中的明燈之後，勞瑞重新回到世俗的美國，丟掉財產，無我無求，隱身在人山人海中，「平靜、節制的生活，滿懷慈悲、無私忘我並且禁欲克己」。毛姆晚年或許是對佛教產生興趣，也可能是他年輕時寫下的《月亮與六便士》再一次顯現，主角勞瑞在追求生命意義的旅途中，沒有豐富的愛情，只有對生命和月亮的追求。**人除了賺錢，也可以追求其他的生命意義**。

選擇平淡，一旦遇到困境可能更脆弱

除了勞瑞，另一個讓我印象深刻的人是他的未婚妻伊莎貝（Isabel Bradley）。伊莎貝與勞瑞一起長大，有著美好的愛情和對未來的幻想，但她無法忍受勞瑞的不負責任，尤其是勞瑞從戰場回來之後，變得什麼都不在乎，她不能理解。

勞瑞希望伊莎貝理解，精神生活讓他可以對世界上任何權力和榮譽都毫不在意，但伊莎貝卻不贊同，她不停的問：人怎麼可以沒有物質呢？沒有物質生活，人怎麼可能開心呢？她希望過享樂的生活，穿著漂亮的衣服參加宴會、跳舞、打高爾夫、騎馬。兩個人最終分開了。

伊莎貝後來嫁給了勞瑞的好友、百萬富翁格雷（Gray）。格雷讓人舒服和平靜，他努力賺錢，像極了那個時代的奮鬥者，雖然遇到了一九二九年的經濟大蕭條，但還是很努力，即使遭受破產和病痛，依然跟所有人坦誠相待，踏實生活。縱觀現今世界，這樣的人很多，他們踏踏實實做自己喜歡的事情，從中創造價值，賺取該得到的金錢，過著簡單的生活。然而，越是這樣普通的人，越容易有著難以被接受的痛苦。

在勞瑞和伊莎貝身邊，還有一個重要的女性人物：蘇菲（Sophie）。她是他們少年時代的好友，一個平凡的女孩子，長大後嫁人生子，過著幸福的生活。但是，一場橫禍改變了一切。一天晚上，蘇菲和丈夫帶著孩子，開著他們的敞篷汽車回芝加哥，卻遭遇了酒駕肇事，丈夫和孩子當場喪生，蘇菲受傷倖存。得知真相後，她精神崩潰，無法承受生命的殘酷玩笑。此後，她性格大變，自暴自棄，開始沉溺於酗酒、吸毒，與各種人發生關係。

有時候生命就是如此，**你選擇平淡，反脆弱性**（按：一般而言，脆弱的事物一旦遭到毀壞，基本上會永遠處於損壞的狀態。反脆弱則是指即使處於最糟情況，仍不會受到傷害，反而更強大）**就會變差**。

在外界看來，蘇菲是一個潦倒、墮落的女人，遭人唾棄，她最終慘死也被視為活該、罪有應得。但唯有勞瑞因為見識過世界，對她持有不同看法，他欣賞蘇菲，認為她與眾不同。他希望透過與蘇菲結婚拯救她的靈魂。然而，正當蘇菲接受勞瑞的求婚、準備重新振作的時候，卻被充滿嫉妒的伊莎貝設下的圈套誘惑，棄婚而逃。

伊莎貝對勞瑞還有一定的占有欲，即便她沒有跟勞瑞在一起，也認為勞瑞是屬於她的，不允許勞瑞跟這種骯髒的女人在一起。她或許能接受勞瑞跟別的女人結婚，但絕不能是蘇菲。最終，蘇菲放棄了機會，回到自己的軌道上，墮落放縱，最終客死他鄉。

這其實也是另一種生命的可能性。我們可以這樣問：遇到困境時，該沉淪在痛苦中，還是勇敢面對生活，替自己活下去？這是這個人物帶給我們的思考。

精神上永不言敗

最後一個人物則是勞瑞的反面：艾略特・譚伯頓（Elliott Templeton）。他是伊莎貝的舅父，歐洲社交界的名流，有錢且世俗。在毛姆筆下，艾略特被描寫得惟妙惟肖。雖然我不知道他們所謂的上流社會是什麼，但我知道很多人與艾略特相似：勢利虛榮、荒唐做作，卻也善良可愛。

艾略特是美國人社交生活的一面鏡子，社交是他生活中的一切意義，沒有社交，他就沒有自信。艾略特擁有值得自豪的家世，父親是大學校長，祖父是著名的神學家。他大學畢業後，便長年在巴黎和倫敦混跡，攀附各種社會關係。一戰後，他靠著參戰勳章在巴黎紅十字會獲得職位，累積了可觀的財富，逐漸站穩腳步。他從不放過任何賺錢的機會，無論在哪裡，只要能賺錢，他都會蹭過去。世俗意義來說，他是個成功的人。

晚年在社交場上，艾略特最大的痛苦，就是那位曾經受他提攜的、為人更圓滑也更勢利的美國青年保羅·巴頓和貴婦人愛德娜的豪華家宴，遍請名流，卻唯獨遺漏了他。誰也沒想到，這件小事最終讓他含恨而亡。

如果你同學辦生日派對卻不邀請你，你可能會不開心，但應該你不會因此而死。因為你還有爸爸媽媽，還有美好的未來，你不是一無所有。

艾略特其實就是現實中某些人的社會化人格體現，虛榮、貪婪、老奸巨猾，但也會仁慈、慷慨、深情厚誼，對高貴的人曲意逢迎，對卑微的人冷眼相待。你不能說這樣的生活是錯的，但這樣的生活，肯定不是每個人都希望的。

小說故事到這裡就結束了。可以看出，艾略特和勞瑞代表了兩種截然不同的人，一個追求精神層面的滿足，另一個則只看重物質享受。書裡有個細節，雖然艾略特最反對勞瑞與伊莎貝訂婚，對勞瑞不肯走自己已經踏平的成功大道極為不滿，認為勞瑞在社會上將一事無成，但其實在內心深處，艾略特對勞瑞極其欣賞。因為他們都在追逐自己心中人生的意義，只是方向不同而已。

回到故事本身，每個人都在追求自己的人生意義。那麼，人生的意義是什麼呢？我認為可以總結如下：其一，**物質和精神兩者缺一不可**；其二，**在追求物質的同時，也要保持精神層面的滿足**；其三，**無論身處何處，都不要忘記自己的初衷**。

最後，我用毛姆小說中的一段描寫，為本章作結：「歲月沒有在勞瑞身上留下痕跡，不管從哪一個方面來說，**歸來的勞瑞仍是個青年**。」**青年指的不是年齡，而是精神上的永不言敗**。這是毛姆喜歡的人格類型，也是我希望你成為的樣子。

第20章

別人都有我也要，導致毫無必要的貧窮

——《湖濱散記》

美國作家　亨利・大衛・梭羅（Henry David Thoreau）
出版年：一八五四年

許多人讀美國作家亨利・大衛・梭羅（一八一七－一八六二年）的作品，都覺得他太囉唆，以《湖濱散記》（*Walden*，首次出版時題為*Walden; or, Life in the Woods*）為例，書中許多章節都像流水帳。

例如，他自己蓋房子花了二十八・一二五美元，而城市裡的平均房價是八百美元。又例如其他收支，八個月花費總計六十一・九九七五美元，而他詳細列出這段時間的務農收入是二十三・四四美元，打零工賺了十三・三四美元，總收入三十六・七八美元，因此赤字為二十五・二一七五美元。

看起來像個斤斤計較的人，但其實他不是在計算利益得失，而是在思考生活的另一種可能性。

為什麼這個時代還要讀梭羅？他似乎與城市化和消費主義有著巨大矛盾。讀梭羅，是因為我們要持續思考一個問題：**現在這樣快節奏的生活，真的是你想要的嗎？**

你有千百種生活方式，全看你如何選擇

我在二〇一三年的某段時間，突然受不了北京的生活，於是跑到雲南麗江待了一個

月。在那裡，我每天直播、寫作、讀書，新鮮的空氣一下子就治好了我的焦慮。我也幻想著有一天，自己也能像梭羅一樣，在某個湖邊蓋間小屋，耕幾畝地，讀幾本書，寫幾行字，與動物朝夕相處，物我兩忘。

梭羅以自己作為實驗的藍本，提供另一種生活的可能性。他透過親身實踐提醒人們，**其實，你有千百種生活方式，全看你如何選擇，而最不可取的就是人云亦云**。最令人害怕的，是每個人都覺得生活其實一模一樣。

梭羅用自己的生活，進行一個思想實驗。**一個人敢於把自己交付在某件事情上，說明他不只是說說而已，而是個偉大的實踐者**。許多作家寫的「雞湯」為什麼不受歡迎？因為不僅別人不信，他們自己也不信。他們沒有把自己交付給那套理論體系，寫出來的東西就顯得平庸。**只有把自己交付於作品中，才能寫出優秀的作品**。

再回頭談談梭羅。他的爸爸本來是教師，後來接手梭羅舅舅經營的鉛筆廠。梭羅從小心靈手巧，什麼都會做，自己住在深山裡，什麼都能自己做。他可以迅速將閒置在盒子裡的鉛筆一把一把抓出來，每次都恰好抓出一打（十二支）之數。

梭羅很聰明，二十歲就從哈佛大學畢業了。那時，他不僅精通希臘語、拉丁語、法語、德語和西班牙語，還學習了數學、哲學和地質學，絕對是一個跨界的人才。後來，梭羅成了專業的土木測量專家，他自掏腰包購買了測量工具和指南針。

在他去世後，康科德（按：Concord，位於美國東北部麻薩諸塞州，是梭羅的故鄉，他隱居的瓦爾登湖也位於此）圖書館還收藏了他的測量記錄。那個時候人們沒有學科的概念，只要是新知識，大家就會去學習。

有人說過，每一代美國作家和編輯都在為《湖濱散記》作注。為什麼有這麼多注本呢？因為梭羅是個通才，他的作品中融入各種各樣的知識和文化，包括天文、地理、植物學、動物學、哲學、希臘羅馬文化、北歐和印度的宗教文化、神話典故等。如果讀者不仔細閱讀及理解，就會錯過梭羅作品的深意和有趣的比喻。在美國，早就有了「梭羅學」的概念，其中就包括對他作品的注解。

自學校畢業後，梭羅謀到一個薪酬很不錯的教師職位，就是那段日子，他認識了當地不少作家，進入文人圈子，開始寫日記、為雜誌寫稿、演講，還四處探險。也正是在這段期間，他結識了美國文學巨匠拉爾夫．沃爾多．愛默生（Ralph Waldo Emerson），這位關鍵人物改變了他的一生。愛默生欣賞梭羅，聘他為自己的管家。

梭羅幾乎就是住在愛默生家。愛默生曾說：梭羅對我來說，就是一位很好的幫手與醫生，因為梭羅是個具有不屈不撓精神、且非常熟練的勞動者……我已無法離開他了，他是一位真正的學者與詩人，他就像一棵蓬勃生長的蘋果樹，日後必將結出纍纍碩果。

生活永遠會為我們留下彩蛋

但不幸的是，一八四二年，梭羅最親愛的哥哥因為磨刀時劃傷了手，沒有太在意，只是隨便包紮了事，因而患上破傷風，沒多久就去世了。這對梭羅的打擊非常大，讓他做出一個決定——前往瓦爾登湖，斷絕社交，深入記錄與哥哥的點滴往事，記錄他們一起旅行到一條河流的源頭的日子，並將之編成一本回憶錄。

他在瓦爾登湖畔寫完了那本書，並在兩年後出版了，書名叫《在康科德與梅里馬克河上一週》（*A Week on the Concord and Merrimack Rivers*，簡稱《河上一週》）。他寫完這本書後思考著，既然這裡環境如此寧靜，不如我就再寫一本書。於是，七年後《湖濱散記》出版了。

有時候我們看似朝著一個目標奔去，但在陰差陽錯之中，反而完成了另一個壯舉。

生活永遠會為我們留下彩蛋，我們需要做的，就是奮勇直前。

從來到瓦爾登湖起，梭羅真正開始了尋找自己的獨特生活之路，他摒棄了傳統價值觀裡的生活，開始求知、記錄、探索大自然，過簡樸的生活，自給自足。

梭羅於一八六二年五月因為肺結核英年早逝，享年四十四歲，終生未娶，葬於家鄉。妹妹負責整理他的大量手稿，有兩百多萬字，後來慢慢出版，成為研究梭羅的第一手材料。梭羅的兩個妹妹也都終身未婚，所以梭羅家沒有後代。而我每次讀梭羅的作品時，都會感受到，這其實就是他的後代。

現在的瓦爾登湖，已經正式列入美國國家歷史名勝。我曾去過一次，因為我姊在波士頓大學讀書，離瓦爾登湖很近，一旁還有間書店，販售著與梭羅相關的紀念品。我還在那裡買了三把椅子，這章結尾會告訴你為什麼要買這個。

每逢梭羅誕辰紀念日（七月十二日），梭羅學會（Thoreau Society）都會舉辦活動，有機會你也可以去看看。

看到鄰居有房，覺得自己也要，人因此貧窮

當然，瓦爾登湖之所以這麼紅，梭羅之所以能夠這麼暢快的表達，還是應該感謝一個人——愛默生。

一八四四年秋天，愛默生四十一歲，完成了自己第二部論文集的校訂稿，邁著輕快的腳步到瓦爾登湖散步。路上正好碰上幾個人談論著，要賣掉湖畔的一塊土地，愛默生聽了很高興，馬上就準備入手。第二天，他前去交易，對方又告訴他，如果不連同旁邊的樹林一併購買，那片地就一文不值。於是，他又買下了那四英畝的樹林。

後來，愛默生買地上了癮，第二年又買下了附近的四十英畝地，想召集好友來蓋房子。他想到的第一個人就是梭羅。

愛默生買地沒多久，就和梭羅達成協議：梭羅可以在瓦爾登湖邊蓋房子自己住，還可以隨便開墾種地，但他只有居住權，最終要把房子賣回給愛默生。正是這一舉動，成就了《湖濱散記》。

梭羅反對世俗的忙碌。他認為，**人們潛心改善自己的衣、食、住、行，在謀生上花去一生光陰，其實是本末倒置**。在他看來，人們的生活可以更簡單、更樸素。例如，吃飯是為了健康和活著，沒必要頓頓鮑魚龍蝦；衣物主要是為了保暖，完全沒必要買 Gucci 和 Prada。梭羅不是不懂時尚，而是批判人們對時裝的痴迷，批判那些沒有意義的時尚，他說「男男女女對衣服新樣式的這種既幼稚又原始的愛好」，其實「（服裝）製造商都懂得，這種愛好完全是反覆無常的」。

梭羅花了許多篇幅，論證人的生活必需品其實可以很少，也就是食物、住所、衣物和燃料，這些東西不需要太多。另一方面，許多奢侈品和生活中的舒適品，只會阻礙人類的進步。一個每天早上起床就先打場遊戲、敷面膜、研究待會吃什麼的人，恐怕很難思考宇宙的奧祕。

除此之外，**梭羅還反對買房子**。他說，城鎮裡的一間房子要花掉八百美元（那個時候的價格），一個人通常要耗費大半輩子，才能夠賺到屬於他的房子。他認為，把一生中最好的光陰花在買房子上，實在是得不償失。梭羅說：「農夫占有了他的房屋，並不因此更富，反而是更窮了，因為房屋占有了他……**大多數人似乎不曾考慮過一間房子意味著什麼，而他們確實是窮了一輩子（儘管並不必如此），因為他們認為必須像鄰居那樣擁有一間自己的房子**。」

這也是梭羅的作品到今天依舊有意義的原因。我們應該反思，生活中真的需要那麼多繁雜的東西和商品嗎？梭羅在書裡做了很多計算，這並不完全是為了統計生活成本，他的目標是摒棄與生命無關的東西。他想告訴大家，樸素的生活方式，同樣可以體驗到豐富的內心世界。人完全可以過物質簡單但精神豐富的生活。

真的嗎？我認為是真的。

我曾嘗試過一個月不碰手機，不與人往來，到了第三天我就有些堅持不住了。但我還是堅持了一個多月沒有與任何人聯繫，這段時間，我將書架上的書都讀完了。讀書的時候，確實不覺得孤獨。

我曾在一刻talks（按：中國媒體，類似TED的演講平臺）分享一個主題：「孤獨是成長的必修課」，那一期節目特別受歡迎。演講中我說：孤獨並不會讓你變得更好，真正讓你進步的，是在孤獨中的修練。所謂孤獨中的修練，其實是讓你擁有豐富的內心世界。在孤獨中尋找自己的熱愛才是關鍵。

演講結束後，現場有個學生提出異議，說梭羅就是過著孤獨的生活，兩年多幾乎不與人往來。但其實，**梭羅根本沒有反對社交**，他也在社交，要不然他為什麼會在家裡放三把椅子？**只不過，他希望是和那些與自己價值觀相近的人交往，讓自己變得更好**。

所以，人需要孤獨，但同時也需要社交。我們需要找到屬於自己的團體，與他們共度時光。雖然我們都是人類，但在很多情況下，我們並不是同一類人。

其實，中國也有一個「梭羅」，這個人叫陶淵明，他寫過〈桃花源記〉。文章裡寫道：「林盡水源，便得一山，山有小口，彷彿若有光。便舍船，從口入。初極狹，纔通人。復行數十步，豁然開朗。」

你覺得，陶淵明和梭羅的相同之處和不同之處在哪裡呢？
我不知道，我想聽聽你的答案。

第21章

比失明更可怕的事

——《盲目》

葡萄牙作家　喬賽・薩拉馬戈（José Saramago）
出版年：一九九五年

請你想像一個世界：在這裡，所有的骯髒、殘忍、卑鄙，大家都視之不見，而你是唯一一個將所有黑暗都盡收眼底的人。這個世界會是什麼樣子？這就是我讀《盲目》（*Ensaio sobre a cegueira*）時的感受。

這本書講述的是關於疫情蔓延及隔離的虛構故事，在封閉的環境中，人性是如何一步步淪陷，與《蒼蠅王》的主題很相似。我一直沒有勇氣讀它，直到二〇二二年，才終於拿起了這本書。

《盲目》的作者是喬賽・薩拉馬戈（一九二二－二〇一〇年）。一九九五年，他出版了這本書，並在三年後憑藉它獲得了諾貝爾文學獎。他是葡萄牙人，也是葡萄牙唯一一個獲得諾貝爾文學獎的作家。二〇一〇年六月十八日，這位作家離開了我們。感謝他為我們描繪一個看不見的世界，因為這個看不見的世界，而讓我們看清了許多事情。

角色沒有名字，因為任何人都可能是他們

在繁忙的路口，綠燈亮了，中間車道的第一輛汽車卻停滯不前，司機在擋風玻璃後面揮著手臂。圍觀的人打開車門之後，聽到他喊了一聲：「我瞎了！」可是，這個人的

眼睛似乎完好無瑕，虹膜晶瑩閃亮，鞏膜（按：俗稱眼白）潔白，密實如瓷器。

他雙目圓睜，面部肌肉抽搐著，眉頭緊鎖。任何人都能看出來，他痛苦的失態了。那一瞬間，好像他看到的所有東西都消失了。他絕望的喊著：我瞎了，我瞎了。淚水湧出來，而湧出的淚水，反而讓他失明的眼睛更加晶亮。

這就是這本小說的開頭。

我在寫作班裡曾講過一個創作概念：越早塑造出筆下世界的規則，就越不需要向讀者解釋其背後的邏輯。因此，小說一開始就描繪了一個世界。在這個世界裡，人們逐漸失去了視力，更可怕的是，這種病還具有傳染性。

一名代駕司機送他回家，也染上了失明症。接著，為他們治療的眼科醫生成了第三個失明的人。失明症迅速蔓延，整個城市陷入了一場空前的災難。

有趣的是，**故事裡只有一個人可以清楚的看到這個世界**。**也正是因為這個人能看到世界，所以把讀者帶進他所看到的世界**。小說中有八個人，他們都沒有名字，情節也並不複雜。

在小說中看不到人名，地點也不明確，甚至不清楚發生的時間。我想作者有其用意，他想讓人們知道：**任何時間、任何地點都有可能發生這樣的事情，而任何人也都有**

可能成為這群人之一。

首先出場的是一個男人，他在失明之後被一位好心人送回家。然而，這個好心人實際上是個小偷，他偷走了第一個失明者的汽車，隨後他自己也失去了視力。

第一個失明者有個妻子，她在丈夫被送回家後，也跟著失明了。接著，第一個失明的人去醫院看眼科，當時有三個病人，一個戴著墨鏡的少女，一個鬥雞眼的男孩，還有一個戴眼罩的老人，他們也失明了。當然，替他們看病的那位醫生也失明了。

而唯一一個沒有失明的人，就是醫生的妻子。

接著，政府意識到一場傳染病的到來，他們向公眾宣布，這種失明症稱為「白禍」。衛生署長決定將所有的失明者，以及與他們有過任何接觸的人全部集中隔離，以防止疫情進一步傳播。他們把這些人關進了一間廢棄的精神病院。

要隔離多長時間呢？署長說：可能是四十天、四十個星期、四十個月或四十年。重點是那些人不得從隔離區離開。

然而，當一群人被關在像集中營一樣的地方時，他們會形成一套類似動物的規則和規章制度。這些規則不是人類社會現有的規則，更像是動物界中的弱肉強食法則。毫無例外，只要沒有市場化，就會出現「人治」，就像監獄、軍營中存在各自的規則一樣。

剛剛我們提到的七個盲人，就被關進了這樣的地方。

無論世界多麼糟糕，總有雙眼睛能看到良知

為了陪伴丈夫，醫生的妻子謊稱自己失明，於是也被關了起來。一開始人比較少，大家在規則下相安無事。然而，隨著失明者數量增加，為了爭奪有限的食物，暴力成了主導，欲望也逐漸失去了控制。

第一個放縱自己欲望的是那個偷車的人，他當眾猥褻了戴墨鏡的女孩。而女孩也毫不客氣的回擊了偷車賊，將尖利如匕首的鞋跟戳進了他的大腿。

人們聞到了血腥氣息，開始釋放原始的獸性。偷車賊血流不止，如果在正常世界，他可以到醫院看病、買藥，可是政府已經下定決心放棄這些被隔離的人。

就像書裡所說，他們知道團指揮官在軍營裡說：「解決這個問題的唯一辦法就是把把他們全部殲滅，包括已入院和即將入院的統統殲滅，別假惺惺的搞什麼人道關懷。」他解釋，狗死了，狂犬病自然也就治好了。**對於那些決策者來說，治療疾病最佳的方法，就是把病人關起來，讓他們自然死去**。人死了，疾病就不復存在了，他們就能贏得

這場疾病戰的勝利。

政府希望所有公民都展現出愛國之心，積極配合政府的政策。具體做法就是不要對政府的決策提出質疑，並遠離那些染病的人。

偷車賊的傷口越來越大，腐爛得越來越嚴重。最後，他在極度痛苦中走向政府軍，想要尋求幫助。可是這個舉動引起了軍人的恐慌，軍人對他開槍。

於是，偷車賊死了。偷車賊的命在政府的「政策正確」之下，一文不值。

然而，噩夢才剛剛開始而已。隨著失明者數量增加，每個人能得到的食物越來越少。在政府的漠視下，強盜們建立起自己的統治，制定出自己的規則，利用武力和身體優勢霸占所有的食物，逼迫人們用金錢換取零星食物。而當財物逐漸被搜刮完畢時，強盜們又採取了另一種手段：強迫宿舍裡的女人服淫役以換取食物。當然，這服淫役的人之中也有醫生妻子。

於是，最殘忍、也最讓人感到噁心的一幕，在書裡出現了。

醫生的妻子看見醫院裡滿地糞便，目睹被奴役的男人們帶著斗大的眼淚，毫不猶豫的大口咀嚼著自己女人以肉體換來的口糧……。

服淫役這件事，女人們沒有像男人那樣反對，而是紛紛表示同意。甚至當其中一個女人的丈夫表示，他寧死也不吃以女人身體換來的食物時，戴墨鏡的女孩則譴責他：「你的女人可以留著自己用，我們會換食物來餵飽你和你老婆，但我很想知道，那樣的話，你的尊嚴作何感受，我們換來的麵包你吃起來又會是什麼滋味。」

隨後，她們甚至自發組織起來，為男性提供性服務。**從反抗到被動，再到主動，僅僅幾週的時間**——這多麼諷刺啊！

在這個世界，所有人都沉溺於性剝削和狂歡之中，而故事主角之一的醫生始終拒絕參與這種放縱。可是，到了故事尾聲，即便是一向道德水準很高的醫生也經受不住考驗，最終爬上了墨鏡女孩的床。

而他的妻子——別忘了她並沒有失明——只能無奈的目睹這一切，**看著人們（是的，所有人）從人性淪為獸性，她內心多麼希望自己也能像其他人一樣瞎掉**。

最終，醫生妻子忍無可忍，在一次強盜施暴時，拿出從家中偷偷帶出的剪刀，一刀刺穿強盜頭目的喉嚨，接著召喚身邊的女人團結起來，推翻邪惡的統治。

醫生妻子以一人之力組織起眾人，試圖建立新的法則，理性、利他，這是每個人都應該遵循的。她提醒人們，即使無法完全像正常人一樣生活，至少也要努力不像動物一樣生存。

她號召人們埋葬被殺害的失明者，帶領人們盡可能有秩序的領取食物，並與政府軍談判，爭取失明者的權益，為女性的尊嚴鬥爭。醫生妻子的存在，正是作者想告訴我們的：**無論這個世界有多麼糟糕，總會有一雙眼睛能夠看到良知**。她的存在是為了提醒人們，要守住最低的道德底線和最後的人性尊嚴。

當然，這太難了。薩拉馬戈給了我們一絲希望，但這一絲希望到底能支撐我們走多久呢？

只有讀書，才能夠把人喚醒

在第十二章的結尾，醫生妻子高聲宣布他們自由了。隨著可怕的轟隆聲，右側廂房屋頂倒塌，火焰四處飛散。盲人們奮力衝向圍欄，但有些被倒塌的屋頂壓死，被踩成了血肉模糊的肉泥。大火四處蔓延，一切都化為灰燼。大門一扇扇敞開，精神病院裡的「瘋子」們紛紛衝出……。

可是，第十三章開頭的一段話又讓我極度難受：告訴一個盲人說，你自由了，敞開隔絕他與世界的門。走吧，你自由了。我們再一次這麼告訴他，但他不離去，留在道路的中央一動也不動，他和其他人都充滿恐懼，不知該往何處去。

我想起小時候看過的電影《刺激 1995》（*The Shawshank Redemption*），裡頭有句臺詞這樣說：「這些石牆很有趣。一**開始你恨它，接著你習慣它，等到你待夠久了之後，你開始變得不能沒有它**。」他們就像電影裡的圖書館管理員，恢復自由後竟選擇自殺。這種現象被稱為「體制化」，**明明知道不對，卻習慣了**。

在接下來的故事中，醫生、他的妻子以及其他盲人一起生活。醫生妻子帶著他們尋找家人和家園，幫他們洗淨衣服、找食物，幫助他們逐漸找回失去的尊嚴，從動物變回人類。為了安撫人們，也希望他們從內心的傷痛中恢復，醫生妻子開始為大家朗讀故事書。**只有讀書，才能夠把人喚醒**。她講述著不朽的故事和故事背後的真理和文明，這成為喚醒人性最寶貴的方式和法寶。儘管他們看不見，但流下了眼淚，失去的靈魂也逐漸回歸。

在故事中，人們從混亂走向有序，從不公平走向公平，從自私走向愛。理性回歸社會。最終，失明症消退了，人們一個接著一個恢復了視力，醫生妻子目睹著世界從地獄變成了天堂。

故事的最後，醫生妻子像往常一樣為大家讀著書。在讀書聲中，第一個失明者突然聲稱自己能看見了。接著是戴墨鏡的女孩、醫生、鬥雞眼的小男孩、戴眼罩的老人……他們擁抱在一起，流下了激動的淚水。人們又是歡呼，又是唱歌……。

醫生妻子走到窗邊，俯瞰滿是垃圾的街道，俯瞰又喊又唱的人們，接著抬起頭望向天空，眼前一片渾白。

「輪到我了。」

故事到這裡戛然而止。

其實，它還有一個續集《投票記》（*Ensaio sobre a lucidez*），描寫這個曾經發生傳染性失明症的地方，迎來復明四年後首次全國市長選舉。這是很多年之後，作者筆下的另一個故事。

「白色黑暗」可能就在我們周遭

我認為，**《盲目》是個黑暗的預言：用「白色黑暗」暗示人類靈魂的盲目，以及人類看不見的事物所帶來的荒誕**。這些事物不能用人性衡量，更不能用人性試探。

我曾與一個朋友討論人和動物最大的區別是什麼，當時我們討論了很多。讀過此書之後，我想我明白了，人和動物最大的區別是：人能看見，而動物看不見。

但可惜的是，很多人明明看得見，卻裝作看不見。例如，在路上看到有人騷擾女孩子，自己卻躲在角落；看到邪惡勢力，卻不敢發聲；看到不公平，卻不管不問。**比失明更可怕的是心靈的失明，也就是良知的喪失**。

薩拉馬戈的作品總是引起人們的憤怒，以此喚醒人們的良知。書中的人物沒有名字，但這重要嗎？不重要。名字只是代號，人們記住的是他們做的事。每個人都可能是醫生、醫生的妻子、偷車賊、戴墨鏡的女孩……。

書裡說：「我們與世界隔絕得如此之遠，將再也不知道自己是誰，甚至再也記不得自己的姓名，何況名字在這兒有何用處，狗與狗之間彼此並不相識，也不依主人取的名字來辨識彼此，每隻狗之間的不同在於氣味，彼此之間便是用氣味來辨認，我們就像另一種狗，用彼此的吠聲和話語來辨識，至於其他的特徵，五官、眼睛和頭髮的顏色，都不重要，彷彿並不存在。」

感謝這個有光的世界，儘管我們有時看不清楚。

正如醫生的妻子說：「我想我們沒有失明。我想我們現在是盲人。能看得見的盲人，能看但又看不見的盲人。」

有評論家認為，這本書不僅是對黑暗社會的預言，更是對整個人類存在的預言。故事中每個人都充滿了衝突，凸顯人類群體之間永恆的衝突、鬥爭、流血和殺戮。這種史詩般、神話般的氛圍，使得整個故事具有特殊的質感。

許多評論家將其視為《聖經》的顛覆性效仿，但作者薩拉馬戈本人是一個堅定的無神論者，他相信人能獲救的可能性不在於上帝，而在於人類自己。因此，故事裡有一個細節，就是故事的主角走進一間教堂，看見所有的雕塑都被蒙上了雙眼，包括天使，包括耶穌，而他們身上都插滿了武器。

如果這個世界真的陷入這樣糟糕的狀態，而這一切每個人都「看不見」，最終將連老天都看不見我們。

我在帶領寫作訓練營時，曾經有學生問我：「什麼樣的細節才是值得描寫的？為什麼我總是看不到您說的那些好的細節呢？」而我用夏洛克．福爾摩斯（按：Sherlock Holmes，英國作家亞瑟．柯南．道爾〔Sir Arthur Conan Doyle〕筆下的虛構角色，其身分是一名偵探）的一段話來回答他：「大多數人只是在看，他們沒有觀察。所謂觀察，就是用心去看。」

我們大多數人看到一個新聞事件或事物時，往往不會思考其背後的邏輯，不深度思考，也不表達自己的看法，久而久之就變成了失明者。**人們看不見事物的本質，漸漸的也就不願看了**。很多人喜歡說：「眼不見心不煩。」**如果每個人都裝作看不見苦難，認為黑暗不值得關注，「白色黑暗」就會離我們越來越近**。

最後，我們再談談薩拉馬戈。曾有媒體問他：「你希望在自己的墓碑上刻上什麼樣的墓誌銘？」他說：「我想刻上這麼一行字：『**這裡安睡著一個憤怒的人。**』」

這句話概括了他一生的態度和信念。在他的作品中，有這樣一句話：「**雖然我生活得很好，但這個世界不好**。」

薩拉馬戈終其一生都在反對獨裁和資本主義，反對教會，反對一切不公不義。他持續表達自己的態度和觀點，直到生命的盡頭。一位長輩曾告訴我，好的作家不是一味的支持或贊同，也不是一味的讚美。好的作家必須有自己的態度和表達，同時要能看見其他人看不見的地方。最重要的是，他們要保持憤怒，保持對社會不公的咬牙切齒。

《聖經》裡有一句話這麼說：「如果你能看，就要看見；如果你能看見，就要仔細觀察。」可是有多少人的靈魂裡，根本就沒有裝進這些能被看見的東西呢？

第22章

如果欲望有罪，邊界在哪裡？

——《蘿莉塔》

美國作家　弗拉基米爾·納博科夫（Vladimir Nabokov）

出版年：一九五五年

關於這本小說，我總會想到一門古老的傳統藝術「懸絲傀儡」（也稱提線木偶）。我小時候第一次看到這個表演，是在一個馬戲團裡，看著木偶被後面的人提來提去，我感受到的不是有趣，而是可怕。因為我一直在想，假設這個木偶是個真人，他會是什麼感覺？

隨著年齡增長，跟我差不多年紀的這一代人開始成為父母。有天，我看到一個朋友帶著女兒到咖啡廳，女兒才剛打開平板電腦 iPad 就被媽媽罵了一頓，當女兒哭的時候，我分明看到朋友眼裡有種滿足感。那天晚上，我做了個噩夢，夢到自己成了懸絲偶，最後在戲劇的高潮時驚醒。

後來，我看到許多孩子被父母操控的案例，漸漸明白，操控別人原來是一件很爽的事情，操控者感覺自己掌控一切，但遺憾的是，被操控的人最終不是崩潰，就是發瘋。

我要講的《蘿莉塔》（*Lolita*）正是這樣的故事。由於這本書風靡世界，後來便產生了日本文化中的「蘿莉」一詞（按：指稱身體已有初步發育，但未完全發育的女孩）。電影《終極追殺令》（*Léon*）也以這本書為本改編而來。

一九五五年至一九八二年之間，《蘿莉塔》先後在英國、阿根廷、南非等國被禁，但越是禁止，這部作品越是流行。

那本沒被燒毀的作品

你一定很想知道，這本小說到底在說什麼？我們就先談談作者弗拉基米爾・納博科夫（一八九九－一九七七年）。我很佩服納博科夫，不是因為他的小說的情節多麼精彩，而是因為他精通多種語言，每一種語言他都熟練到可以寫小說的程度。

一八九九年，納博科夫出生在俄國一個貴族家庭。這個家族有巨大的政治影響力，並且家財萬貫。小時候，納博科夫家裡有幾十個傭人，家人和僕人都能流利的使用英語、法語和俄語。在這樣的書香氛圍下，納博科夫很快就學會閱讀和拼寫俄文、英文和法文。最好的學區宅，其實就是你家書房。

一九一七年，俄國十月革命（按：由俄國革命家列寧〔Lenin〕領導的武裝起義，最終政變成功，改國名為蘇俄）爆發後，納博科夫一家於一九一九年乘船離開俄國，前往克里米亞（按：Crimea，位於黑海北岸，蘇聯解體後此地成為烏克蘭的一部分。二〇一四年被俄軍占領，並舉辦不受國際承認的公投，成立新的克里米亞共和國，正式宣布脫離烏克蘭，加入俄羅斯聯邦〔即俄國〕），他的父親成為克里米亞地方政府（按：一九一八年至一九一九年期間存在的地方政權）的司法部長。

然而，克里米亞的白軍（按：指一九一八年至一九二〇年間，在俄國內戰中對抗蘇聯紅軍的政治運動及其軍隊）起義失敗後，納博科夫一家又不得不離開克里米亞，開始了背井離鄉的流亡生活。

一九二二年，納博科夫的父親挺身而出保護朋友，而在德國柏林被刺殺身亡。此後，納博科夫顛沛流離，先後去過英國、德國和法國，這期間他堅持用俄文寫作長篇小說。在顛沛流離中，他遇到許多精彩的故事和感人的情感。一九二三年五月八日，在柏林的一場慈善化妝舞會上，納博科夫結識了一位猶太律師的女兒，兩個人很快結了婚。

誰也沒想到，二戰爆發後，整個歐洲反猶太情緒暴漲。為了保護太太，納博科夫再次踏上流亡之路，舉家搬到美國。

抵達美國後，納博科夫開始在大學裡教文學，同時繼續創作小說。在這個新的環境裡，他意識到只有用英文寫作，才能有更廣闊的發展空間，於是他之後的作品都以英文創作。

與此同時，他的妻子一直陪伴著他，扮演著編輯、經紀人和生活照料者的角色。某天，納博科夫極度崩潰，決定要燒毀尚未完成的草稿，但妻子攔住了他。**那本沒被燒掉的作品就是《蘿莉塔》**。

根據納博科夫的說法，他寫《蘿莉塔》的靈感來自一九三九年時，報紙上的一則新聞：一隻猴子在科學家的調教下，畫出了囚禁牠的籠子鐵條。這個「囚禁中的生命」的意象，為納博科夫帶來了靈感，他用俄文寫了《蘿莉塔》的雛形，是一篇三十多頁的小說，但他並不滿意，沒發表就銷毀了。

許多作家經常這樣，寫一半發現寫不下去，或者不喜歡了，就先放著。生活有時候也是如此，先放著暫時不管，反而能看到更大的世界。

一九四九年，也就是十年之後，創作衝動再度襲來，這回納博科夫用的是英文，還找了大量資料，為這一回創作做準備。他搜尋關於美國女學生生理和心理發展的論述，從女性雜誌、小說上找靈感，在報紙上尋找相關的犯罪事件，這些真實新聞事件，對《蘿莉塔》的情節線產生了一定影響。

接下來是漫長的五年創作期。一九五四年，納博科夫拿著《蘿莉塔》的打字稿，在美國的四家出版社先後碰壁，終於，在經紀人的幫助下，一九五五年才在法國的一家出版社悄悄出版。很長一段時間裡，《蘿莉塔》的光彩和力量只能靠小圈子口碑和讀者對禁忌的好奇，才得以持續發酵。因為這個話題實在太敏感了。

三年後，一九五八年七月二十一日，《蘿莉塔》美國版問世，在自由的美國引起軒然大波，成為暢銷書。可是，納博科夫整個後半生都因為這部小說飽受爭議，引發人們思考一個問題：藝術中的道德困境到底如何定義？

先別急著批評這個戀童癖

小說開頭是一篇有點詭異的序文，一名自稱小約翰・瑞伊（John Ray Jr.）的人說自己正在寫回憶錄，主人公叫韓伯特（Humbert Humbert）。然而，在韓伯特案即將開庭審理之際，他卻因病突然去世，而瑞伊博士獲准編纂並出版了這部書。

所以，我們在一開始就知道，主角韓伯特已經死了，還是因冠狀動脈栓塞病死於獄中。在故事開頭就把道德困境寫出來，瑞伊博士對韓伯特作出嚴厲的道德評判，說韓伯特「差勁透頂，卑鄙下流，是喪德敗行的絕佳例證」。

其實，我們創作時也總會遇到這樣的事情，例如我當初寫小說《我們總是孤獨成長》時，總被人批評我的價值觀有問題，但我只是在探討一個渣男的複雜性，結果反而變成我就是渣男。後來我才明白，納博科夫寫的這個角度很好，因為**他一開場就告訴讀者，你別急著批評這個戀童癖，瑞伊博士已經先幫你罵了**。

這時，**讀者的情緒反而慢了下來，甚至有些人開始諒解這個叫韓伯特的人**。他到底發生了什麼事？這就是小說家的厲害之處，一個好的角度就能成就一個故事。

但這也帶來一個問題：我們是不是一定要帶著道德評判的角度閱讀一本小說？

小說開頭是一段非常著名的文字：「蘿莉塔，我生命的光芒、我胯下的烈火，我的罪，我的魂。蘿—莉—塔：舌尖從上顎下滑三步，第三步，在牙齒上輕輕點叩。蘿，莉，塔。」

這段文字一定要用英文讀一下，你會更有感覺：

Lolita, light of my life, fire of my loins. My sin, my soul.
Lo-lee-ta: the tip of the tongue taking a trip of three steps down the palate to tap, at three, on the teeth. Lo-lee-ta.

在韓伯特的自述中，我們知道他出生在巴黎，教養良好，品位不凡。韓伯特在發現第一任妻子出軌後離婚，帶著姨父留下的一筆遺產來到美國。

他在美國從事學術工作，偶然遇到蘿莉塔。蘿莉塔是寡婦房東的女兒，剛滿十二歲，蘿莉塔不是女孩的本名，是韓伯特替她取的名字。從這裡已經能看出他那種強烈的控制欲，連對方的名字也要由自己取。

由於兒時陰影，韓伯特只喜歡十二、三歲的小女孩，於是他對蘿莉塔無法自拔。為了親近這名早熟、熱情的女孩，韓伯特想盡一切辦法娶房東為妻，成為蘿莉塔的繼父。

好景不長，房東在丈夫的日記中，發現他對女兒的企圖和對自己不忠，十分生氣，於是寫了三封信給女兒，但在寄信的途中被車撞死。韓伯特當晚喝得酩酊大醉，第二天早上醒來時發現，自己撕碎了太太沒有寄出的三封信。故事正式開始了。

必須殺死好色、卑鄙的「自己」

韓伯特將蘿莉塔從夏令營接出來一起旅行，本想藉由下藥和蘿莉塔發生關係，沒想到藥卻失效了，第二天清晨蘿莉塔主動挑逗韓伯特。後來，韓伯特告知蘿莉塔，她的母親已經去世，蘿莉塔別無選擇，必須和繼父生活下去。韓伯特帶著蘿莉塔，以父女的身分在美國各地旅遊，他利用零用錢、美麗的衣飾和美味的食物等小女孩會喜歡的東西控制蘿莉塔，並繼續滿足自己對她的欲望。

有一次韓伯特買東西給蘿莉塔，並再次與她發生關係後，他告訴蘿莉塔可以告自己強暴未成年少女，但是他又說：「當我抓著牢房欄杆時，妳這快樂的失依小孩可以從各種不同的安置處所中做選擇。」他在嚇唬蘿莉塔，她可能會被送進孤兒院之類的地方。在蘿莉塔的潛意識裡，韓伯特像個父親，又像個男朋友，這種複雜的狀態構成了文學的情感複雜性。

韓伯特雖然停留在複雜情感裡，蘿莉塔卻在長大。隨著時間的推移，蘿莉塔知道了母親的死因，對韓伯特的最後一點信任也漸漸消失。她開始討厭繼父，意識到「就算是最悲慘的家庭生活，也好過這種近似亂倫的鬧劇」。

蘿莉塔開始跟年紀相當的男孩子交往，韓伯特無奈之下，把蘿莉塔送進私立學校，想繼續監視和控制她。然而，蘿莉塔已經有了反叛的力量和精神，她藉著一次旅行的機會，脫離了繼父的掌握。韓伯特瘋狂的尋找她，但始終無果。

三年過去，某天韓伯特收到蘿莉塔的來信，信上說她已經結婚，並懷孕了，需要繼父的金錢援助。丈夫在遠方找到了好工作，但夫妻倆在動身離開前沒有錢還債，希望繼父能把自己以前的東西賣掉，把錢寄給她。

韓伯特給了她四百美元現金和三千六百美元的支票，還有賣房的一萬美元預付金跟房子的契約。但是，他要求蘿莉塔說出當時是誰拐走了她。在韓伯特的又一次強迫下，蘿莉塔說出了五年前誘拐她離開韓伯特的人叫奎歐提（Quilty）。

我在讀這本小說的時候，內心一直暗暗發問「奎歐提是誰？」這個人物很模糊，找不到太多線索。在蘿莉塔的描述中，他是在蘿莉塔就讀的學校中演出的劇作家，不只是個大色鬼，還是吸毒成癮的癮君子，他拐走蘿莉塔後，要求她拍色情片，蘿莉塔拒絕後就被他趕了出來。

韓伯特這個時候已經崩潰了。他太愛蘿莉塔了，請求蘿莉塔跟他走，離開現在的丈夫。而蘿莉塔拒絕了他，韓伯特傷心欲絕，把所有的痛苦都化作對奎歐提的仇恨。

韓伯特與奎歐提最後的對峙，寫得很有意思，原文如下，你讀看看有什麼感覺。

「我們抱著對方，翻滾過整個房間地板，像兩個不知如何是好的小孩……他滾到我身上時我幾乎窒息。接著我翻到他身上；我們翻到我身上；他們翻到他身上；我們翻到我們身上。」

我認為，可以有兩種解釋：

第一層就是表面的意思，兩個人打架。

第二層可能更深入一些，**這兩個人其實就是一個人，是內心深處兩種人格的撕扯**。

一個是好色卑鄙的自己，一個是擁有熾熱愛情的自己。

韓伯特必須殺死那個好色、卑鄙的「自己」，這象徵著清算欲望，也象徵著對蘿莉塔的悔悟和自我的救贖。

殺死奎歐提後，韓伯特被抓了，後來因冠狀動脈栓塞病死於獄中。故事的結局裡，十七歲的蘿莉塔則因難產死於一九五二年聖誕節。

韓伯特在自述的結尾處聲明，「這本回憶錄等到蘿莉塔不在人世後，再行出版」。但顯然，韓伯特對她精神和生活狀態造成的破壞，也間接導致了她的悲劇。

故事就到這裡結束了。

所以，這個悲劇的故事到底在說什麼？不是生死，不是得失，更不是簡單的戀童癖，其實就是我們時常探討的「欲望」。

《蘿莉塔》借用情色小說的外殼，成功抵達了人類心靈深處，欲望在道德面前應該是什麼樣子？如果欲望無罪，那麼道德的邊界在哪裡？如果欲望有罪，那麼欲望的邊界又在哪裡？

如果這是一件發生在新聞上的事，大家的第一反應肯定是：這人是混蛋嗎？這可是戀童癖！但它發生在文學裡，**文學的作用之一就是探討生命的另一種可能性**。例如，美國著名文學評論家萊昂內爾・特里林（Lionel Trilling）曾說他對韓伯特的感覺很複雜，韓伯特無疑是一個惡魔，但特里林完全無法對他感到道德義憤，甚至還準備寬恕他。

這就是文學的魅力，讓你得以思考世界的另一種可能性——也許這些思考會讓人感覺不太舒服。這也是我寫這本書的原因，希望你可以更簡單理解這些難啃的文學作品，而發展出自己的獨立思考。

第23章

心懷改變的願望，就能成為全新的人

——《小氣財神》

英國作家　查爾斯・狄更斯（Charles Dickens）
出版年：一八四三年

每年聖誕節，我都會重讀《小氣財神》（*A Christmas Carol*），這本書總能讓我感受到溫暖與寧靜。接下來，就讓我們一起探索聖誕節的由來，和這本經典之作的魅力。

聖誕節的起源常被認為與耶穌的誕生有關，但更確切的說，是四世紀時，羅馬皇帝將基督教訂為國教，並將古羅馬多神信仰的農神節，轉變為聖誕節，以吸引更多異教徒加入基督教。這一天，人們聚在一起，先是參加宗教儀式，隨後盡情享受美食、美酒，後來逐漸演變為全球性的節日。

然而，聖誕節真正成為全球性的節日，並非僅僅因為宗教和歷史，還因為查理斯．狄更斯（一八一二－一八七〇年）的《小氣財神》。你可能比較熟悉這位作家的其他作品，例如《雙城記》（*A Tale of Two Cities*）、《孤雛淚》（*Oliver Twist*）等，「這是最好的時代，也是最壞的時代」就是出自他之手。《小氣財神》是他另一部經典作品，講述了一個感人至深的故事。

在開始談《小氣財神》的故事之前，我們先來認識狄更斯。他是一位優秀的作家，喜歡描寫底層人民的生活，因為他自己就是從社會底層奮鬥而來。他的父親是位普通勞工，收入微薄。狄更斯十二歲時，父親因債務入獄，他不得不在工廠當學徒，每天工作十幾個小時，睡在冰冷的地下室。這段經歷為他的創作埋下伏筆。

我在帶領寫作訓練營時，能夠很明顯的感受到，來自不同背景的學員們，各自的故事是多麼豐富多彩。人可能只有在經歷過極度痛苦後，才能寫出極度美好的作品。寫作是美好的事情，透過寫作，我們能找到療癒的力量。

狄更斯的童年歲月在他心靈上留下印記，他決定以寫作記錄難忘的日子。父親出獄後，他依然沒有機會回到學校，因為家裡沒有錢。他很早便踏入社會，十八歲時愛上銀行家的女兒，但因貧困而感情破裂，這促使他走上寫作道路。

一八三三年，狄更斯進入一家報社，開始撰寫短文。在他二十多歲時出版的散文集《博茲札記》（*Sketches by Boz*）中，就有一篇文章名為〈聖誕晚餐〉（*A Christmas dinner*），顯示出他對聖誕節的深厚關注。

許多作家的成就背後，是他們過去曾寫過或關注過某些主題的文章或短文，只要某種思想在他們心裡扎根，就會在未來某一天厚積薄發，變成不朽作品。《愛在瘟疫蔓延時》（*El amor en los tiempos del cólera*）是馬奎斯年輕時讀過的一篇新聞報導演變而來，《老人與海》則是由海明威年輕時拜訪古巴漁夫時的靈感而來。這些種子在他們心中埋下，最終孕育出偉大的文學作品。

所以，如果你想寫出好作品，沒有什麼捷徑。**你得擁有許多生活經歷，見識不同的**

人和風景，看不一樣的世界；或著你得多讀書，因為書裡蘊藏了豐富的經驗和智慧。

溫暖的力量更持久，更能感動人

狄更斯的成功也離不開時代的推動力。他的寫作生涯始於十九世紀，圖書行業蓬勃發展的時期。工業革命到來，出版業迅速發展，印刷廠、編輯、出版公司湧現，他們需要像狄更斯這樣有才能的作家。狄更斯的小說開始在雜誌上連載，逐漸贏得大量讀者，最終使他成為那個時代的招牌人物。

《小氣財神》出版前一年，狄更斯的人生陷入危機。他剛滿三十歲，雖已是著名作家，但婚姻出現問題。他賺了很多錢，開始覺得自己了不起，與妻子關係疏遠。他的小說銷量下降，生活變得艱難。

當時出版界有一個規律：銷量持續下降時，出版社就不會再找你出版作品，這意味著收入減少。狄更斯面臨嚴重的財務危機，幾乎窮途末路。

為了擺脫困境，狄更斯決定轉型。他寫了《美國紀行》（*American Notes*），記錄旅行見聞，同時準備一部小說作為後備。然而，《美國紀行》銷量慘澹，隨後出版的小說也失敗。狄更斯幾乎絕望，覺得自己江郎才盡，沒有什麼新創意。無奈之下，他開始回憶童年時的經歷，決定重拾聖誕節題材。

狄更斯在六週內就完成了《小氣財神》，這是他寫作最快的一部作品。很多人認為，寫小說需要花費一年甚至更長的時間，但實際上，在作者有強烈感覺的時候，一部好小說其實能很迅速就完成。海明威寫《老人與海》只用了八週，巴爾札克也只用了兩個月就完成《高老頭》（*Le Père Goriot*），還是在他被債主威脅的情況下寫成的。

狄更斯在創作《小氣財神》時，漫步在倫敦黑暗街頭，一邊走、一邊思考故事結構。當他理清故事脈絡時，已是十月底，距離聖誕節只剩兩個月。他面臨艱難抉擇——是繼續努力趕上聖誕節，還是乾脆等待來年再發表？

然而，他的財務狀況不允許他等到明年，於是他決定用最快速度完成小說，並自費出版。

當年十二月十九日出版，狄更斯自己印刷了六千冊，結果這些書很快便售罄，緊急加印，到新年前已第三次印刷。最終，《小氣財神》在短時間內成為暢銷書，不僅幫助狄更斯擺脫財務困境，還讓他重新站上文壇顛峰。隨後，這部小說被改編成電視劇、電影，各種衍生作品層出不窮，狄更斯因此賺了很多錢，名聲大噪。

《小氣財神》不僅在當時大獲成功，其影響力一直延續到二十世紀，甚至成為英國第一部無聲電影的改編素材。小說反映生活，廣泛的傳播讓更多人得以了解聖誕節的傳統。今日我們互相贈送禮物的習俗，實際上就是受到《小氣財神》影響。

值得注意的是，狄更斯並不是第一個寫聖誕節故事的作家。在他之前，美國文學之父華盛頓・歐文（Washington Irving）也寫過，但沒有取得狄更斯那樣的成功。原因或許是狄更斯的故事充滿正能量和溫暖，而歐文的故事更側重於對過去的哀悼和批判。溫暖和正向的故事更容易被改編成電視劇、電影，並在時間長河中流傳下來。這也說明了為什麼成為一個溫暖的人很重要，儘管**溫暖的力量可能不像批判那樣強大，但它更持久，更能感動人心**。

狄更斯在過去的作品中，往往描繪悲情故事情節，但在《小氣財神》中，他不僅讓讀者對貧困家庭產生同情，甚至連冷酷無情的壞人，最終也得到救贖。狄更斯讓故事裡的那個孩子活了下來，並告訴人們，善良可以創造奇蹟。儘管這樣的情節看似不合邏輯，但它讓我們感受到信念的美好力量。這種力量能夠讓一個壞人、一個吝嗇鬼、一個剝削他人的人，轉變為友善的人。

冷冽的寒冬不會讓他受凍，因為他比寒風還嚴酷

故事的主角叫艾本尼澤・史顧己（Ebenezer Scrooge），經營著一家叫「史顧己和馬利」的商行。故事開頭便是經典的一筆：馬利（Jacob Marley）死了，這點是毫無疑問的，他的葬禮紀錄上，牧師、辦事員、葬禮承辦人和主要送葬人都簽了字，就連史顧己自己也簽了字。老馬利確實死了，這是毋庸置疑的事實。

小說的開頭以極強的衝擊力展現死亡的事實，這是優秀小說的典型開頭。透過短短幾行字，故事節奏被牢牢掌控，合夥人馬利的去世，讓史顧己成了唯一的老闆。史顧己是一個極度吝嗇的人，他的吝嗇簡直到了登峰造極的程度。他對馬利的去世沒有感到絲毫難過，反而覺得這是一件好事，因為公司終於完全歸他所有了。

小說對史顧己的描寫極為生動：「從頭上到眉毛，再到那硬梆梆的下巴，全都結著冷霜。不管他到哪裡，四周溫度都會馬上降低；大熱天時，辦公室也會因為他而感覺冰冰涼涼，就算到了聖誕節，室溫也不會高上個一兩度。無論外在環境是冷是熱，都不會對史顧己有太大的影響。熱氣不會讓他感到溫暖，冷冽的寒冬也不會讓他受凍，因為他比寒風還嚴酷，比冬雪還固執，比暴雨更無情。」

這樣的描寫讓我們深刻感受到史顧己的寒冷，他的冷酷比任何惡劣的天氣都要糟糕。讀者在讀這段文字時，也彷彿置身於寒冷的冬天，看見一個比冰雪更寒冷的人走了過去，這就是小說的魅力。

在風雪交加的聖誕夜裡，史顧己的辦事員鮑伯・克拉奇（Bob Cratchit）因寒冷而瑟瑟發抖，暖爐裡的火小到好像只剩一根木炭，但他如果要求補炭，老闆肯定會要他回家吃自己。

有人請求史顧己施捨一點錢，並告訴他是為了那些在聖誕節期間需要救濟的人時，他冷笑著說：「難道沒有監獄和救濟院嗎？」當對方說：「許多人寧死也不去。」史顧己更冷酷的回答：「如果他們寧願一死，就由他們去吧，正好減少一些多餘人口。」透過這幾句話，史顧己冷酷自私的性格被刻畫得淋漓盡致。

然而，這部小說的美好之處在於，它將整個故事又拉回到現實，展現了人性的光輝。史顧己是個獨來獨往的人，鄰居們害怕他，孩子們不敢問他時間，甚至連乞丐也知道他的脾氣，完全不抱持能從他那裡得到幫助的希望。就連他的員工也非常害怕他。

在聖誕節前夕，當辦事員戴上帽子準備下班時，史顧己冷冷的說：「我想你明天應該想休整天假吧？」對史顧己來說，聖誕節不過是他要支付員工一天額外工資的日子，他覺得這是員工占了他便宜。當然，他對任何來向他表達節日祝福的人，都毫不客氣的拒絕。

直到那天史顧己準備上床睡覺時，一件恐怖的事情發生了。他先聽到鐵鍊的叮噹聲，接著突然間，幽靈出現了。這個幽靈竟然是他已故的合夥人馬利。馬利的到來並不是為了敘舊，而是要告訴史顧己，接下來會有三個幽靈拜訪他，他們將帶他穿越過去、現在和未來。

過去、現在、未來，三個聖誕幽靈

馬利被厚重的鐵鏈緊緊束縛著。他告訴史顧己，這些鎖鏈不是別人強加的，而是他自己心甘情願戴上的。七年前，也就是他去世之前，他因為貪婪的剝削他人，最終不得不承受這些鎖鏈的沉重。馬利告訴史顧己，他還有機會逃脫同樣的命運，或者比他做得更好，但他自己已經沒有機會了。說完，馬利的幽靈便消失了。

只是單純讀這段話，可能無法完全理解其中的深意，但若你熟悉《聖經》就會明白。《聖經》中有一句話這樣說：「**駱駝穿過針孔，比富人進天國還容易。**」這句話表達了《聖經》對富人進入天堂的質疑，而在這裡，狄更斯似乎也借用了這一思想。

史顧己心中充滿了不安。他記得馬利說過，幽靈會在十五分鐘後出現。於是，他開始焦急的等待。然而，這十五分鐘卻顯得異常漫長，漫長得讓他覺得自己可能在這期間打了個盹，錯過了幽靈的到來。

時間一點點的過去，十五分鐘、二十分鐘、一個小時過去，什麼事都沒有發生。狄更斯在這裡的描寫非常巧妙，他**沒有直接描寫幽靈的出現，而是透過描述時間流逝，營造出懸念和緊張**。然而，就在史顧己開始放鬆時，突然間，帷幔被猛然拉開，一陣冰冷的空氣湧入，第一個幽靈「過往聖誕節幽靈」終於現身。

這個幽靈沒有給史顧己任何喘息的機會，立即拉著他飛越時間和空間。史顧己驚恐萬分，他從未經歷過如此恐怖的事情。他們來到史顧己的家鄉，熟悉的村莊、道路和樹木一一映入眼簾。

突然間，史顧己看到自己童年時的教室，那間空蕩蕩的教室裡，只有一個孤零零的孩子被遺忘在聖誕節的夜晚，陪伴他的只有一本書。史顧己看著這個孩子：那是年幼的自己，一個孤獨而被忽視的孩子。此刻，史顧己終於明白，童年的孤獨和被排斥，導致了他日後性格的冷酷與無情。

當他繼續回顧自己的人生時，一個美麗的女孩出現在他的記憶中。史顧己當時立誓要賺很多很多的錢，以彌補他童年時的匱乏。可是，為了追逐財富，他忽視了愛情，最終這個女孩不得不與他解除婚約。女孩對他說：「你改變了本性，氣質也不同了。你生活在另一個世界裡，只有那唯一的希望是你最大的目標。我的愛意在你眼中也不再有任何價值……但願你能快快樂樂過完自己選擇的人生！」說完，她離開了。

這一幕讓史顧己痛苦不堪，他大喊：「別再帶我看了！帶我回家吧！」他懇求幽靈停止這一切，但幽靈沒有理會他，只是閃爍著光芒。最終，史顧己在極度的痛苦中昏睡過去。

第二天早晨，史顧己從鼾聲中驚醒，又一個幽靈出現在他面前，這一次是「今日聖誕節幽靈」。今日聖誕節幽靈帶他看了當下的世界。史顧己目睹了每一個勞動者的艱辛生活，感受到他們的善良和希望，也看到了普通家庭的聖誕節。他的鐵石心腸漸漸軟化，尤其當他看到辦事員鮑伯的家時，內心的愧疚和悔恨更加強烈。

史顧己發現，鮑伯有一個重病的小兒子——小提姆。看到這個可憐又可愛的孩子，在聖誕節的晚餐中逐漸失去生命，史顧己心碎了。他乞求幽靈告訴他，小提姆是否能活下去。然而，幽靈冷冷的回答：「如果未來沒有改變，那孩子肯定活不了。」這時，史顧己的心已經徹底改變，他哀求道：「仁慈的幽靈，請跟我說他會逃過一劫。」幽靈卻冷酷的重複了史顧己曾說過的話：「如果他非死不可，最好還是死吧！可以減少一些剩餘人口。」

這句話擊垮了史顧己，他意識到自己過去的言辭是多麼殘忍，而他聽到幽靈用他自己的話回應時，內心的痛苦和悔恨達到了頂點。

幽靈接著說：「在上帝的眼裡，也許你比這種窮人之子還沒有價值、還不該活在世上。你跟樹葉上的蟲子有什麼兩樣？憑什麼批評塵土裡的其他蟲子活得太久？」史顧己在靈魂深處彎下身子，感到深深的內疚。他明白，自己從未關心過他人的生活，也從未付出過任何幫助。

就在這時，他聽到辦事員鮑伯向家人提議舉杯為史顧己祝賀：「史顧己先生是我們的衣食父母！讓我們舉杯，祝他長壽、聖誕與新年快樂！」史顧己聽到這些話，熱淚盈眶，被深深的感動了。他不再是那個冷酷無情、貪婪自私的商人，而是一個即將迎來改變的人。

接著，第三個幽靈——「未來聖誕節幽靈」到來了。這個幽靈最神祕，他一言不發，但他的沉默卻勝過千言萬語。史顧己越發感到恐懼，因為他意識到幽靈能夠看到他的一切，而他自己卻只能在黑暗中摸索。

幽靈指引他走向一個觸目驚心的場景：史顧己死後，屍骨未寒，卻沒有人哀悼他，人們搶著爭奪他的財物。他的葬禮簡單而冷清，幾乎無人參加，甚至有人開玩笑說，如果有提供午餐，他們或許就會考慮參加。

看到這一切，史顧己突然意識到，如果他不改變自己的行為，小提姆也有可能在那時去世。這雙重打擊讓他從頭到腳都在發抖。他哭喊著：「我明白了，這一切的不幸可能也會發生在我身上。可憐可憐我吧，我能做些什麼來改變這一切？」他四處張望，但看到的只有無盡的黑暗，直到幽靈指向一具模糊的輪廓，那正是死去的史顧己自己。

他發現，沒有人在乎他的離世，那種孤獨感令他絕望。房間裡只有貓在抓門，老鼠在壁爐下蠢蠢欲動。史顧己哀求幽靈：「帶我離開這裡吧，我不會忘記在這裡學到的教訓。」幽靈依然沒有說話。史顧己明白了幽靈的意思，他願意付出一切改變命運，但他感到無能為力。

幽靈的黑袍中透出一絲光亮，他以為那是他重新開始的希望，但光亮中卻顯現出一個婦人和孩子。婦人聽到史顧己死去的消息，露出鬆了一口氣的表情：太好了，他死了，債務就不用還了。

這讓史顧己徹底崩潰，明白自己的死亡竟然讓別人感到輕鬆和快樂，他深感絕望。他向幽靈哀求，想看到有人為他的死亡感到悲傷。然而，幽靈依舊無動於衷，只是默默指向一個方向，那是史顧己的墓碑，上面刻著他的名字。

最後，史顧己滿懷痛苦的懇求道：「善良的幽靈，答應我，如果我改頭換面，也許就能改變你帶我看的這些幻象！我會打從心底尊敬聖誕節，試著整年都心存敬意。我會同時活在過去、現在與未來。你們三位幽靈讓我永誌難忘，我會時時銘記你們的教誨。請告訴我，說我可以把這墓碑上的名字抹去！」

當你給予時，最大受益者其實是自己

史顧己高舉雙手，祈求命運再給他一次機會。就在此時，他發現幽靈的斗篷和帽子漸漸消失，化作了床柱。原來，這一切不過是一場夢。史顧己猛然醒來，發現自己依然躺在自己的床上，房間還是他熟悉的樣子。而最讓他欣喜若狂的是，他還活著，還有機會去彌補過去的過錯。他激動的說：「我會同時活在過去、現在與未來！」他反覆說道：「三位幽靈讓我永誌難忘，感謝老天與聖誕節！」

就在這時，教堂的鐘聲響起，史顧己衝到窗邊，打開窗戶，將頭探出窗外。他看到外面是一片美好的景象——清澈的天空、金色的陽光、清新的冬日空氣，這正是聖誕節的美好景象。

他心情愉悅的跑下樓，遇到一個男孩，便問道：「你知道隔兩條街的街角有一間雞鴨店嗎？」男孩回答：「我知道。」史顧己接著說：「你知道掛在店裡賣的那一隻上等火雞還在嗎？」男孩問：「跟我一樣大的那隻嗎？」史顧己興奮的回應：「沒錯，去幫我買下來。」男孩以為他在騙人，史顧己繼續說道：「去幫我買，叫他們先拿過來，我再跟他們說要送到哪裡去。如果你把人帶來了，我就給你一先令。」男孩迅速跑開了。

史顧己自言自語道：「我要把火雞送到鮑伯．克拉奇他家。」他搓著手，心滿意足的想著：「他一定不知道是誰送的。那火雞有小提姆的兩倍大。」

接著，他去了外甥家，感受到久違的親情，並祝福大家：「聖誕快樂！願上帝保佑每一個人。」隔天上班時，史顧己還為辦事員鮑伯加了薪。

從此，一個曾經冷酷無情、貪婪自私的老人，轉變為一個善良、溫暖的好人。

這是一個簡單而深刻的故事。每當我讀到它時，我的內心都會感受到無比平靜，在寒冬的日子裡，這個故事能為我們帶來特別的溫暖。

我想，這個故事告訴我們，**當一個人學會分享，學會用愛與溫暖關心他人，不論階層、不論種族、不論財富，他的心中會充滿純粹而美好的時光，這種時光正是聖誕節的精神所在**。在這樣的人生中，「幽靈」將不再糾纏。

你會發現，聖誕節時把禮物送給別人，真正感到快樂和溫暖的，卻往往是你自己。這也是心理學上著名的現象：當你給予他人時，最大的受益者其實是自己。

隨著聖誕節越來越商業化，越來越多與金錢有關的元素滲透進聖誕禮儀中，我們更需要反思：我們是否真的發自內心深處溫暖身邊的人？哪怕只是打通電話、隨意聊聊天，在寒冷的冬天裡將溫暖傳遞給我們最愛的人。如果做到了，我們就算是找到了聖誕節的真正意義。

希望你也像我喜歡《小氣財神》一樣的喜歡這本書。

第24章

當機器人擁有人心，人類卻成了機器

——《克拉拉與太陽》

日裔英國作家　石黑一雄

出版年：二〇二一年

我想與大家分享一本書，它初讀或許稍顯枯燥，但無礙於其經典之作的地位。這本書名為《克拉拉與太陽》（*Klara and the Sun*），出自日裔英國作家石黑一雄（一九五四年－）之手，他是諾貝爾文學獎得主，以其作品的深奧和複雜性聞名於世。

石黑一雄的作品常採用意識流手法，表面敘述一件事，實則探討另一層深意，將各種意識碎片拼接，打破線性敘事的傳統模式。他的著作包括《被埋葬的記憶》（*The Buried Giant*）、《長日將盡》（*The Remains of The Day*）、《浮世畫家》（*An Artist of the Floating World*）和《夜曲》（*Nocturnes: Five Stories of Music and Nightfall*）等，這些作品都以記憶的模糊和前後矛盾為特點，營造出一種獨特的氛圍。

二〇一七年，石黑一雄榮獲諾貝爾文學獎，授獎詞稱他「在具有強大情感力量的小說中，揭露我們與世界連結的錯覺底下的深淵」，這正是石黑一雄作品的核心——對記憶的操縱和探索。小說《被埋葬的記憶》便是以記憶的獨特處理，讓他獲得諾貝爾文學獎，小說開篇便是一片濃霧，象徵著模糊的記憶，雖不清晰，卻真實存在。

石黑一雄的小說常以第一人稱「我」敘述，這種視角帶有資訊不對稱和不完全。例如，我看到的世界與你看到的可能截然不同，這與全知全能的上帝視角形成鮮明對比。《克拉拉與太陽》沒有那麼好讀，但若能堅持閱讀，你會發現它的深刻之處。這本書的敘述者是「我」，但這個「我」並非人類，而是一個機器人。這是一部機器人的自述小說，講述它與一個小女孩的故事。

我是一個國際主義作家

如果你對石黑一雄的作品感興趣，我建議不要急於閱讀《克拉拉與太陽》，因為它可能會讓你感到枯燥。可以先從他的《夜曲》開始——這本書由五個中短篇故事組成，文筆優美，情節動人。適應了他的風格後，可以再嘗試閱讀《無可慰藉》（*The Unconsoled*）、《浮世畫家》等作品。當你對石黑一雄的作品有了更深的理解之後，再挑戰《克拉拉與太陽》。

石黑一雄獲得諾貝爾文學獎後，並未停止創作，花費了很長時間才寫出《克拉拉與太陽》，這表明他並不過分看重獲獎，而是保持著創作的初心。這讓人想起另一位諾貝爾文學獎得主莫言，他在獲獎後依然創作出了《晚熟的人》。

這裡插播一件趣事：莫言獲得諾貝爾文學獎後，許多五十多歲的作家立即走進健身房，開始健身，他們認為自己在有生之年或許也能獲獎（按：莫言於二〇一二年獲得諾貝爾文學獎，當時約五十七歲）。石黑一雄得獎後，許多與他同齡的日裔作家也是如此，開始鍛鍊身體，覺得自己或許還有機會（按：石黑一雄獲獎時約六十三歲）。

石黑一雄之所以獲得諾貝爾文學獎，我認為有兩個原因。首先，他是歷史上唯一一個在記憶文學上取得創新的作家。其次，任何一個作家如果想在當代獲得諾貝爾文學獎，必須具備多元文化的背景。**一部作品具吸引力，不僅要有文化衝突，還要讓不同文化相互融合**。石黑一雄身為日本人，同時又融入了英國文化，這種文化的雙重性，使他作品中的衝突和融合尤為突出。

一九五四年十一月八日，石黑一雄出生於日本長崎，五歲時隨父母移居英國，一九八三年正式入籍英國。他的作品融合了日本文化的壓抑性和英國文化的開放性。

我常常思考，為什麼許多作家移居美國或英國後，作品無法激起太大的波瀾？原因很簡單，因為他們的作品充滿了強烈的民族主義情懷。然而，石黑一雄擁有日本和英國的雙重文化背景，他的作品幾乎從未站在某個小群體的角度抨擊資本主義、抨擊美國或英國。

相反的，當被問到他是什麼樣的作家時，石黑一雄回答：「**我是一個國際主義作家**。」因此，當一個作家心懷天下，而非局限於某個小集體時，他所爆發出的能量是非常強大的，他的視角也更加寬廣。他既談論英國，也談論美國，同時也討論日本，但**他探討的本質是什麼呢？是「人」**。

這正是石黑一雄小說的力量所在，他近乎完美的融合了東西方文化。因此，如果用一個詞來形容石黑一雄，那就是「記憶」。「記憶」是石黑一雄創作的核心主題。

我讀完他的作品後最大的感觸是，我們對記憶這件事毫無認知。閱讀石黑一雄的作品時，請記住一點：只要是以「我」開頭的敘述都不可靠。記憶這件事本身就不可靠，這就是為什麼我們讀他的小說時，經常會發現其中人物的行為舉止非常怪異。可是，他寫的這些內容可靠嗎？好像也不完全。因為我們的記憶中充滿了主觀的扭曲，這些扭曲的記憶最終變成了歷史，變成了所謂的「真相」。

石黑一雄的早期作品還在聚焦於個體記憶，這些記憶可能會被遺忘。然而，在《被埋葬的記憶》中，石黑一雄首次將寫作的主題設定在集體遺忘之上。小說一開始就是一場大霧，背後隱藏著深刻的思考。

而當所有人都以為石黑一雄一輩子只寫記憶時，他卻帶來了一本關於機器記憶的故事，這就是我們接下來要談的《克拉拉與太陽》。

我們能定義人心嗎？

你有沒有想過，在人工智慧和機器人技術如此發達的今天，還有什麼是無法被替代的？很多人認為機器人再強大也無法擁有人心，人心是不可被替代的，對嗎？但是，機器人真的無法複製人心嗎？這是文學探討的核心問題：**人心到底是什麼？我們能定義人心嗎？然而，當我們開始定義人心的那一刻，人心就被標準化、流程化了，這也意味著它可以被複製。**

在這本書中，有段話這樣說：

「妳相信人心嗎？當然，我指的不是器官。我是指在詩的意義下，人的心。妳認為有這種東西嗎？那個使我們每個人成為獨特的個體的東西。而且如果我們假設它存在，那麼妳不覺得，為了真的模仿裘西（Josie），妳不僅要學習她的舉手投足，更要探索她的內在世界？妳不必探索她的心嗎？」

這是機器人在模仿小女孩裘西之前，女孩父親對它說的話，非常令人詫異。文學永遠在探討生命的另一種可能性。當人工智慧已經讓人類變得越來越同質化時，石黑一雄從機器人的角度重新探討了人心究竟是什麼。

我們來梳理一下這本書的故事情節。這本書於二〇二一年三月出版後，很多人認為其故事情節很普通。然而，這本書是石黑一雄少有的科幻題材作品，講述一個機器人和它的主人之間的故事。

我曾看過一些採訪，石黑一雄提到，這是他在女兒小時候編給她聽的一個故事。聽完後，女兒直接嚇哭了，後來他把這個故事講給其他人聽，大家都說這個故事可能會嚇到孩子，留下童年陰影。於是，石黑一雄決定不再講這個故事，而是將它寫了下來。

在石黑一雄的眾多作品中，這是唯一一部我讀完後感到溫暖的作品。故事的開頭是這樣的：

「我們剛來的時候，蘿莎和我被分派到店裡的中排櫃位，坐在平臺上，可以看到半扇窗子。所以我們看得到外頭行色匆匆的上班族、計程車、跑步的人、觀光客、乞男和他的小狗，還有亞波大樓的底層。等到一切安頓好了以後，經理讓我們走近櫥窗，我們才看見亞波大樓有多高。如果時間湊巧，我們也可以看到太陽的旅程，從這邊的大樓跨越到亞波大樓的屋頂。」

從這段文字中我們可以看出，太陽出現了。故事的敘述者叫克拉拉，起初我以為是個女孩，但後來才發現克拉拉不是人類，而是機器人。克拉拉是一個「愛芙」

（AF），意思是「人工智慧的朋友」（Artificial Friend）。

書中有一段話是這樣說的：「初來乍到時，我們經常會擔心在中排櫃位看不到太陽，因而會越來越虛弱。」這段話讓我們知道克拉拉是個太陽能機器人。

書中有一段描寫很有趣：克拉拉在櫥窗裡看到太陽時，總是想辦法把臉探過去吸收太陽的能量，這個動作引起同伴的抗議，因為它總是想獨占太陽。愛芙具有極強的觀察能力、共感能力、推理能力和理解能力。

小說設定的時代背景是在未來的美國，人們變得越來越孤獨，而愛芙的設計初衷是為了陪伴兒童成長。家長太忙，沒有時間陪伴孩子，同學也沒有時間一起玩，這時家長就會購買愛芙陪伴孩子。克拉拉是愛芙的第四代，不過它們的更新速度非常快，與新上架的第五代相比，克拉拉和它的同伴已經面臨滯銷的局面，滯銷機器人處境艱難。

克拉拉這個滯銷機器人在店裡待了很長時間，經理不斷向它灌輸要永遠充滿善良、慈悲和同情心的理念，將它設計為一個陪伴孩子的角色。因此，經理對它說，如果有個孩子用古怪的眼神看著你，或者帶著憤懣和悲傷的眼神看著你，不要多想，記住，這個孩子是寂寞的，充滿了沮喪。故事就在這樣的氛圍中展開。

創造出外表、內在都相似的機器人，能替代真人嗎？

克拉拉待在櫥窗裡的第四天，一個叫裘西的小女孩進入了它的世界。裘西看起來非常聰明且友善，她一眼就看中了克拉拉，並表示想要它。然而，克拉拉憑藉它出色的觀察能力，立刻察覺到裘西的身體十分虛弱。它分析裘西的母親，發現她買下它的目的，可能不僅僅是為了陪伴裘西，還有其他的祕密。在裘西的堅持下，克拉拉最終進入了她的家。

裘西的家庭是個典型的中產階級家庭，父母離婚了，但生活還算不錯，母親的工作也不錯。但不要忘記，克拉拉是個機器人，它非常善於觀察周圍的一切。在裘西身邊，有一個叫瑞克（Rick）的鄰居，他和裘西從小就是青梅竹馬。

故事中埋藏著一個有趣的科幻元素：裘西小時候曾做了一種名為「基因提升」的程式手術，這個程式直接改善了她的基因，但同時也增加她的死亡風險。與之相對的，瑞克並沒有進行任何基因改造。

基因改造本身就存在風險，裘西為此付出了巨大的代價，她的健康狀況日益惡化，病情也越來越嚴重。裘西原本有一個姊姊，也是因為同樣的原因在幾年前不治身亡。**瑞**

克沒有進行基因改造，因此他被視為下等人；而裘西進行了基因改造，成為上等人，但她的身體狀況卻很差。矛盾就在這裡產生。

裘西母親的第一反應是，她的女兒經過基因提升，顯然比沒有進行基因提升的瑞克更優秀，他們不能在一起，因為裘西比他更厲害。另外，裘西可能會因為手術的風險而早逝，母親擔心有一天她也會像姊姊一樣，所以盡可能為她治療。這樣一來，瑞克和裘西之間產生了矛盾，父母與裘西之間也產生了矛盾。

舉個簡單的例子，書中有一個有趣的小橋段。瑞克的母親不願讓兒子進行基因提升，因此她時時刻刻感受到別人對她的歧視，認為她和兒子是二等公民。石黑一雄非常關注弱者，他假設瑞克母親在感受到階層差距的痛苦後，越來越後悔當初沒有讓兒子進行基因提升。她最終決定放下自尊，帶兒子找曾經拋棄她的老情人請求幫助。你可以想像，這種情況很尷尬，最終的結果必然是碰壁。

另一方面，裘西雖然進行了基因提升，她的身體狀況卻越來越差，無論如何治療都無濟於事。你知道她的母親做了什麼嗎？她最終找到了克拉拉，並與它單獨談話。這段母親與克拉拉的對話非常隱晦，很難理解。但機器人意識到，母親要求它模仿裘西、扮演裘西。這一刻，故事的謎團完全解開，呈現在每個讀者面前。原來，**絕望的母親希望**

克拉拉能成為裘西的替身，成為裘西的救命稻草。

母親帶著克拉拉找到一個叫卡帕底的人，這個人一直在為裘西畫像。他為裘西製作了一個外殼，而母親希望克拉拉成為裘西的核心，外殼和核心一旦拼裝完成，就是裘西了，再加上一定的學習功能，這樣一來，裘西就得以「延續」。

卡帕底的作品是個高度模擬的裘西，幾乎可以以假亂真。以下是克拉拉第一次看到這個裘西時的感受：

「她的面孔極其肖似真實的裘西，然而眼裡沒有半點溫柔笑意、嘴脣曲線上揚的表情，卻是我從來沒有見過的。那張臉看起來既失望又害怕。她的衣服也不是真正的衣服，而是用極薄的紙巾仿造上衣和寬鬆短褲。那種紙巾是淡黃色且半透明的，在強光照射下，讓這個裘西的手臂以及雙腳顯得更加脆弱，她的頭髮和病中的裘西一樣綁了個馬尾，不過這是其中一個欠缺說服力的細節；頭髮的材質和我見過的任何愛芙都截然不同，而且我知道就算是這個裘西也不會喜歡它的。」

讀完這段話後，我感觸頗深。首先，克拉拉從機器人的角度看見一個「假裘西」，儘管假裘西看起來十分真實。其次，**機器人竟然說出了一段深情的話，關心裘西是否會喜歡這個假裘西**。這個裘西站在機器人面前，她的母親知道這可能是她的女兒，是她的下一個女兒，也是她的上一個女兒。這種探討正是文學的力量所在。

不知道你是否看過英國電視劇《黑鏡》（*Black Mirror*）？其中有個情節令人毛骨悚然：妻子為了復活死去的丈夫，用人工矽膠製作了一個丈夫，並將他所有的社群媒體資訊、語言表達方式、口頭禪、聲音等全部下載，植入「假丈夫」的人工智慧系統內。這個系統不斷學習、反覆運算，與網路連線後還能不斷更新。但問題來了，這個人還算是她的丈夫嗎？

同樣的，製作了一個外表完全像裘西，內在也與裘西相似的機器人，這個機器人真的是裘西嗎？有了裘西的外貌，接下來該怎麼辨呢？她的行為、語言、心理又如何呢？不用擔心，有克拉拉在。卡帕底說：「我們不只是要妳模仿裘西的外在行為。我們要妳接續她而存在。」

在這種延續過程中，我們看到人心被放置在一個完全未知且無法預測的領域。讀完這段情節，我感到震驚，非常期待這本書被影視化。我不知道它會被如何改編，但真的非常期待（按：索尼電影集團〔Sony Pictures Motion Picture Group〕旗下的 3000 Pictures 買下此小說的電影改編權，二〇二四年已開始拍攝）。

機器人做著觸動人心的事，人類卻做機器的事

同樣令人震驚且無法理解的是小說中的其他人物，例如裘西的父親。裘西的父親一開始非常反對這個延續計畫，但是卡帕底一邊雕刻裘西、一邊進行分析，他是一個非常理性的人，有自己的觀點。他認為，複製的裘西不就是你的女兒嗎？有什麼問題呢？他和裘西父親發生了激烈的爭論。

裘西父親最後說了一句話，我讀完後感到背後發涼：「我想我之所以討厭卡帕底，那是因為在我內心深處，我懷疑他也許是對的。他所說的都是對的。科學現在已經不容置疑的證明了，我女兒並沒有那麼獨一無二，沒有什麼是我們現代工具沒辦法發掘、複製和轉換的。多少個世紀以來，人們生活在一起，不管是愛憎，都奠基在錯誤的前提上。我們一直有個迷信而不自知。卡帕底看到的就是這個，而這也是我害怕他說對了的地方。」

我不知道大家是否理解這個邏輯。人類活到今天，我們的身體和心靈的所有部分是否真的可以被複製？裘西的父親一開始不同意延續計畫，因為**他認為自己的女兒是獨一無二、不可被替代的。但當他用理性主義分析這個問題時，發現人的器官、思想、動**

作，甚至人心，都可以被複製，他的思想在一瞬間崩潰了。

這就是這本書探討的問題——人類能不能被複製？我們不知道。

然而，在不遠的未來，像克拉拉這樣的機器人，配上一個非常漂亮的外表，可能成為任何一個人。那個時代會是什麼樣子呢？

我們知道，現在已經有很多器官可以被複製了，包括人的手、腳等。那麼，人的思想呢？人心呢？請你繼續以這種方式思考下去。

在理性主義之下，所有人都知道裘西已經無藥可救，大家都放棄治療她，也明白不要對她康復抱有任何希望。人們想了很多辦法，想用複製的方式拯救裘西。然而，**只有一個人沒有放棄治療裘西，千方百計的想要救她。是誰呢？是克拉拉**。注意，它其實並不是人。

在整本書中，始終出現兩個字：太陽。我在想，這個太陽首先是為克拉拉提供能量的太陽能。其次，我覺得太陽象徵著希望。例如，太陽的光芒灑在它的臉上，太陽的光輝穿透了穀倉。這個太陽到底象徵著什麼呢？它象徵著人類之間最真實的溫暖，它是克拉拉那顆寶貴的人心。

你有沒有注意到非常詭異的現象？在這個時代，**機器人做著觸動「人心」的事，而**

人類卻在做機器的事。當人工智慧越來越像人時，問題不在於機器人活成人，而在於越來越多的人活成了人工智慧。當人們感受不到幸福時，機器人克拉拉，心裡竟然住著一個太陽。

小說的最後一章，克拉拉被放在一塊空地中間，可能即將被拋棄處理。然而，它的語調依然坦然平靜，它畢竟是個機器人，沒有情緒，坦然的表達。我讀這本書感到痛苦的原因之一，是書中沒有太多情緒化的表達，機器人的語調非常平淡。

曾經在櫥窗裡安慰過它、鼓勵過它的經理，在這裡再次遇到了克拉拉。透過他們的對話，我們可以知道克拉拉完成了它的使命，也就是說它完成了複製。但人類並沒有發生本質的變化，他們的生活依然像機器人一樣持續重複著。

儘管裘西得到了幫助，但她和瑞克之間的階層壁壘依然沒有被打破，他們仍然是兩個世界的人，無法在一起。而當克拉拉即將告別世界時，那些曾經被它幫助過的人，沒有一個來到這裡為它送行。原因很簡單，它只是一個普通的機器人，一個用完即丟的機器人。

故事的結尾是這樣的：

「在妳走之前，我必須再向妳報告一件事。太陽對我很仁慈，他自始至終都對我很好。可是我在陪伴裘西的那一陣子，他對我特別仁慈。我要經理也知道這一點。」

「是的，我確定太陽一直在照顧妳，克拉拉。」

經理說著說著，轉身面對一望無際的天空，用手遮在眼睛上面，我們一起仰望太陽片刻。然後她轉身對我說：「我必須走了。克拉拉，再見了。」

「再見，經理，謝謝妳。」

她俯身拉起剛才坐著的鐵箱子，把它拖回原來的位置，還是一樣發出嘎嘎聲響。接著她便穿過一排排的雜物，我注意到她走路的模樣和在店裡有些不同。每走兩步，她都會往左邊趔趄一下，我不禁擔心她的長外套會沾到地上的泥巴。當她走半途時，停下腳步轉過身來，我以為她或許會回頭看我最後一眼，可是她只是望著遠方地平線上的塔式起重機。接著她就離開了。

這是全書的結尾，我讀完後感觸頗深，最後只有經理對克拉拉說了「再見」。克拉拉說的「**太陽對我很仁慈**」，讓我特別感動。這句話充滿了無奈，但也充滿了美好。

若用一句話來總結這本書的主題，我會這樣說：一個名叫克拉拉的機器人，它的理想是無限接近人類，它希望成為真正的人類。但當它在追求人性化、人格化和理想化時，人類卻在追求機器化。

石黑一雄的確非常出色，他用反諷的手法，以溫柔的方式，講述一個殘酷的故事。在這種思考中，石黑一雄帶來了《克拉拉與太陽》。

整本書的情節就分享到這裡，接下來我想和你一起思考幾個問題：什麼是愛？什麼是人心？什麼是人性？如果這些東西可以被替代，人類真正不可被替代的東西又是什麼？如果機器人的學習能力比我們更強，我們的獨特性又在哪裡呢？

最後，我想談談我對這本書的一些其他看法。二〇一七年十二月，石黑一雄在瑞典斯德哥爾摩（Stockholm）諾貝爾頒獎儀式前的演說——你可以查一下全文，我認為寫得非常好——建議：**我們應該放鬆對「好文學」的定義**。

很多人經常問什麼是好文學？我花了一個下午的時間讀《克拉拉與太陽》，有很長一段時間無法深入，因為它並不是所謂的「好文學」。我們總認為，文學應該是講述故事，我們總喜歡把好文學等同於一個好故事，等同於幽默的文筆、歡快的文筆，甚至是勵志的文筆等。然而，文學真的能被定義嗎？

我認為《克拉拉與太陽》並不屬於傳統意義上的「好文學」，因為它難以理解，表達方式有點冰冷和抽象，很多部分單調無聊，很難讀進去。即使讀完後，也很難將整本書的重點和虛構世界的基本輪廓印刻在心裡。

然而，石黑一雄在那個演講中透露出，他並不打算寫一部傳統意義上的小說，他想告訴我們，文學完全有其他的可能性。

石黑一雄曾說：「有時候我會想，書是否必須寫得那麼整齊有序，形式良好？如果說書的各個部分不成一體，算是一種批評嗎？」石黑一雄持續努力改變人們對文學的定義，他甚至覺得寫得雜一點、亂一點、散一點、不成體統一點，也是小說。

一九九五年，他出版了《無可慰藉》；二〇〇〇年，又出版了《我輩孤雛》（*When We Were Orphans*）。這些小說都按照他的邏輯，突破文學的一些邊界。直到今天，我們可以看到石黑一雄在文學上又有了自己的突破。

小說裡有一段話是這樣說的：「**不管我們在哪裡，太陽都會想辦法找到我們**。」

石黑一雄可能想告訴我們，不要設限，這個世界會越來越美好，你可以活得越來越不一樣。當人越來越像人工智慧時，請記住，你可以活成一個不一樣的人，找到自己的光芒。

第25章

多一個人讀，世界就多一份自由的保障

——《一九八四》

英國作家 喬治・歐威爾（George Orwell）
出版年：一九四九年

我非常喜歡村上春樹小說《1Q84》裡的一句話：「不管喜不喜歡，我現在正置身於這『1Q84』年。我所熟知的一九八四年已經消失無蹤不存在了。」同時也是他對喬治・歐威爾（一九〇三－一九五〇年）的致敬。

這章要講的這本書，便是作家錢鍾書、王小波——或這麼說吧，全世界所有一流名家——都讀過的一本書：《一九八四》（*Nineteen Eighty-Four*）。我也終於鼓足勇氣要跟你分享這一本書的內容。

說到《一九八四》，可能許多人都知道它談的是集權統治之下，個人言論自由的議題。全書內容就是**對集權主義的控訴，或者也可以說是對烏托邦**（Utopia，意指理想完美的境界）**的冷笑和嘲諷**。如果你把它投射到現實世界，會發現**世界上任何一個國家都曾有過相似的情形**。

我一直不太敢碰觸政治話題，是因為政治話題要不是喚醒別人，就是毀滅自己。但在這裡，我想從文學的角度跟你分享，為什麼喬治・歐威爾的《一九八四》至今仍經久不衰。

歐威爾接受採訪時，曾說過一句話：「我想寫它，是因為我想揭穿某種謊言，想喚起人們注意到某些事實。」可是，到底什麼是謊言？什麼是事實？

我們都知道，任何一個表達者但凡說了謊，大眾對他下次發言的信任一定會大打折扣。相反的，一個堅持說真話的作家，作品可能有很多人讀，但他一定會陷入《一九八四》這本書裡談及的危險。

喬治・歐威爾曾說，一個作家寫作的動機大略有四種，第一種是自己表現的欲望，第二種是唯美思想與熱情，第三種是想要記錄歷史的衝動，第四種則是政治目的。毫無疑問，在《一九八四》這一本書，喬治・歐威爾充滿著政治目的。

老大哥在看著你

他筆下的這個獨特世界裡，由三大國統治，分別為大洋國（Oceania）、歐亞國（Eurasia）和東亞國（Eastasia），三個國家間經常有衝突。發生衝突時，他們並不會思考政治問題，也不會反思自己的政策，而是透過對他國的仇恨控制自己國家的人民。

大洋國的人民分成三個階層：第一個階層叫做內黨黨員（Inner Party），第二個叫外黨黨員（Outer Party），第三個叫無產階級（Proles）。大洋國的領袖被稱為「老大哥」（Big Brother），書裡最令人感到恐怖的一句話就是：「**老大哥在看著你**（Big

Brother is watching you）。」

「老大哥」究竟是誰？我的理解是：**老大哥就是思想警察，就是集權政治**。一個國家裡處處是標語，處處是言語的限制，處處是畸形表達和竄改文意，這樣的國家就會慢慢變成集權政治。

在小說裡，有三句非常讓人不舒服的話：**戰爭即和平**、**自由即奴役**、**無知即力量**。這看起來三句完全不相干，甚至語義都相互矛盾的話，在大洋國裡竟被當成標語貼在牆上，成為了真理。這樣混淆是非的做法，在許多集權國家都曾發生。人的一句話被賦予各種各樣的含義，當一個詞被莫名其妙解讀成了另外一個意思，而人們無從辯解，因為一旦辯解，思想警察就站在你身後，老大哥一直看著你。

在這樣一個國家裡，所有公務員被分成了四個部門：真相部、和平部、仁愛部和豐隆部。真相部負責新聞、娛樂、教育和藝術，和平部負責戰爭，仁愛部主管法律和秩序，而富裕部則負責經濟事務。他們在新話（按：Newspeak，《一九八四》中設想的新人工語言，是大洋國的官方語言。歐威爾在小說的附錄中曾解釋新話的原則：新話基於英語，但大量詞彙及文法被簡化、取代或取消，例如「好」〔good〕是指「喜歡老大哥」〔to love Big Brother〕，而「壞」〔bad〕則已被「不好」〔ungood〕取代，削弱人用不同方式及語句表達意見的能力）裡分別稱為真部、平部、愛部、豐部。

若你讀過我的書，或許會知道我非常討厭造詞。我之所以討厭造詞，是因為很多新話其實就是在講老話的意思，但藉由新話歪曲過去的詞彙，從而造成資訊差。而一**旦產生了資訊落差，割韭菜**（按：比喻上層有權有勢者壓榨剝削底層民眾，亦比喻憑藉資訊落差或資訊不對等而處於優勢地位的人，剝削處於劣勢地位的人）**的機會就來了**。

我舉個例子，比方說近年來非常流行的「情商」（Emotional Intelligence或Emotional Intelligence Quotient，縮寫為ＥＩ或ＥＱ）。情商這個詞最早是美國心理學家丹尼爾・高曼（Daniel Goleman）提出，原意是情緒管理的能力。可是不知為何，這個詞慢慢的變成了「圓滑世故」的意思。所以，大量的情商課就因此冒出來了。而我在講情商課的時候，就拉回這個詞原本的意思，分享情商本來該有的意義。

如果把資訊落差和新詞放在商業上，可能就只是損失一點錢。但如果放在政治和政策上，將會遇到什麼樣的事呢？

新話、思想警察、偶像崇拜和「兩分鐘仇恨」（按：Two Minutes Hate，大洋國人民每天必須觀看的短片，描述黨的叛徒葛斯登〔Emmanuel Goldstein〕作出攻擊大洋國一黨專政、反對老大哥的言論，觀看者會情不自禁憤怒起來），以及黨對身體的全面控制，最後導致的就是集權主義。

我非常推薦年輕人讀《一九八四》，正是因為這個時代已經過去。但也就如村上春樹所說：「未來你不知道什麼時候還會有一九八四。」**我們無法保證這一切不會捲土重來，因此更要時刻提醒，不要因為我們所做的一個決定、一次投票、一次反對，再次回到《一九八四》書中那樣的可怕年代。**

思想犯罪本身就是死亡

那是一個可怕的世界，因為除了頭顱內幾公分的範圍，之外的一切都不屬於你自己，老大哥一直看著你。你會發現無處不在的電屏（按：Telescreen，《一九八四》中的一種設備，具有電視和遠程監控功能，用以監視、控制黨員，以及播報新聞等），正在滔滔不絕的報導對手的俘虜、戰利品、我們的勝利、全世界的災難及大屠殺的消息。所有人都像祕密警察，監視著你的一舉一動。無處不在的思想警察監察著你的思想，一旦你說錯話，將迎來文字獄。而黨對思想設置了一個罪名，叫思想罪。

書裡有句話這樣說：「**思想犯罪不會導致死亡，因為思想犯罪就是死亡。**」當一個人開始學會思考，他所想的跟大環境不一樣時，他就應該死。喬治．歐威爾說過一句話我非常喜歡，他說：「任何事情只要在大腦裡發生了，它就真的發生了。」的確，我們的大腦幫助我們理解世界，我們正是透過閱讀一本本的書、走過一個個地方、思考一套套的意識形態和一個個觀點，才能把人類世界塑造成今天的樣子。一旦人沒有辦法思考、一群人沒有辦法思考，集權統治就會帶來群眾的狂歡和烏合之眾。

在《一九八四》裡，下層的群眾狂熱、冷漠和殘酷，他們一面對老大哥就表現出瘋狂的崇拜。相反的，他們一聽到兄弟會的葛斯登，就表現出極大的憤怒。但我們仔細觀察，老大哥跟葛斯登是誰都不重要，老大哥可以是任何人，在任何一個政黨和任何一個狂亂的時代，他都可以高高在上，讓你膜拜他。葛斯登是誰？也不重要，他們只是黨所塑造的一個仇恨對象而已。

黨用戰爭和街頭的演講，消耗群眾過剩的精力，讓他們喊出來、讓他們砸車、讓他們遊行、讓他們表達自己的不滿。在一番表達之後，他們更愛國了。可是他們在愛國的過程中，發現自己缺乏同情心，甚至變得殘忍。黨領導下的文明人人都愛國，但一切都建立在仇恨之上，世界裡只有仇恨，只有導彈和只有核武器。這時你會發現，除了恐懼、憤怒和狂喜，他們沒有別的情感，他們的同理心就這樣消失了。因為在這樣的制度下，黨會摧毀一切情感。

而我們的故事主角溫斯頓．史密斯（Winston Smith），就身處這樣的環境。溫斯頓屬於大洋國的真相部，他的工作就是篡改歷史。一開始，他只是篡改人物關係和故事情節，到最後連年分也變得不確定了，一九八四年究竟是不是一九八四年？在閱讀的過程中，我們除了依靠主角自己模糊的記憶之外，沒有其他的依據。

這讓我想起蘇聯的一個段子：**「未來永遠是確定的，而過去的確定性我們要打上問號。」**我小時候沒有聽懂，長大後慢慢發現這句話確實有自己的含義。

溫斯頓明白黨的真相，但為了生存他又不得不做這一份工作，於是他開始懷疑。懷疑讓他的內心備受煎熬。因為他一方面知道自己是錯的，另一方面卻無人訴說。這種兩難的境界，讓他陷入了無盡的孤獨之中。

而**孤獨，最容易讓人產生獨一無二的信念**。

我經常鼓勵我的學生，如果你發現你是這個世界上唯一持這個觀點的人，恭喜你，你是孤獨的，但你同時是獨一無二的。這種獨一無二的觀點一開始可以不說出來，因為有時你一旦表達了觀點，就可能會有敵人。但你要記住、寫下自己的觀點。將來有一天，當你將它宣告給世人時，也許這個嶄新觀點會改變世界。

我所認識的大師們，都擁有跟世界不一樣的觀點，表達出來之後成為了大師。例如尼采，他為了表達自己的觀點，不惜丟掉自己的學術前途；又例如叔本華，他早早就意識到人生竟沒有意義。他們都不約而同的說：**我的文字是寫給未來兩百年的眼睛看的，我的話是講給未來兩百年的耳朵聽的。**

這樣的孤獨，請你相信它不會持續太久，因為一定有人懂你，一定有人明白你到底在說什麼。就像溫斯頓，他遇到了同事茱莉亞（Julia）和歐布萊恩（O'Brien），在他們的鼓勵下，他決定反抗。

能被喚醒的，終究是少數人

溫斯頓的反抗形式非常有意思，他並沒有拿著標語走向街頭，也沒有拿起機關槍走向大樓。溫斯頓做的唯一的一件事，就是寫日記。集權統治下，統治者最害怕的就是老百姓的紀錄，因為一旦民間的紀錄跟官方紀錄產生了矛盾，歷史就要重新蓋棺定論。書裡這樣描寫：

他是一縷孤獨的鬼魂，說出永遠沒人會聽到的真相，但只要他說出口了，就某個意義而言，這件事就能一直持續下去。重點不在於讓自己的話被聽見，而是維持理智，知道自己能傳承身為人類的特質。

溫斯頓決定用**人性反抗黨性**，他把日記作為武器，而他在日記上多次寫下打倒老大哥。可是該如何打倒老大哥？他首先把希望放到無產階級身上。溫斯頓相信，如果他能被喚醒，其他人應該也都能被喚醒。但他錯了，因為**從歷史長河的規律來看，能被喚醒的永遠是少數人，所以，少數人往前走，拖著大部分人跟著他們一起走**。

大多數人並不需要那麼強的政治理論，他們需要的可能就是一種初級的愛國感情，用得上的時候可以隨時喚醒他們這種感情。但可惜的是，**在群眾身上存在一個永恆的悖論：除非他們覺醒，否則永遠不會反抗**。

大多數人的覺醒是被動的，當一顆蘋果砸到你頭上時，你覺得痛，才可能會覺醒。但並不是每個人都有機會被蘋果砸中，所以大多數人選擇的就是不反抗、不覺醒。

大多數的群眾不會被蘋果砸醒，除非他們走進了一片蘋果園。人不會關心別人的枝微末節，他們只會關注自己的柴米油鹽。可是，當一個人的柴米油鹽被動，一個人嘴巴被封，不會形成群眾性的反抗。人們也看不到更大的罪惡。一小群人根本沒有辦法掀起更大的浪潮，因為人們的情感並不相通。你感覺到痛苦，他可能只覺得看了一場戲；你感覺高興的，他只是睜了一下眼。

溫斯頓在群眾身上發現毫無希望，直到他決定自殺。因為他覺得表明自殺是代表著人具有人性，而非黨的工具——黨的工具不會選擇自我終結生命。

這一點也在卡繆的哲學裡體現的淋漓盡致，他在《薛西弗斯的神話》開篇就寫道：「**真正嚴肅的哲學議題只有一個：那就是自殺。**」**判斷生命是否值得繼續，這才是哲學的根本問題**。當一個人選擇自殺的時候，他是主動思考生命的意義。人首先應該回答的是要不要活著，所以生死問題才是人的首要問題。這意思也相當於莎士比亞的名言：「**生存還是毀滅，這是一個問題。**」當然，我並不是鼓勵自殺行為，而是鼓勵你正面思考生命的意義。

溫斯頓沒有自殺，因為他找到了新的反抗方式——談戀愛。他的戀愛的對象就是他的同事茱莉亞。戀愛是被黨禁止的，因為戀愛會讓人有非理性、有膨脹和成長的感覺，能讓人不顧一切，所以愛情當然應該被禁止。茱莉亞是大洋國「青年反性聯盟」的成員，也就是不允許發生性行為。所以，溫斯頓每一次跟茱莉亞發生性行為，都把它想像成對黨的反抗。

在這種放縱之間，集權統治的根基在溫斯頓心中慢慢被瓦解。也就在戀愛之中，他慢慢明白了他可能無法改變這集權的世界，他也無法更快的度過一九八四。但他越發感受到就算無法改變環境，改變自己是重要的。在這樣的環境中，保持人性是值得的。雖然它對大環境來說不會帶來任何改變，但只要從內到外保持住人性，就已經擊敗了集權的世界。

即使他們的反抗毫無希望，他們的革命註定會失敗，但他們從內到外已經完成了從黨性轉換成人性的靈魂聖潔。溫斯頓很快加入了地下黨組織。在地下黨組織裡，他認識了一個渾身散發著魅力的傢伙，叫歐布萊恩。歐布萊恩是內黨黨員，同時是思想警察。溫斯頓以為他跟自己一樣都是革命戰友、思想戰士，而歐布萊恩卻把它當做一場貓捉老鼠的遊戲。

溫斯頓沒有辦法抗拒歐布萊恩的魅力，什麼都告訴他，甚至連談戀愛的事情都告訴對方。沒過多久，歐布萊恩就逮捕了溫斯頓和茱莉亞，強迫他們分離，把他們關進監獄嚴刑拷打。書裡用了一個詞「治療」，要他們把異端思想轉變成黨要求的正統思想。

「治療」這個詞其實也大量出現於現實世界，在歐洲、在美國，甚至在亞洲。當一個人的思想不符合主流價值觀時，就需要治療，而有些治療甚至是物理性的。

二〇一四年上映的電影《模仿遊戲》（*The Imitation Game*），主角艾倫・圖靈（Alan Turing，英國科學家、數學家、密碼分析學家）就曾經歷過。你可能不知道，在二戰期間破譯納粹機密、讓許多人得以避免戰火的偉大科學家，只因為愛上了一個男人，在二戰後卻被迫接受治療。所謂的「治療」其實就是化學閹割，他被注射雌激素時間約一年，在一九五四年六月七日，吃下含有氰化物的蘋果中毒身亡，一代偉大科學家享年只有四十二歲。

其他還有類似的治療，例如網路成癮、早戀、不服從父母管教的人，有許多被送到一些奇形怪狀的學校進行電擊治療。但這真的是治療嗎？如果我們拉回到《一九八四》這一本書，它真的還是治療嗎？

權力不是工具，權力的目的就是權力

《一九八四》畢竟是一部反烏托邦小說，它並沒有帶給我們正能量，因為當兩人被捕之後，他們相互背叛。在他們的思想變得「純潔」之後——這個「純潔」一定要打引號，因為這是黨對他們的要求——他們以為可以得到重生，但依舊被黨剷除。

在監獄裡，歐布萊恩遇見了溫斯頓，兩人有過許多對話。歐布萊恩在刑求溫斯頓時告訴他：「**如果你是人，也會是最後一個，你的族類已經絕種了。**」我讀到這句話時，背一直發抖。如果有一天，這個世界都是人工智慧，每個人的思考都只會循規蹈矩，每個人的人生都只能朝九晚五。那麼，最後一個人會不會是你、會不會是我呢？

故事最後，溫斯頓問了歐布萊恩一個問題：為什麼？這或許也是所有讀者的疑問，而作者借用歐布萊恩的嘴回答了這個問題：「黨完全是為了自己才會追求權力，我們對別人的福祉沒有興趣，我們只對權力有興趣……**權力不是工具，而是目的……迫害的目的就是要迫害，折磨的目的就是要折磨，權力的目的就是權力。**」

只要以權力看這個世界，很多事情就能看明白了。同樣的，你以利益看人際關係，很多事情也能看得懂。權力是個好東西，**即使排斥特權，但當特權走到我們身邊時，每一個人都會擁抱它**。我們都討厭那些排隊插隊的人，可當你有機會成為那個插隊的人，你會不惜一切代價成為他。這就是權力的意義。

歐威爾在這本書裡告訴我們一個觀點：**權力帶來的施虐感，或許才是它真正的魅力所在**。一個人對另外一個人實施權力，讓他受折磨，證明自己有力量，這就是尼采說的權力意志。其實，尼采說的權力意志，不僅是世俗的、資源性的權力，更重要的是精神權力。也就是你在精神上可以壓倒別人、征服別人，從而可以控制、統治別人的權力。

所以，從這個角度，我想做一個簡單的昇華。《一九八四》它不能被簡單的理解是對社會主義、共產主義或集權主義國家的批判。我認為它是世界性的，因為每一個國家的人，都有對權力的追求，甚至每一個人都希望追求最大的權力。我認為人性並不因國家和制度而改變。歐威爾以這本書探討了人性，探討**人在權力不受約束之下，會變成什麼樣子**。

書裡的黨無非是由眾人疊加而成的組織，它無非就是每一個對權力執著的人。但換句話說，這些只追求於權力、一直篡改是非的人，他們還能稱作是人嗎？讀完這本書後，我們都可以思考這個問題。當所有人都秉持同一個觀點，所有人都在追尋權力之時，你作為一個個體是不是成為了人呢？溫斯頓不放棄，以人性反抗黨。但歐布萊恩說：「人性就是黨說了算。」隱藏在溫斯頓身上最大的人性祕密，就是他身為一個人有愛、有思想，且懂得孤獨。他敢於跟世界不一樣，他敢於用人性挑戰黨性，但結局確實令人唏噓。

歐威爾在一九四八年完成了這本書。那個時候，蘇聯和美國正在冷戰，他很巧妙的在一九四八和一九八四之間做了個調整。他認為，一九八四年時世界會變成這樣，雖然他的預言失敗了，但人性的預言從來沒有失敗。在他之後，有多少的老大哥正在看著你我每一個人；在他之後，有多少的祕密警察正圍繞著這個世界。

《一九八四》這本小說改變了很多人，這本書也被人稱之為英語文學中最偉大的道德力量。也有人說，**多一個人讀《一九八四》，這世界就多一份自由的保障**。讀這本書時你或許也會感覺到不適，因為我們會感覺自己也活在那個窒息的世界裡，喘不過氣。我想這就是文學的魅力。它告訴我們，在平行世界裡可能擁有那樣的一九八四年。而在美好時代的今天，我們更能透過文學點亮我們的生活，警醒我們的現在，保護我們的未來。最後，我想再重複那句話：多一個人讀《一九八四》，世界就多一份自由的保障。

第26章

追求幸福當道的今日，為什麼該讀太宰治？

——《人間失格》

日本作家　太宰治
出版年：一九四八年

我有一個朋友身上紋著「人間失格」四個字，後來我才知道，他一直想自殺。之後，他把這幾個字抹掉了，他說：那時候才真的讀懂了太宰治。太宰治或許是在提醒我們，「我」是生命裡的底，只要有「我」在，我們都要好好活下去。

太宰治的作品都很悲涼，例如這樣的句子：「**若能避開猛烈的狂喜，自然也不會有悲痛的來襲。**」

太宰治生於一九〇九年，本名津島修治，太宰治是他的筆名。他最重要的作品都創作於一九四五年至他去世的一九四八年之間，恰好是二戰結束，日本國內社會發生巨變的時期。在那樣絕望的環境中，他的作品總是透著一股撕裂感。因為那種撕裂感，還有對生命的悲觀體驗，都是無與倫比的。

他懷疑世上所有的美好。例如朋友，他這樣說：「在輕視對方的同時保持往來，卻又同樣自甘墮落，這就是世上所謂的『友情』。」關於愛人：「儘管我明白自己是被他人所喜愛的，我自身卻似乎缺乏『愛』他人的能力。」又例如親密關係：「人總是不懂彼此的想法，儘管完全錯看了對方，卻還是將對方視為獨一無二的摯交，一輩子不會察覺；等到對方死後，還會哭著朗讀類似弔詞的文章。」說到自己：「現在的我，已經沒有幸與不幸之別。不過，一切終將過去。在這讓我始終像在阿鼻地獄一般不斷哀嚎的

『人類』世界，也只有這句話，讓我覺得像是真理。」

你看，都是充滿著悲涼。

二戰戰敗後，日本廢除了華族。什麼是華族？就是過去日本的貴族，包括原本各地的諸侯和後來受封的功臣，他們的地位僅次於皇族。但是因為二戰，導致這批原來生活優渥的人，不只失去社會地位，還喪失了經濟來源，生活陷入迷茫和困窘。試想，你若原本屬於這個階層，突然間一無所有，你會怎麼樣？

太宰治就是生在這樣的家庭，出生優越但最後敗落，從貴族到平民，還有很好的文筆，這樣的狀態下，人肯定有所變化。

生而為人，我很抱歉

很多人喜歡太宰治，並不是因為他的書，因為若不從他那個時代的背景看他的作品，其實很難看懂。大多數人喜歡他的原因，是他太有趣了。太宰治一生中最重要的兩件事就是自殺和寫作。甚至，對很多人來說，他的自殺經歷比他的作品更加有名。他是在自殺的間隙中，寫點東西。

他一生自殺的次數多達五次，前四次都因為種種原因失敗了。最後一次他終於徹底擺脫了這個世界，死時僅三十八歲。

什麼叫人間失格？「人間失格」是日文漢字，它的意思是**喪失為人的資格**，**說得更通俗一點就是不配做人**。但在中文的語境中，這四個字有了更多的解讀方式，僅從字面上就讓人感受到頹廢和毀滅。書裡最經典的一句話，也是最廣為流傳的一句話是這樣：**生而為人，我很抱歉**。

不知道你是否聽過一部電影叫《令人討厭的松子的一生》，這部電影就很完整的闡釋這個觀點：生而為人有罪。不過，很多年後，五月天寫下了一首歌〈玫瑰少年〉，直接反駁了這個觀點：「生而為人無罪，你不需要道歉。」

《人間失格》以「我」開頭，從「我」看到葉藏的三張照片後開始談論感想，進行大量的心理活動的描寫，三篇手記與照片對應，分別介紹了葉藏幼年、青年和壯年時代的經歷，描述了葉藏如何一步一步走向喪失為人資格的道路。

他從青少年到中年，為了逃避現實而不斷沉淪，經歷自我放逐、酗酒、自殺、用藥物麻痺自己，在自我否定的過程中，抒發自己內心深處的苦悶，以及渴望被愛的情緒，是典型的喪文化（按：流行於中國青年，由頹廢、悲觀、絕望等消極情緒所引發的一種非主流文化，與歐美文藝運動「頹廢派」、日本文學「無賴派」（代表人物之一即為太宰治）相似）小說。聽起來很普通的故事，為什麼這麼受歡迎呢？因為太宰治寫完這部小說後，就自殺了。

這也是作家的悲哀，許多作家都是在生前沒有名氣，死後才出名。這其實是人內心深處的悲涼。我在為林奕含《房思琪的初戀樂園》簡體中文版推薦時寫道：「這世界有個奇怪的現象，總是等到作者離開世界，人們才去讀他的作品；這世界還有個奇怪的規律，總是等到人以命相逼，才意識到事情不小。」再例如電影《大象席地而坐》的導演胡波，也是在他去世後，作品突然被更多人注意到了。

這讓我不禁感嘆，我們要珍惜活著的作家。作家總是容易沉迷於自己創造的世界中，久而久之就把自己活成了行為藝術。

太宰治的五次自殺

太宰治在完成《人間失格》之後，選擇了投水，為他自己畫下最後的句點。自殺在日本文學界非常常見，芥川龍之介（按：請見本書第二十七章）、三島由紀夫、川端康成等文學大家，都是以自殺結束生命。

太宰治第一次自殺是在一九二九年十月，當時他才二十歲，正就讀弘前高等學校（現在的弘前大學）。自殺原因我查了許多資料，都不確定，猜測紛紜。或許是受到當時非常流行的無產階級文學影響，據說也是從蘇聯流傳而來，太宰治十分煩惱、甚至痛恨自身家庭的封建地主階級問題；也有人說，是因為他崇拜芥川龍之介，而芥川龍之介就是切腹自殺的。

於是，他決定吃安眠藥自殺。可是他忽視了安眠藥的力量，儘管他吞下了很多安眠藥，但劑量太少了，據說只比失眠者多吞了幾粒。他沒有留下遺書，睡了個好覺，醒來後發現自己還沒死。

兩年後，太宰治在喪的道路上越走越遠。他憧憬法國文學，在對法文一竅不通的情況下，極有魄力的考進東京帝國大學（現在的東京大學）法文系。他滿懷內心激動，坐在教室第一排，老師是赫赫有名的作家井伏鱒二，可是他完全聽不懂課堂內容，還因參加左翼運動，最後徹底荒廢了學業，不斷被留級。

他在畢業之際接受口試時，其中一位老師對他開玩笑說，要是他可以說出老師的名字就讓他畢業。而太宰治，連一個教師的名字都說不出來。

在此期間，他接觸到了菸、酒、大麻和陪酒女，甚至瘋狂的愛上了一名藝妓。後來，太宰治跟這位藝妓同居，父母因此斷絕了他的生活來源。母親心疼他，偷偷寄錢給他，但家裡寄來的生活費只是杯水車薪，根本養不起兩個人。

兩個人分手後，太宰治痛苦之時，又認識了在銀座咖啡館當侍女的有夫之婦田部目津子，田部目津子也喜歡他。兩人同居三天，覺得生活完蛋了，乾脆一起死吧，於是兩人約好一同吞下安眠藥，在鎌倉的七里濱海岸投水自殺。

結果，這次太宰治吞下安眠藥的劑量還是不夠，依然未達致死量，他獲救了，而年僅十八歲的田部目津子離開了人世。有傳言說，田部目津子臨死之前喊了一個人的名字，太宰治聽了發現不是自己，就把繫在兩人手腕上的繩子弄斷，逃掉了。

但總之，這件事讓太宰治深受打擊，他因為幫助自殺罪被法院起訴。在一個遠房親戚的幫忙下，最終獲得不起訴處分。

太宰治第三次自殺是在一九三五年，當時二十六歲的他已經身患疾病，經常疼痛不已。你想，誰能承受得了這種整天琢磨並實施自殺的生活？太宰治因治療疾病，經常過量服用止痛藥，從而產生了藥物依賴。備受藥物折磨的同時，他在醫院的欠款也與日俱增，參加東京都新聞社的求職測驗也落選。生活失意的太宰治在鎌倉的山上企圖上吊自殺，卻以未遂收場——因為繩子不爭氣，繩結斷了。

一九三七年，太宰治二十八歲了，還在尋死的路上。他與沒有正式結婚的妻子小山初代去谷山溫泉殉情，這回他還是服安眠藥，但劑量仍不夠，雙雙被救活。兩人返回東京後很尷尬，死都不能好好的死，最後因感情破裂分手。

後來，他的老師井伏鱒二看他到處偷情，整天要死不活、不做正事，法文一個字都不認識，便幫他促成一段婚姻，三十歲的太宰治與一位名叫石原美知子的教師結了婚。

婚姻果然是治療精神最好的良藥，此後的一段時間，太宰治精神上比較安定，與石原美知子生下兩個女兒與一個兒子。但他當爸爸後還不老實，偷偷與另一個女人太田靜子生了一個女兒。若你有機會還可以讀太宰治的另一部代表作《斜陽》，這就是以太田靜子的日記為底本所寫，作品的女主角也以她為原型。

太宰治生命中最後一個女人，是他的讀者山崎富榮。一九三九年六月十三日深夜，太宰治在山崎富榮家與她聊到了深夜，留下一封道歉式的遺書給妻子後，與山崎富榮在雨中沿著玉川上水（按：位於東京都內，長約四十三公里的古老水路）走了兩百公尺左右跳河自殺。

玉川上水只是一條淺水道，河寬約三至四公尺，如果當時沒下雨，水位沒有上升，在這裡自殺根本死不了。有人認為他們服用了氰化鉀，這是一種劇毒，也有人說太宰治是被繩索勒死的，不過都沒有明確的證據。年僅三十八歲的太宰治，就這樣親手為自己的人生畫上了句號。他死後，《人間失格》出版，成為暢銷小說。

在太宰治的五次自殺經歷中，前四次未遂，三次有女性陪同。他的一生就是如此充滿著喪的氣息。

帶著這個背景，再來看看《人間失格》和《斜陽》，你會明白**每個作家所寫出的故事，都與「他是誰」這件事息息相關**，每個故事裡都有他思考、感受、經歷的一切，而故事又成了後世的永恆經典。

我討厭這個世界，這個世界也包括我自己

《人間失格》的主角出生在貴族家庭，是家裡最小的兒子，由於沒有家族繼承權，加上從小體弱多病，所以看遍了人情冷暖。隨著年齡增長，他越發覺得人生沒有意義。後來，他參加革命團體，沉迷於酒色，還有過一次自殺未遂的經歷。這部分情節，基本

上就是太宰治自己的真實生活。我們前面聊過，太宰治一生自殺過五次，第二次自殺就是《人間失格》裡寫到的這樣。

《人間失格》的故事截至主角的青年時代，二十七歲的他白髮叢生，看起來像個中年人，而他的內心一片死寂。他在最後的自白裡說：「現在的我，已經沒有幸與不幸之別。不過，一切終將過去。」這個自始至終都在逃避現實的人，經歷了自我放逐、酗酒、自殺、用藥物麻痺自己之後，最終對人生徹底喪失希望。透過主角的人生遭遇，太宰治巧妙的將自己一生的經歷與思想表達出來。

所以我們說，太宰治就是「喪」的代表。我先聲明，我其實並不喜歡太宰治的文章，但我可以理解他不是簡單的喪，而是一種有深度的喪。最後，我想剖析一下他為什麼喪、這種風格氣質為什麼被這麼多人喜歡，以及這種喪為什麼是有深度的。

你或許也遇過一些人，常常說自己不想活了、這個世界太糟糕了，這種人其實太淺了。太宰治有一套自己處世的哲學：不遵守世界的規則，看事物清醒又悲觀，懂得偽裝自己討好他人。在旁人眼裡，他是個美男子，聰明又有才華，離經叛道中帶有小孩子的單純，這些原因讓他很有女人緣。他骨子裡雖然懦弱，但在對待生命和愛情的時候，又用了自殺這樣決絕的方式。

太宰治曾經說過一句話：**膽小鬼連幸福都會害怕，碰到棉花都會受傷**。他沒有辦法接住幸福，他反對一切。你問他愛自己嗎？不，他連自己都反對。這就讓他變得有深度了。所以，他反對的極致表達方式，就是自殺。他的內心多半是這樣運作的：**我討厭這個世界，這個世界包括我自己，所以我也討厭自己，只有主動結束我的生命，我才是有意義的**。

如今在日本，這類文學人物被稱作無賴作家。無賴，從日文漢字之義，可解釋為無力回天、頹廢沉淪，這是二戰後日本文壇上最為活躍的文學流派之一。**無賴派作家抱著對抗權威的態度，以自嘲和自虐的方式，描繪了一幅幅陰暗、消極的人生畫卷。他們對一切持否定態度，嘲笑一切，包括他們自己的存在**。這種挑戰傳統社會價值觀的行為，對年輕一代也產生了不小的影響。

太宰治之前，日本沒有一個作家像他這麼喪，更沒有人明確的把喪寫進書裡。在他死之後，喪成了一種風尚，甚至可以說成了日本文化的一部分。為什麼呢？第一，這群人長大了。第二，這與二戰後大量日本民眾受到心理創傷，急於尋找共鳴不無關係。這樣的創傷，需要一本文學作品為之作記。

在人人都追求幸福和美好的今天，為什麼我還是推薦你讀《人間失格》？我的理解是這樣的——**每個人的生活裡都有痛苦，而你的痛苦再怎麼痛苦，多半也比不上太宰治，所以他有點像是幫你墊底的存在。他是那個生命裡的底。**

在現實生活中，處於逆境的人很多，從順境跌到逆境的人也很多，最終能獲得幸福的人畢竟是少數。樂觀的人有積極的方式應對世界，悲觀的人有絕望的方法抵禦傷害。太宰治和他筆下的人物，就是用這樣的喪以掩蓋內心痛苦，在逆境中掙扎或是死去，而身為作者的太宰治，比他筆下的所有人都還要痛苦，還要絕望。

再換句話說，就算你覺得生命沒意義了，看看太宰治筆下的人，看看他，你也會燃起希望。

我們對消極文學常有一種很表層的理解，認為它不能激發人積極向上。但縱觀世界文壇，很多經典作品其實都是消極的，例如本書前面談過的《包法利夫人》，說的就是一個嚮往傳奇愛情的農家女子，在經歷偷情及負債之後走投無路，最後服毒自盡；此外，我們談過的《大亨小傳》、《百年孤寂》、《飄》也都是如此。

不僅如此，還可以再舉幾個例子：《唐吉訶德》（*Don Quijote de la Mancha*），講述一個沉迷於騎士小說的人，決心像騎士一樣遊走天下、行俠仗義，最終卻四處碰壁，黯然死去；《哈姆雷特》（*Hamlet*），又名《王子復仇記》，寫一個被仇恨蒙蔽的王子，在復仇的過程中賠上自己的性命。

這些作品都可以被看成消極文學，但這麼多年過去了，它們卻依然有強大的生命力。原因很簡單，讀者從這些消極的故事裡，一方面學到人生的經驗，另一方面，跟他們一比，我們的生活倒顯得沒那麼不幸了。

古希臘人發明了悲劇，悲劇刻在我們的基因裡。很多人說悲劇不是正能量，但我不這麼認為，正能量並不是要求一味美好的結局，而是見證世界的悲劇後，還是願意相信美好的存在。

歌頌美好是應該的，但揭示痛苦和逆境，也是文學的重要一部分。太宰治的作品，在年輕人之中一直有很大的影響力，被譽為永恆的青春文學。人們喜歡太宰治的作品，也許正是因為讀了它們，我們可以時時聯想到自己。如果說普通人的生活是懸在半空中，太宰治的生活就是沉在深淵裡，當我們因生活的不順而感到沮喪、恐慌時，低頭往下看，永遠有他在，似乎讓人覺得踏實了些。

最後我還是想說，生而為人，我們是無罪的。生而為人，我們應該踐行小人物的偉大，朝著光看見更好的自己，無論這之中有多少的痛苦。

第27章

你所看到、聽到的，可能都不是真的

——《羅生門》

日本作家　芥川龍之介
出版年：一九一五年

日本當代最高級別的純文學獎被稱為「芥川獎」，為什麼？因為一個人，他的名字叫芥川龍之介（按：芥川獎的正式名稱即為「芥川龍之介賞」）。

一八九二年三月一日，芥川龍之介出生在東京一個經營牛奶生意的家庭，他原來的名字叫新原龍之助。他的童年過得很淒慘，出生七個月，母親精神病發作，父親無力撫養，就把他送去外祖母家。十一歲那年，母親病情惡化過世，隔年他被過繼給舅舅當養子，姓氏也改成了母親娘家的姓芥川。

痛苦，是一個作家創作的搖籃。

十九歲時，他考取東京帝國大學英文系，大學四年裡，他瘋狂讀小說，在文學中找到了解救生命的良藥。不久後，便在一本雜誌上發表了《老年》和《羅生門》兩部短篇小說，其中最著名的當然是《羅生門》。

我不曉得你是否看過黑澤明導演的電影《羅生門》。如果你看過電影，又看過小說，就知道這兩部作品談的根本不是同一件事。我會在後文跟你分享為什麼。

「羅生門」在日文漢字中是「羅城門」的誤寫，指的是七世紀日本皇都所在平城京及平安京首都城的正門。在故事發生的年代裡，連續不斷的地震、颶風、饑荒等天災，整個皇城破敗不堪，那裡悄無聲息，滿城屍體。

人想活下去，可以不擇手段嗎？

一天傍晚時分，一個剛被主人解僱的家僕在羅生門下避雨。他衣衫襤褸，餓腸轆轆。於是，他決定爬到羅生門上找找機會。城樓上堆滿了屍體，他正觀察著四周動靜，突然看到一個又瘦又矮的白髮老太婆，蹲在成堆的屍體中，打量著一具無名女屍。

只見老太婆抱起女屍的頭顱，開始拔她的頭髮。隨著頭髮一根根被拔落，這個僕人心中的恐懼也一點一點消失，取而代之的是憎惡感。他一躍而起，緊握著刀，走到老太婆面前。兩人拉扯了一會兒，僕人最後一把抓住老太婆，將她扭倒在地。

他質問老太婆，為什麼要做這種事？老太婆一臉無奈的說，她只是想拿頭髮做成假髮，換些得以糊口的錢。她知道自己做了十惡不赦的事情，但也是走投無路。再說，活下去有錯嗎？何況，躺在這裡的每具屍體生前都不清白，尤其是那個被她拔了頭髮的女人。這個女人在過去很長一段時間，會把蛇切開晒乾，冒充成魚乾賣給軍營。要不是死了，這個女人到現在還在繼續那種勾當。

老太婆又說，她是為了活著，而我也是為了繼續生存下去，都是身不由己啊！這樣有錯嗎？

故事講到這裡，你應該已經看出故事的核心問題：**如果一個人快餓死了，他做出違背道德的事情，能不能被原諒**？換句話說，**一個人想活下去，是不是可以不擇手段**？

僕人又向老太婆確認了一遍：「確實是這樣嗎？」

老太婆點點頭。

僕人接著說：「那麼，如果我脫下妳的衣服，妳應該也不會恨我吧！因為如果我不這麼做的話，一定也只有死路一條。」說完，他快速脫下老太婆的衣服，再粗暴的將她踹倒在死屍上。他將奪來的衣服夾在腋下，跑出城樓，消失在夜色裡。

這個故事是不是讓人感覺很窒息？

我在教寫作課的時候，分享這個故事給學生聽，大家的感受只有一個：太窒息了。這就是日本早年的文學，僅僅三千多字，影響了很多人。而這種對「人吃人」殘酷社會的表現，影響了一位中國作家，這個人就是魯迅。

如果你看過電影《羅生門》，這時你應該發現了：這個故事好像跟電影不一樣。為什麼呢？因為導演根本不是只改編這篇小說，而是將它與另一部芥川龍之介的小說《竹藪中》和在一起改編，這部作品比《羅生門》晚了七年。

電影《羅生門》，其實又是另一個故事

《竹藪中》講的是什麼樣的故事呢？

故事開始是一位樵夫在公堂上發表證詞，他看見一具武士的屍體，屍體的胸口挨了一刀，血已經流乾，把周圍的落葉都染成了紅色。刀已經不見了，旁邊只有一根繩子和一把梳子。草和落葉被踩得亂七八糟，好似武士被殺害之前和誰搏鬥過。

第二個登場的是位僧人。他說，那天中午他遇見武士，武士帶著一名女子一起往關山方向走，女子長得很漂亮。第三個在公堂上作證的是衙門的捕快，他說，前一晚的初更時分，他抓住了臭名昭著的強盜多襄丸。故事到這裡，已經開始撲朔迷離。

到底發生了什麼事？證人繼續上場。

首先是強盜多襄丸。他說，自己當時無意中瞥見了武士妻子的美貌，就起了歹念，想把她占為己有。他先把武士騙進樹林深處，制伏他以後，把他捆綁在杉樹上，接著他回到樹林外女子等待丈夫的地方，謊稱武士得了急病，女子二話不說，急忙跟著他跑進樹林。一看到被綁在樹上的武士，她從懷裡抽出一把短刀，揮舞著刀要刺殺多襄丸。

多襄丸說，他從來沒有見過這麼剛烈的女子，接著他三兩下卸掉了女子手中的短

刀。女子無奈，只能束手就擒。就這樣，強盜當著她丈夫的面占有了她。強盜得逞後正要離開，武士妻子突然抓住他的胳膊不放，說她失身於兩個男人，比死還痛苦，因此這兩個男人之中必須有一個得死，而她會跟著活下來的那個走。

多襄丸說，這女子眼中閃爍著烈火一樣的光芒，這讓他下定決心要堂堂正正的殺死武士。強盜便為武士鬆綁，兩人你來我往打了二十三個回合，最終強盜把武士刺死。他提著血淋淋的刀回過頭來找女人，卻發現她早就趁機逃得無影無蹤。

聽完這個故事，你可能感覺和我一樣，這大盜還有點俠客的感覺，不由得讓人喜歡。別著急，我們再聽聽另一個版本的故事。

武士妻子說，強盜玷汙了自己之後，朝著武士露出嘲諷的笑容。武士被緊緊捆在樹上，怎麼也動彈不得。她往丈夫身邊跑去，卻被強盜一腳踢翻。當她掙扎著仰起臉的時候，在丈夫眼中看到的不是憤怒，也不是悲哀，而是蔑視。

丈夫眼神所帶來的打擊，甚至比強盜踢她的那一腳更沉重。她悲痛欲絕，昏迷了過去。醒來時她發現強盜不見了，只剩下丈夫被捆綁在樹上，眼神和剛才一模一樣。她又羞又惱，搖搖晃晃的站起來，跑到丈夫身邊。她想一死了之，但因為丈夫親眼見到她受辱，所以她要拉著丈夫一起死。

丈夫嘴裡塞著落葉，沒有發出聲音，但他的嘴型說了「殺吧」。她像作夢一樣的把短刀刺入丈夫的胸口，然後再次昏了過去。醒來後她發現丈夫已經死了。她一邊哭，一邊把丈夫身上的繩子解開。之後，她試遍了各種辦法，像是用刀戳喉嚨、跳池塘等，但就是沒能死成。現在的她不僅失身於強盜，還殺死了丈夫，不知該如何是好。

我想，你應該和我一樣，看完這段故事後覺得無比心疼這個女子。可是，請別著急，我們再看看另一個版本的故事。

故事最後是武士的鬼魂，借巫女之口發聲。武士說，強盜占有了妻子之後，還勸妻子嫁給他，跟他一起私奔。武士反覆向妻子使眼色，要她別聽信強盜的花言巧語。但妻子並沒有理會他，還痴迷的看著強盜說，隨便帶她到哪裡都可以。

就在強盜拉著她要走出樹林時，她突然轉過頭，像發了瘋一樣指著被捆綁在樹上的武士說：「請你把那個人殺掉。只要他活著，我就不能跟你在一起。」強盜大驚，接著一腳把妻子踢倒在地，問武士：「那個女人你打算怎麼處置？是殺掉，還是饒她一條命？」武士說，單憑強盜的這句話，他瞬間原諒了強盜之前犯下的罪行。

此時，妻子趁機逃跑，強盜前去追趕，離開之前他還切斷了武士身上的繩子。最後，只剩下武士一個人留在樹林裡，被背叛的他感到十分絕望，就拿起短刀刺向自己的胸口。這時周圍一片寂靜，武士感到有人悄悄走過來，拔掉了他胸口的短刀，一時間血湧不止。武士在逐漸降臨的夜色中，慢慢陷入了永久的黑暗。

讀到這裡，我想你也和我一樣，覺得武士很英勇、很偉大。但你是不是也和我一樣，感到糊塗了呢？

到這裡，《竹藪中》的故事結束了，沒有結論。

追求真相的人，最終都被真相壓垮

許多人看了無數遍，還是不知道到底發生了什麼事？答案很簡單，因為本來就沒有答案。這部作品想要表達的主題，恰恰是**事實或真相的不可靠性**，就是在質疑這個世界上每個人所講出的故事，真假難定。

後來，人們開始把「多位當事人各執一詞，導致真相撲朔迷離」的事件，統稱為「羅生門」。其實，真相本身不也如此嗎？**許多追求真相的人，最終都被真相壓垮，他們不知道有智慧的人生就是得過且過，不要過度追求真相**。

如果你看過電影《羅生門》，可以回想一下電影的開頭，特別耐人尋味：某天下了一場滂沱大雨，一個落魄的乞丐為了避雨，躲進了年久失修的首都正門羅生門。城門內有兩個人也在避雨，一個是樵夫，另一個是和尚。樵夫一臉困惑，反覆念道：「不懂，真是不懂。」

是啊，這樣的公說公有理、婆說婆有理的狀態，就是讓人不懂。電影裡，樵夫敘述完案件，城門內突然傳來一陣嬰兒的啼哭聲。乞丐先跑過去抱起嬰兒，隨後剝下嬰兒身上的外衣，打算拿去變賣。樵夫上前阻止，批評乞丐自私自利，乞丐卻反脣相譏，說樵夫因為在案發現場偷走了女人鑲滿寶石的短刀，才不敢在剛發現屍體的時候，把自己看到的真相全都說出來。樵夫無法反駁，眼睜睜看乞丐拿著嬰兒的衣服離開。這一段，就是變相致敬了《羅生門》。

當我們不懂一件事時，聽一個人敘述只能得到片面的答案，所以，當我們不知道真相，存疑永遠是最好的方法。我所理解的複雜世界，只有一種解釋：懷疑一切。

這也是我經常跟學生說的：人要不是證實，就要證偽，或者存疑。

生命本身便充滿著偶然，哪有什麼確定的東西。我們看到的東西、聽到的東西，甚至留下的作品，一切都充滿著偶然性和不確定性。

我們看到的電影《羅生門》，其實也是一個偶然與不確定交織的結果。

《羅生門》的拍攝工作在一九五一年八月十七日結束，接著要進行剪輯，預計在八月二十五日首映。沒想到剪輯完沒幾天，八月二十一日，京都的製片廠因漏電發生火災。當時電影放映用的都是膠片，一燒什麼都沒了。

有時候，生命就是出現這樣的巧合。殺青前，黑澤明拍最後一幕時靈感爆發，想要拍場大雨，於是劇組找來三輛消防車幫忙灑水。當火災一發生，原本用於拍攝雨景的消防車飛快趕來，在燒到剪輯室之前滅了火，把《羅生門》的底片搶救出來。

第二天，也就是八月二十二日，大家正在重看整理底片、重新錄音，放映室突然起火。眾人顧不及自身安全，衝進去搶救膠捲。八月二十三日早上，《羅生門》才重新開始進入音軌剪輯，一直熬到二十四日中午終於完工。當天晚上七點完成第一份拷貝，隔天便是首映。

當年，《羅生門》一舉拿下威尼斯影展金獅獎（Leone d'oro）。消息傳回日本時，黑澤明正在多摩川（按：流經山梨縣、神奈川縣及東京都等地區的河流）釣魚。這部作品，就這樣留在許多人心裡，讓我們至今仍在聊它。

感謝這世界的偶然，每一次偶然，才有了現在確定的世界。所以，請難得糊塗的活吧，不追求確定性，擁抱偶然，才是真正的智慧。

國家圖書館出版品預行編目(CIP)資料

我想把這個世界讀給你聽：AI 正在改變一切，但無可替代的是——文學經典帶給人的震撼與啟發。27 部足以改變人生觀的經典，一次讀完。／李尚龍著. -- 初版. -- 臺北市：任性出版有限公司，2025.04
352 面；14.8×21 公分. --（drill；26）
ISBN 978-626-7505-57-1（平裝）

1. CST：世界文學　2. CST：文學評論

812　114000860

drill 26

我想把這個世界讀給你聽

AI正在改變一切，但無可替代的是——文學經典帶給人的震撼與啟發。27部足以改變人生觀的經典，一次讀完。

作　　者／李尚龍
校對編輯／楊明玉
副 主 編／連珮祺
副總編輯／顏惠君
總 編 輯／吳依瑋
發 行 人／徐仲秋
會計部｜主辦會計／許鳳雪、助理／李秀娟
版權部｜經理／郝麗珍、主任／劉宗德
行銷業務部｜業務經理／留婉茹、專員／馬絮盈、助理／連玉
　　　　　行銷企劃／黃于晴、美術設計／林祐豐
行銷、業務與網路書店總監／林裕安
總 經 理／陳絜吾

出 版 者／任性出版有限公司
營運統籌／大是文化有限公司
臺北市100衡陽路7號8樓
編輯部電話：（02）23757911
購書相關諮詢請洽：（02）23757911 分機122
24小時讀者服務傳真：（02）23756999
讀者服務E-mail：dscsms28@gmail.com
郵政劃撥帳號：19983366　戶名：大是文化有限公司

香港發行／豐達出版發行有限公司 Rich Publishing & Distribution Ltd
地址：香港柴灣永泰道70號柴灣工業城第2期1805室
Unit 1805, Ph.2, Chai Wan Ind City, 70 Wing Tai Rd, Chai Wan, Hong Kong
電話：21726513　傳真：21724355　E-mail：cary@subseasy.com.hk

封面設計／孫永芳　內頁排版／王信中、顏麟驊
印　　刷／韋懋實業有限公司

出版日期／2025年4月初版
定　　價／新臺幣490元（缺頁或裝訂錯誤的書，請寄回更換）
I S B N／978-626-7505-57-1
電子書ISBN／9786267505557（PDF）
　　　　　9786267505564（EPUB）